面向信息内容安全的
新闻信息处理技术

杨伟杰 著

机械工业出版社

本书全面介绍了面向信息内容安全的网络新闻信息处理技术相关的基本概念、理论方法和最新研究进展。内容包括信息内容安全、新闻信息处理、自然语言处理、计算语义学、文本挖掘、信息过滤、话题检测与跟踪、社会网络分析、网络新闻评价、网络舆情分析、综合集成法等，既有对基础知识和理论模型的介绍，也有对相关问题的研究背景、实现方法和技术现状的详细阐述。

本书可作为高等院校计算机、信息技术等相关专业的高年级本科生的教材或参考书，也可供从事信息技术、数据挖掘、人工智能、管理科学、战略研究等相关领域研究的教师、研究生和科研工作者参考，借以提供思路和技术支撑。

图书在版编目（CIP）数据

面向信息内容安全的新闻信息处理技术/杨伟杰著 . —北京：机械工业出版社，2011.3

ISBN 978-7-111-33166-7

Ⅰ.①面… Ⅱ.①杨… Ⅲ.①计算机网络 – 信息系统 – 安全技术②计算机网络 – 信息处理 Ⅳ.①TP393②G202

中国版本图书馆 CIP 数据核字（2011）第 012179 号

机械工业出版社（北京市百万庄大街22号 邮政编码100037）
策划编辑：牛新国 责任编辑：牛新国
版式设计：张世琴 责任校对：肖 琳
封面设计：路恩中 责任印制：李 妍
北京诚信伟业印刷有限公司印刷
2011 年 4 月第 1 版第 1 次印刷
169mm×239mm・13.5 印张・261 千字
0 001— 25 00 册
标准书号：ISBN 978-7-111-33166-7
定价：39.80 元

前　言

随着信息传播技术的迅猛发展，互联网成为不可忽视的舆论阵地，而互联网新闻作为一种重要的情报信息来源，成为网络舆论和社会舆论形成的主要源泉，因此，准确判断它的内容安全性，从而准确及时地把握社会舆论的动向变得尤为重要。但是由于新闻是一种典型的非结构化信息，同时互联网新闻具有无范围限制的特点，其内容安全性判断也变得相对复杂。本书针对这个问题，利用自然语言处理、数据挖掘等技术，对网络新闻进行分析，试图达到有效判断信息内容安全的目的。

本书主题是面向信息内容安全的网络新闻信息处理技术研究，包括网络新闻的分析、评价及其对网络舆情的影响，涉及自然语言处理、数据挖掘、网络安全、互联网管理等多个学科领域的交叉，处于学术领域研究的前沿，是当前研究的热点，并能够为以上领域的研究提供思路，为互联网管理提供科学有效的技术支撑。

本书内容共分为8章。

第1章　绪论。这一章首先介绍了信息内容安全的概念、产生背景及其对社会安全等方面的影响；然后介绍了网络新闻的特点及其内容安全的重要性；最后分析阐述了网络新闻信息内容安全的发展现状和应用前景。

第2章　网络新闻信息处理原理及相关技术。这一章首先提出了网络新闻信息处理的框架，然后针对框架中涉及的自然语言处理、计算语义学、文本挖掘等几个主要研究方向分别进行了详细介绍，包括经典理论、当前发展状况、最新提出的理论和技术，以及以后的发展方向和重点研究内容。

第3章　信息过滤。这一章介绍了信息过滤技术，包括信息过滤机制、信息过滤的模型和算法、信息过滤技术的实现，以及信息过滤在信息内容安全中的应用。

第4章　话题检测与跟踪。这一章介绍了新闻话题检测与跟踪的相关技术，首先提出了话题检测与跟踪的技术框架，然后介绍了当前在话题检测与跟踪方向提出的模型和算法，以及话题检测与跟踪技术的实现方法。

第5章　社会网络分析。这一章首先对社会网络相关的基础知识进行了介绍，然后提出了几种社会网络的构建方法和分析方法，最后讲述了社会网络在新闻信息内容安全方面的应用。

第6章　网络新闻信息的评价。这一章介绍了网络新闻信息的评价指标和几种评价方法，以及新闻信息评价对新闻信息内容安全方面的作用。

第7章 网络舆情分析。这一章介绍了网络新闻与网络舆情分析的关系。首先阐述了网络舆情的概念与传播，然后归纳了网络舆情的搜索和收集方法，最后重点介绍了网络舆情分析的模型，网络舆情监控系统的体系结构，以及如何对网络舆情进行引导。

第8章 用综合集成法解决网络新闻分析系统的相关问题。这一章作为全书内容的一个总结和升华，根据复杂巨系统的定义，归纳了因特网（Internet）的系统学特性，提出了用系统学理论指导解决因特网的相关问题，并重点指出如何使用复杂巨系统理论为指导，从系统学角度考虑新闻分析系统相关问题的研究。

本书以国家863、973重点研究课题为背景，选题内容处于交叉学科的前沿，理论与实际相结合。本书的出版得到了北京工商大学"北京市属市管高校人才强校计划"项目的资助；作者在编写过程中，得到了中国科学院自动化研究所崔霞副研究员的指导与帮助，她对本书的篇章架构提出了很好的建议，在此表示衷心的感谢。由于本书内容处于交叉学科的前沿，很多问题没有取得共识，且涉及面广，作者水平有限，书中错漏之处在所难免，敬请广大读者批评指正。

作 者

2010 年 10 月

目　　录

第1章 绪 论

1.1 信息内容安全的概念和产生背景

不良信息传播与反传播的斗争一直伴随着人类文化发展的进程。近年来，互联网的飞速发展，尤其降低了信息发布和获取的门槛，使得这一斗争前所未有地凸显出来。网络以其前所未有的信息传播能力在给人们生活带来巨大便利的同时，也成为反动、色情、暴力等不良信息的载体。这些不良信息，尤其是有关国家安全的敏感信息借助于网络传播，成为一个危害极大的社会问题。从海量信息中迅速、有效地识别这类不良信息，进而阻止其非法传播，确保网上信息内容安全，已成为内容安全领域的重要研究课题，这对于维护社会稳定具有极其重要的意义。

1.1.1 我国互联网发展现状

根据中国互联网络信息中心（CNNIC）提供的数据[1]，截至 2010 年 6 月底，我国在网民人数与结构分布、互联网基础资源、上网条件以及网络应用等方面的情况都发生了巨大的变化，互联网已经凸显出其重要作用。

1. 网民规模与结构特征

我国网民数量增长迅速，截至 2010 年 6 月底已突破 4 亿关口，达到了 4.2亿，较 2009 年底增加 3600 万人。互联网普及率攀升至 31.8%，与 2009 年底相比提高了 2.9%。互联网逐步向各层次的居民扩散。新增网民中，18 岁以下的网民和 30 岁以上年龄较大的网民增长较快；初中及以下受教育程度的网民增长较快；低收入人群开始越来越多地接受互联网；农村上网人群增长较快。从接入方式上看，宽带网民数达到 3.63 亿人，手机网民数达到 2.77 亿人，这两种接入方式发展较快。除此以外，社会和政府还鼓励互联网往更广泛的群体渗透。从新增网民群体比重来看，互联网正逐步朝这一方向发展。

2. 互联网基础资源

互联网基础资源增长迅猛，资源结构有所调整。截至 2010 年 6 月，我国IPv4 地址达到 2.5 亿，半年增幅 7.7%。作为互联网上的"门牌号码"，IPv4 地址资源正临近枯竭，互联网向 IPv6 网络的过渡势在必行。我国域名总数下降为1121 万，其中".cn"域名 725 万。".cn"在域名总数中的占比从 80% 降至64.7%。与此同时，".com"域名增加 53.5 万，比重从 16.6% 提升至 29.6%。

网站数量下降到 279 万个，".cn"下网站为 205 万个，占网站整体的 73.7%。国际出口带宽达到 998217Mbit/s，半年增长 15.2%。

3. 上网条件

随着家庭使用电脑上网环境的不断改善，在家使用电脑上网的网民比例继续增加，达到 88.4%，较 2009 年底提高了 5.2%。在单位上网的比例上升到 33.2%，在网吧上网的比例降至 33.6%。手机上网方式也越来越多地被采用，所占比例攀升至 65.9%。

4. 网络应用情况

平均上网时长继续增加，周平均上网时长达到 19.8 小时，增加 1.1 小时。上网时间延长，表明我国网民的网络使用深度在增加，网民对互联网有一定的依赖性。我国网民的互联网应用表现出商务化程度迅速提高、娱乐化倾向继续保持、沟通和信息工具价值加深的特点。2010 年上半年，大部分网络应用在网民中更加普及，各类网络应用的用户规模持续扩大。其中，商务类应用表现尤其突出，网上支付、网络购物和网上银行半年用户增长率均在 30% 左右，远远超过其他类网络应用。社交网站、网络文学和搜索引擎用户数量增长也较快。电子商务应用的高速发展和娱乐社交类应用的较快增长，与我国互联网发展特点有关。我国电脑网民宽带普及率接近 100%，青少年网民占整体网民数量的一半左右，中小企业电子商务应用呈普及化趋势。互联网作为全面的平台，成为了人们获取信息的常规来源、娱乐休闲的重要方式和商务交易的便捷渠道。现今我国各类网络使用所占比率和排名情况见表 1-1。

表 1-1 2009.12~2010.6 各类网络应用使用率及排名变化

类　型	应　用	2009.12 使用率	2010.06 使用率	2009.12 排名	2010.06 排名	排名变化
网络娱乐	网络音乐	83.5%	82.5%	1	1	→
信息获取	网络新闻	80.1%	78.5%	2	2	→
	搜索引擎	73.3%	76.3%	3	3	→
网络娱乐	网络游戏	68.9%	70.5%	5	5	→
	网络视频	62.6%	63.2%	6	6	→
	网络文学	42.3%	44.8%	10	10	→
交流沟通	电子邮件	56.8%	56.5%	8	7	↑
	即时通信	70.9%	72.4%	4	4	→
	博客应用	57.7%	55.1%	7	8	↓
	论坛/BBS	30.5%	31.5%	11	12	↓
	社交网站	45.8%	50.1%	9	9	→

（续）

类 型	应 用	2009.12 使用率	2010.06 使用率	2009.12 排名	2010.06 排名	排名变化
商务交易	网上支付	24.5%	30.5%	13	13	→
	网络购物	28.1%	33.8%	12	11	↑
	网上银行	24.5%	29.1%	14	14	→
	网络炒股	14.8%	15.0%	15	15	→
	旅行预订	7.9%	8.6%	16	16	→

5. 网络安全和可信度情况

据统计，半年内有 59.2% 的网民在使用互联网过程中遇到过病毒或木马攻击，遇到该类不安全事件的网民规模达到 2.5 亿人。

2010 年上半年，有 30.9% 的网民账号或密码被盗过，网络安全的问题仍然制约着中国网民深层次的网络应用发展。

调查发现，89.2% 的电子商务网站访问者担心访问假冒网站，而他们如果无法获得该网站进一步的确认信息，86.9% 的人会选择退出交易。互联网向商务交易型应用的发展，急需建立更加可信、可靠的网络环境。

1.1.2　互联网上的不良信息问题

各种数据充分表明，互联网已经渗透到人类生活的方方面面，成为最主要的信息工具之一。然而，事物总是具有两面性的，当人们享受网络带来的种种便利的时候，也要看到网络巨大的信息传播能力潜在的危害性。反动、色情、暴力信息附身于网络，给人类正常文化生活造成了极坏的影响；垃圾信息充斥于网络，浪费了巨大的通信资源与用户时间；不法分子以网络为工具进行犯罪活动，严重影响了社会秩序；虚假信息、私密信息在网络上的泛滥，对社会公信力与社会道德规范产生了严重冲击；有关国家安全的敏感信息借助于网络进行传播，对国家与社会构成了极大的危害。2007 年 4 月 13 日，公安部通过其网站公布了公安机关打击利用互联网违法犯罪活动的 10 个典型案例，主要涉及利用互联网传播淫秽物品、敲诈、赌博、诈骗、盗窃等方面。另有资料表明，非法团体组织活动的方式日益呈现多元化，除传统的传单、信件等方式外，电子、信息技术逐渐为这类组织所采用，其中互联网由于成本低、连接方便、覆盖范围广、信息发布门槛低等特点，成为首选方式之一。资料显示，全球计算机网络与信息安全问题十分突出，对各国政治、经济、国防、文化安全造成了很大威胁，大力加强计算机网络与信息安全工作，成为各国面临的紧迫任务。

对互联网上不良信息的监管和过滤就是在这个背景下产生的。该课题致力于通过技术手段和政府监管相结合，制定符合我国国情的信息内容安全体系结构。所谓不良信息，是指违背社会主义精神文明建设要求、违背中华民族优良文化传统与习惯以及其他违背社会公德的各类信息，尤其包括违背《中华人民共和国宪法》和《全国人大常委会关于维护互联网安全的决定》、《互联网信息服务管理办法》所明文禁止的信息以及其他法律法规明文禁止传播的各类信息。

1.1.3　信息内容安全简述

信息内容安全是信息安全的一个重要分支。通常而言，信息安全以保障电子信息的有效性为目的，具体涉及信息的保密性（Confidentiality）、完整性（Integrity）、可用性（Availability）和可控性（Controllability）等方面。保密性是指对抗对手的被动攻击，保证信息不泄露给未经授权的人；完整性是指对抗对手主动攻击，防止信息被未经授权的篡改；可用性是指保证信息及信息系统确实为授权使用者所用；可控性是指对信息及信息系统实施安全监控。从应用的角度来讲，信息安全涉及信息传输的安全、信息存储的安全以及对网络传输信息内容的审计三方面。一切信息安全技术的最终目的是保障信息得以正常应用，保障网上的信息确实能够为文化、经济的发展以及社会稳定起到一定的促进作用，信息内容的审计成为一切信息安全技术得以发挥作用的最终保障。立足于这个视角，提出信息内容安全的概念是非常必要的。具体来讲，信息内容安全技术包括如下几个方面[2]：

（1）信息域的定义、划分，与不同信息域之间的信息隔离与安全交换技术，解决网络环境下不同信息域之间的信息隔离与安全交换等问题；

（2）信息内容截取与还原技术和信息阻断技术；

（3）信息内容的识别技术和智能信息内容分析方法，包括概念词典构造、语义关系与框架槽之间的映射关系、基于概念扩充的文本/模板匹配技术、基于语义分析的细选过滤技术等方面；

（4）信息内容监控技术，包括基于内容分级的标记与监管技术；

（5）信息隐藏技术，包括其他信息隐藏技术的实用化研究；

（6）安全浏览器技术，包括安全通信协议的深入剖析，实现高加密强度安全。

1.2　网络新闻的特点

新闻报道主要涉及每天发生的重要事件，其取材多样并且涉及面广，属于半结构化数据。新闻报道由于具有如下特征使得它的可利用价值远远超出了浏览与检索的范畴，综合考虑新闻报道，其主要特性如下[3]：

（1）作为一种公开的信息源，新闻报道，尤其是专题性新闻文本容易获取，并且具有报道及时、反应迅速和内容丰富等特点。

（2）新闻报道代表了不同国家、不同政治团体的政治立场和媒体呼声，能够反映其政治、外交和军事等不同领域的政策和态度。

（3）传播者创制新闻报道的目的在于为人们传播明确的事实信息，因而要求信息要置于明晰的编码之中，文本的意义不能过于依赖语境，也不能依赖于言外之意或字里行间的表达，以避免理解的多义和歧义。

（4）新闻报道从意义解释的角度讲基本上属于封闭性系统。新闻报道的文本是由一系列明确的事实判断语句构成的，从原则上排除意见和情感的主观表达，对开放性的理解形成了语义上的限制。

（5）文本形式的新闻报道结构相对简单，主要表现在以下几个方面：其一，新闻文本的结构类型相对单一，不像小说、散文等文本的具体结构形式可以丰富多样；其二，新闻文本的结构要素（主要是时间、地点、人物、机构等）稳定明确，它们支撑起新闻文本相对稳定的构架；其三，新闻文本的叙事结构也相对简单，大多数新闻文本的主体内容采用与新闻事实客观结构相一致的方式展开。新闻文本与新闻事实逻辑上的同构性，加上新闻传播主体再现新闻事实时的合理简化和必要提炼，会进一步增强新闻文本叙述结构的自然性和简明性。

（6）新闻报道的语言必须具有明确性，只有按照"准确、准确、再准确"的要求去做，才有可能使新闻事实的完整面貌得到准确的呈现。构成新闻报道的语言本质上具有传真性、写实性、再现性和记录性等诸多特征。

（7）新闻报道涉及面广、题材多，其内容更新快，新词的出现让人应接不暇，尤其在科技和财经领域。另外，人名、地名、机构名等新名词也层出不穷。

以上总结了新闻报道的主要特性，事实上，相对于传统新闻报道，网络新闻报道又有其自身的特点。

（1）互动性：将传统媒体与受众的单向传播关系转变为双向或多向互动的传播关系。网络新闻工作者可以通过新闻留言板、电子邮件、网络聊天、BBS 等方式实现双方信息共享，受众可以拥有更多搜寻、反馈的能力，一些网友将自己制作的 DV、图片在网上发布，甚至能影响到整个新闻事件的报道。

（2）网络新闻制作无范围限制，打破了传统新闻媒体在时空上的限制。

（3）网络新闻媒体的版面呈现方式不同，以图片、新闻标题与导航为主，并实现了多媒体整合运作。而且网络新闻没有篇幅和数量的限制。

（4）专题报道是网络新闻赢得受众的重要手段。而且网络媒体提供的数字化语言、文字、声音、图像信息和非线性互动传播，为深度报道的发展提供了更为广阔的天地。

从新闻的特点可以看出，作为一种信息传播的方式，新闻会对社会稳定产生很大的影响。新闻舆论监督的勃兴，肇始于美国大法官斯特瓦特创设的"第四权力理论"，所谓的"第四权力"就是指新闻舆论。事实上，它不是国家权力，但随着新闻媒体在社会政治、经济、文化生活中的作用日益增强，它发挥着越来越重要的作用。同时，随着网络媒体"议程设置"功能的减弱和"沉默的螺旋"作用的不断增强，网络新闻作为网络舆论和社会舆论形成的主要源泉，因而准确判断新闻信息内容安全性对社会安全及其他相关方面具有重要意义[4]。

1.3　网络新闻信息内容安全分析技术的发展与现状

网络信息内容安全分析是一个综合性的概念，需要研究的技术相当多。目前还没有发展成为一个专门的学科，该项研究涉及的相关领域有信息安全、自然语言处理、网络理论、人工智能、机器学习、模式识别等。此外，基于文本挖掘、知识库、内容理解等方面的研究也非常多。迄今为止，在信息内容安全分析技术的研究及应用主要集中在不良信息监测、信息过滤，以及专门针对新闻信息的话题检测与跟踪等方面。

1.3.1　不良信息监测技术

根据中国互联网信息中心提供的数据，中国的互联网页面从内容上看，仍是文本居多，占到网页总数的85%以上，其次是图像，音频和视频网页数量相对比例仍旧不高。因此，不良信息监测相关的研究大多集中于文本信息的监测，本书中所指的不良信息也主要是文本形式的信息。归纳起来，不良信息监测技术研究主要分为以下几类：

1. 网络处理协议及体系结构研究

目前相关的研究大多集中在网关或用户端的信息过滤与自动屏蔽上，通常基于信息过滤技术。信息过滤系统中对信息源数据的获取往往采用网络监听的方法。网络底层信息监听可以采取两种方法：一是利用以太网的广播特性实现，二是通过设置路由器的监听端口实现。在这一方面，曲建华于2003年进行了Web上的信息过滤问题研究[5]；文自勇于2005年进行了分布式网络监听系统研究与实现[6]；郑海春于2003年进行了网络监听技术的研究与应用[7]。网络监听作为信息监测领域一个较成熟的手段，目前对于这方面的研究仍然占很大比重。

为进一步提高内容分析系统的处理能力和加快响应时间，谭建龙提出了扁平结构的网络内容分析模型[8]，其主要思想是把各个协议层的数据处理函数集中到一个层次中，从而减少内存访问次数，便于协议自动实现。对任何一个数据包，各个分析层尽可能地进行处理，包括尽可能早地执行关键词匹配，尽可能早地发现匹配规则，从而尽可能早地执行响应动作。

但是，采用网络底层的监听技术，需要对已有网络进行较大规模的改动。这种技术成本高、灵活性差，对监测点的选择提出了较高的要求，很难有效地应对不良信息传播者的"游击"策略。同时，该方法对于在网络用户端进行信息过滤有较大优势，而不适合本文所针对的应用需求。

2. 面向不良信息的文本分类研究

文本分类是实现不良信息监测的关键技术，目前在这方面的研究较多，是信息内容安全领域所关注的一个重点。

熊静娴、李生红在模糊集和语义网络的理论基础上，通过构建模糊值动态约束性概念网络，进行了面向不良文本信息监控的概念网技术研究，提出基于概念网络的文本分析算法[9]。黄海英、林士敏、严小卫也进行了基于概念空间的文本分类研究[10]，提出基于概念空间的文本分类机制，表现出明显的性能优势。郭莉、张吉、谭建龙提出一种基于后缀树的文本向量空间模型（VSM），并在此模型之上实现了文本分类系统[11]。对比基于词的 VSM，该模型利用后缀树的快速匹配，实时获得文本的向量表示，不需要对文本进行分词、特征抽取等复杂计算，同时还能保证训练集中文本更改能够对分类结果产生实时影响，具有较好的时间复杂度。分类过程和语种无关，是一种独立语种的分类方法。万中英、王明文、廖海波以提高分类精度为目的，提出一种基于投影寻踪（Projection Pursuit，PP）的中文网页分类算法[12]。他们首先利用遗传算法找到一个最好的投影方向，然后将已被表示成 n 维向量的网页投影到一维空间，最后采用 KNN 算法进行分类，能够有效解决"维数灾难"问题。林鸿飞、姚天顺提出基于示例的中文文本过滤模型[13]，首先对于用户提出的示例文本进行文本结构分析，采用文本层次的方法提取文本特征，形成主题词表示的用户模板，然后进行文本过滤；同时在用户反馈的基础上扩充示例文本数量，进而采用基于潜在语义标注的文本过滤方法，改进用户模板，提高过滤效率。樊兴华、孙茂松采用两步分类策略，提出一种高性能两类中文文本分类方法[14]，首先以词性为动词、名词、形容词或副词的词语为特征，然后将文本看做由词性为动词或名词的词语构成的序列，以该序列中相邻两个词语构成的二元词语串作为特征，以改进互信息公式来选择特征，以朴素贝叶斯分类器进行分类。该两步分类方法达到了较高的分类性能。卢军、卢显良、韩宏、任立勇针对网络信息的实时过滤问题，提出一种基于代理服务器的网络信息实时过滤机制[15]。为提高信息过滤的性能，还提出一种高效的关键词集合匹配方法（KPSMM），该方法可以实现关键词集合的高效过滤，其性能比传统的字符串过滤方法有较大提高。

此外，基于决策树（Decision Tree）、粗糙集（Rough Set）[16]、Ripper 方法[17]、Boosting 方法[18] 以及 k 邻近（KNN）方法[19]、贝叶斯（Bayes）方法[20]、Rocchio 方法、支持向量机（SVM）[21] 等的研究相当多。

3. 不良信息特征提取研究

文本特征的表示与特征提取是分类算法的基础与前提，在以上列举的文本分类算法中都有提及。但由于不同领域信息的形式特殊性，许多研究者也对特征提取进行了专门研究。

陈文亮、朱靖波、朱慕华、姚天顺以提高分类性能为目的，提出了一种结合机器学习和领域词典的文本特征表示方法[22]。他们利用了基于领域词典的文本特征表示方法增强文本特征的表示能力并降低文本特征空间维数；同时又提出一种自划分模型以解决领域词典存在覆盖度不足的问题，在特征数目较少的情况下，该方法表现出很好的分类性能。为解决分词给分类系统带来的消极影响，胡吉祥、许洪波、刘悦、程学旗提出了一种基于重复串的特征提取方法[23]，该方法无需分词便可以从文本中提取有意义的重复串作为特征，能降低特征空间维数，同时可有效改善传统以词为特征的聚类算法的性能。

1.3.2　面向信息内容安全的文本过滤技术

文本自动过滤技术是信息检索领域的重要研究课题，在大规模文本信息处理中具有很重要的意义。从信息处理的角度上看，文本过滤有如下几个应用领域[6]：

（1）提供选择性信息服务的企事业单位可以根据用户的信息需求过滤新闻信息，并且把用户可能感兴趣的内容发送给用户。这类似于图书馆和科技情报机构等提供的定题服务。

（2）在档案管理领域，文本过滤系统可自动地确定档案所属的类别。

（3）对终端用户而言，可以用具有文本过滤功能的代理程序来接收原始文本流（如 E – mail 和 Newsgroup），并从中选择用户可能感兴趣的内容。

（4）研究与开发具有自主版权的信息过滤系统，对于提高我国的网络和人工智能的研究和应用水平、保障国家信息安全、促进因特网技术在我国的健康发展也有着重要的意义。

文本过滤随着计算机应用的发展而从设想成为现实，并不断地完善自身的功能，经历了很长的发展时期，并在因特网日益普及的今天，在信息发掘方面发挥着越来越大的作用[24,25]。

1958 年，Luhn 提出了“商业智能机器”的设想，在这个概念框架中，图书馆工作人员建立了每个用户的需求模型，然后通过精确匹配的文本选择方法，为每个用户产生一个符合用户信息需求的新文本清单。这个设想为文本过滤的发展提供了有效的启发。

1969 年，美国信息科学协会进行了对 SDI（Selective Dissemination of Information，选择性信息分发系统）的研究。但是研究大都遵循 Luhn 模型，只有很少的系统能够自动更新用户需求模型，其他大多数系统仍然依靠专门的技术人员或者由用户自己维护。SDI 兴起的两个主要的原因是实时电子文本的可用性和用户需求模型与文本匹配计算的可实现性。

1982 年，Denning 提出了"信息过滤"的概念，他的目的在于拓宽传统的信息生成与信息收集的讨论范围。他描述了一个信息过滤的需求的例子，对于实时的电子邮件，利用过滤机制，识别出紧急的邮件和一般例行邮件。他采用了一个"内容过滤器"来实现过滤。其中采用的主要技术有层次组织的邮箱、独立的私人邮箱、特殊的传输机制、阈值接收、资格验证等。

1987 年，Malone 等人发表较有影响的论文，并且研制了系统"Information Lens"。提出了三种信息选择模式，即认知、经济、社会。所谓的认知模式相当于 Denning 的"内容过滤器"，即基于内容的过滤（Content – based Filtering）；经济模式来自于 Denning 的"阈值接收"思想；社会模式是他最重要的贡献，目前也称为"合作过滤"。在社会过滤中，文本的表示是基于以前读者对于文本的标注，通过交换信息，自动识别具有共同兴趣的团体。

1989 年，信息过滤获得了大规模的政府赞助。由美国 DARPA 资助的"Message Understanding Conference"，极大地推动了信息过滤的发展。他将信息抽取技术用于信息的选择，在将自然语言处理技术引入文本过滤研究方面进行了积极的探索。1990 年，DARPA 建立了 TIPSTER 计划，目的在于利用统计技术进行消息预选，然后再进行复杂的自然语言处理，这个文本预选过程称之为"文本检测"。

20 世纪 90 年代以来，情况有了很大的改变，著名的文本检索会议（Text Retrieval Conference，TREC）和主题检测和跟踪会议（Topic Detection and Tracking，TDT）都把文本过滤作为主要研究内容之一，这就在很大程度上促进了文本过滤的发展。下面将着重介绍文本检索会议及其在文本过滤方面所做的工作。

文本检索会议，是由美国国家标准和技术局（National Institute of Standards and Technology，NIST）和国防部高级研究计划局（Defense Advanced Research Projects Agency，DARPA）组织召开的一年一度的国际会议，从 1992 年至今已经召开了 12 次，是文本检索领域最权威的国际会议之一，代表了当今世界文本检索领域的最高水平。

TREC 会议的宗旨主要有三条：通过提供规范的大规模语料（GB 级）和对文本检索系统性能的客观、公正的评测，来促进技术的交流、发展和产业化；促进政府部门、学术界、工业界间的交流和合作，加速技术的产业化；发展对文本检索系统的评测技术。

1.3.3 新闻话题检测与跟踪技术

新闻话题检测与跟踪又称为事件探测与跟踪（Topic Detection and Tracking，

TDT）的基本思想源于 1996 年，当时美国国防高级研究计划委员会（DARPA）提出需要开发一种新技术，能在没有人工干预的情况下自动判断和识别新闻数据流的话题。新闻话题检测与跟踪技术的研究工作不同于传统的信息检索、信息抽取、文档分类、信息管理和数据挖掘等文档管理技术，主要原因在于该技术更多地关注如何识别新的话题和获取特定话题相关的数据。TDT 研究中对话题的定义描述不同于传统的话题定义描述，TDT 的话题描述倾向于某一特定事件及其相关活动的描述，从而 TDT 主要将事件作为分析与处理的对象。

TDT 项目开始于 1997 年，开始阶段主要发表了包括卡耐基梅隆大学、马萨诸塞大学、宾州大学等系统的研究报告，对这项技术进行初步研究，并做了一些基础工作。TDT 的研究人员力求设计一种功能强大、通用、自动的学习算法，能够识别和获取人类语言数据的话题结构，独立于数据的来源、媒介、语种、领域和具体应用。总体来说，TDT 的研究内容可以分为 5 个技术任务：

（1）将新闻故事数据流分割成为多个故事（Story Segmentation）；

（2）寻找属于特定话题的所有故事（Topic Tracking）；

（3）发现新话题，并将属于同一个话题的所有故事进行聚类（Topic Detection）；

（4）发现与新话题相关的第一个出现的故事（First story Detection）；

（5）确定两个故事涉及的内容是否属于同一个话题（story Link Detection）。

其中第 4 项技术是第 3 项技术 Topic Detection 的基础关键技术，第 5 项技术相当于为第 2、第 3 和第 4 项技术任务提供一个基础关键技术。

从 1998 年开始，在 DARPA 发起和支持下，美国国家标准技术研究所（NIST）每年都举办 TDT 评测。每次先在评测计划中公布当年的评测标准，然后经过一段时期的研究，再进行评测，最后工作组讨论评测结果和研究进展。TDT 评测采用的语料是由语言数据联盟（LDC）提供的 TDT 系列语料，这些语料都由人工标注了若干事件话题作为标准答案。1998 年，TDT 技术第一次公开评测，有 9 个研究机构参加，主要有三项评测任务：故事分割、话题追踪和话题检测。评测的目的是评定由自动语音识别产生的错误和训练样本数目对 TDT 性能的影响。1999 年秋季进行第二次 TDT 评测，这次评测将 1998 年的三个任务扩展到汉语语料中，另外增加了两项新任务：话题的新故事检测和相关检测，这两个新任务只针对英语语料。评测的主要任务是提高包括新闻故事的分割、检测和追踪所需要的信息的描述技术，这次评测加入了中文的语料。2000 年进行第三次评测，重点是多语言的话题检测与跟踪。第四次评测在 2001 年举办，主要任务是提高在多语言新闻数据流中同时进行的 TDT 技术。在 2002 年举办了第五次 TDT 评测，阿拉伯语的语料填入到测试集，提倡并鼓励对文本过滤、机器翻译、语音识别、文本分割等技术的研究。2003 年进行第六次 TDT 评测，主要有下面几个任

务：首故事检测、相关检测、话题检测、话题追踪。2004 年的 TDT 评测与以往
的评测有较大的变化：故事分割任务不再进行评测；保留话题追踪任务、话题检
测和相关检测任务；增加了有监督的自适应话题追踪任务和层次话题检测任务。
TDT 评测越来越受到人们的重视，已成为一个新兴的研究热点，国内外的很多著
名大学、公司和研究机构都参加了该评测。国外的机构主要有：IBM Watson 研
究中心、BBN 公司、卡耐基梅隆大学、马萨诸塞大学、宾州大学、爱荷华州大
学、马里兰大学等。

国内这方面的研究开展得明显晚些，1999 年台湾大学参加了话题检测任务
的评测，2000 年香港中文大学参加了 TDT 某些子任务的评测。目前，北京大学
计算语言学研究所、中科院计算所、哈尔滨工业大学、东北大学、复旦大学、微
软亚洲研究院、清华大学等一些国内有名的研究机构的研究人员也开始进行 TDT
相关关键技术的研究，但他们主要侧重于追踪国外最新理论和跟踪性研究，相关
研究成果的报道不多。

作为一个直接面向应用的研究方向，到目前为止，话题检测与跟踪领域的大
部分研究都是借用信息检索的某些方法，只是通过调整某些参数来使这些方法更
适合于处理话题。但是，话题检测与跟踪研究的某些特殊性，如面向话题、基于
时间等，也决定了仅仅利用现有信息检索方法来进一步提升 TDT 系统的性能是
有限的，要想有所突破，必须更多地借助于自然语言理解技术。

1.4 研究意义及应用

1.4.1 信息内容安全研究的意义

互联网作为一个开发和使用信息资源的全球性网络，已经和正在对世界各国
的经济、政治、文化、科技、军事等各个领域产生重大影响，已经和正在使人们
的生产、工作、学习、生活、交往、娱乐的方式发生深刻变化。但是，由于互联
网的开放性，也使得其技术运行安全和信息内容安全的问题越来越突出，给社会
带来了不可低估的破坏作用和负面影响。特别是近年来，互联网刊载信息内容所
衍生出来的问题，更是影响到现实的正常秩序和规范[26]。

1. 互联网信息内容安全事关国家安全

从地域的角度看，互联网信息传播的途径主要有两种：一是信息源在国外，
信息由境外传入国内（包括国内信息由各种途径传送至境外，再由境外信息源
传播至国内）产生影响；二是信息源在国内，信息主要也是在国内传播并产生
影响。

这里不妨先看两个国外的例子，从信息传播途径上分别显示了以上两种情

况，但信息内容则直接涉及国家安全。2004 年是西方人质被恐怖分子斩首事件屡屡发生的一年，如 5 月 11 日美国电信工程师尼克·伯格（Nick Berg）被恐怖分子以此手段杀害，同样遇害的还有美国洛克希德马丁公司的工程师保罗·约翰逊（Paul Johnson）（6 月 18 日）和韩国加纳贸易公司职员金善日（6 月 22 日）等。以上这些残暴的画面都是通过恐怖组织的网站传播的。恐怖分子认为，习以为常的自杀式爆炸已经对美国人不构成"心理威慑力"，于是频繁地捕获人质，提出要挟条件不果后将人质残酷地杀害，并将现场的视频通过互联网传播，企图达到从心理上打击西方国家及支持美英的国家的作用。对此，美国和相关国家均采取了相应措施，如金善日被害录像刚在网上传播，韩国政府就下令禁止国内网站播放这段录像，违规网站将被关闭。2005 年 10 月 7 日新加坡首次对在博客上发表种族煽动性言论的两名"博主"判刑，可见，互联网信息内容事关国家安全。

2. 互联网信息内容安全事关公共安全

互联网信息对公共安全构成影响主要有两种类型：一是网络谣言及网络假新闻（通过有公信力的网站发布的虚假新闻）；二是对集体行动进行动员组织的信息。

今年 5 月 10 日，美国副国务卿卡伦·休斯在纽约对外关系协会举办的"转型公共外交"研讨会上的发言中说："美国在冷战结束时减少了公共外交方面的努力，在 20 年后却面对信息爆炸的局面，在一个谣言可触发暴乱、信息通过互联网在瞬间传遍世界的时代，各种思想为了赢得注意力和可信度而相互竞争"。她的这番话，至少点出了谣言通过互联网传播的威力。

在互联网上，人人都是消息传播者，过去被排拒在新闻媒体之外的"小道消息、八卦、耳语"，如今可堂而皇之的公开传播。由于互联网自由和交互的特点，无论从复制的速度和传播的规模来看，谣言的发展都达到了前所未有的峰值，其杀伤力也更为强大。特别是互联网为网民提供了隐藏真实身份的机会，使一些人丧失社会责任感而不顾忌任何法律，于是互联网成了谣言丛生之地，谣言，也成为了互联网上的顽疾。

任何网络造谣者的目的都是要快速而广泛地传谣，并最终使受众信谣，因此使用一般手法造谣并靠个人网站或通过论坛、聊天室、新闻组、电子邮件、即时通信等功能传谣，范围和效果仍是很有限的。从发展看，今天网络谣言达到"高明"的程度有两大特点：一是在制作环节，网络谣言炮制者采用新闻报道的手法，在形式上力求"逼真"，甚至盗用媒体的名义；二是在传播环节，令网络媒体乃至传统新闻媒体"中招"，通过它们具有权威性、公信力的传播平台以新闻形态进行再传播，以证实其"可信度"。根据谣言的内容来划分，可分为政治谣言、经济谣言、军事谣言、外交谣言、社会生活谣言和自然现象谣言。在影响范围上也有局部（如对某个个人或某个机构、企业）和全局之分。在重要领域带有全局性影响的谣言必然会造成社会的不安与动荡，危及公共安全，造成实际的破坏。如在经济领域，一条谣言可以引起民众到银行进行挤兑，一条谣言可以引起股市的大涨大跌，一条谣言可以引起汇率市场上数十亿元资金的流动。而这种情况在发生突发事件和危机事件时，造成的破坏会更大。如 2003 年 4 月 1 日，正值香港因 SARS 肆虐人心焦虑之际，一名停课在家的 14 岁少年将新闻组、ICQ 上流传的"香港将宣布成为疫埠"的谣言复制成《明报》即时新闻网页的形态，并上传至近似明报网站的网址。这一以"明报专讯"名义发布的网络谣言顿时造成社会恐慌，导致当天下午部分香港居民抢购风潮。特区政府有关部门采取紧急措施及时辟谣，当天傍晚便制止住了人们惊惶失措的局面。明报新闻网也及时发出澄清，并强烈谴责造谣者盗用明报新闻网的行为。当天晚上警方以"不诚实使用电脑"之由，将涉案少年拘捕。同样，在 SARS 肆虐内地时，不少地方发生网上造谣的情况，导致人心的恐惧和社会的混乱，极大地干扰了全国阻击 SARS 的战役。

近年来，互联网在社会生活中产生作用的一个新趋势是，它不仅是新闻及信息的传播者、舆论及民意的集成者，而且也成为集体行动的组织者。在互联网上，网站、论坛（BBS）、QQ 群组、电子邮件、手机短信等手段的复合使用，使点对点、点对多点的通信及信息传送能够迅速扩展为多点对多点、多点到面的信息传播，产生出一呼百应的动员组织效果，而且表现出集结人数之众、速度之快、主题之明确、形式之松散、组织者之隐秘的特点。2005 年 4 月国内多个城市举行反日游行，在很大程度上正是互联网和手机发挥的作用。

中国是世界上人口最多的发展中大国，必须要结合自身的实际情况稳步地推动社会的进步与改革。中国目前正处在社会转型期，如何避免互联网负面影响给发展大局带来的干扰，避免互联网信息有害内容对公共安全造成威胁和破坏，是对互联网管理部门的考验。

3. 互联网信息内容安全事关文化安全

文化在社会科学上表明的意义，是指日常生活中所持的信念、价值观和生活方式。随着全球化、信息化浪潮席卷全世界，不同国家和民族间的文化交流与合作达到空前的规模，但是，不同文化之间的矛盾、冲突也十分尖锐激烈。文化被视为一个国家的"软实力"，它在国际政治斗争中的作用越来越受到人们的高度重视。中华民族是一个有着悠久历史和优秀文化的民族，在建设现代化国家的进程中，传承优秀的本土文化、建设优质的精神文明是一项重要的任务。因此，文化安全首先是实践提出的问题，而不是单纯的理论问题。这在互联网信息内容传播领域表现得最为明显。由于互联网的特点，大量糟粕性的文化产品和精神垃圾可以通过互联网轻而易举地传播，使各种价值观、道德观及多元意识形态得到淋漓尽致地展现，对我国的文化格局形成冲击。例如，互联网上色情、暴力内容的传播，在电话拨号上网（窄带）阶段，其形式主要是文字和图片，而宽带网络的来临，则打破了以往音视频传播的瓶颈，网民对音视频内容的在线观看、下载观看、上传及通过其他途径再传播等活动空前活跃。音视频无疑比文字、图片更具有视觉冲击力。今天，信息内容的生产，不仅专业机构可以大规模地进行，而且千千万万的个体也可以通过多种手段进行制作。各类数字终端、通信终端（如手机）与互联网的对接，使互联网信息传播更具灵活性和扩展性。在互联网传播进入 web2.0 阶段后，由于博客、播客等形态的出现，网上音视频的传播又进入一个"一人一媒体"、"所有人向所有人传播"的新阶段。香港资深新闻工作者冯智翔今年 4 月在《亚洲周刊》上曾发表一篇文章《自拍狂潮，网络传播新血祭》，其中就提到了互联网上流传的几个著名的暴力视频，如近来国内频发的"校园暴力"视频、虐杀动物的视频等。

是将互联网建构成培养人、陶冶人的信息知识宝库，有助于推动社会进步，还是将其变成一座垃圾桶和精神染缸，有害于社会文明的发展，有害于优秀文化的传承，这就是问题的关键。中国是互联网的大国，不仅用户最多，同时也是中文信息内容最大的提供者，应该对全球互联网的良好秩序和良好环境做出贡献。在中国互联网用户群体中，青少年人数最多，应该给他们提供一个安全、健康的上网环境，使他们的身心免于受到有害信息内容的毒害。

1.4.2　信息内容安全技术的应用

理论是为应用服务的，应用也促进了理论的深入研究。本节介绍几种信息内容安全技术的典型应用及系统实现，这些系统也有效地证明了信息内容安全理论的实用价值，使理论更加具体。

1. 电子邮件过滤

作为互联网的第一大应用，电子邮件一直受到广大网民的青睐。但是近些年来，垃圾邮件问题日益严重。垃圾邮件不仅耗费网络带宽和计算机时空开销，而且会对企业的正常运作和用户的正常工作造成了严重的干扰，所以邮件过滤成为需要解决的网络安全问题之一。

基于信息内容安全的垃圾邮件过滤系统不同于普通基于关键词的邮件过滤系统，它主要基于对邮件信息内容的理解，使用的关键技术是自然语言理解，此类邮件过滤系统的框架如图 1-1 所示。

从邮件过滤系统框架图可以看出，在应用层上主要包括 5 个模块：

（1）邮件截获、转发控制模块：输入为客户端发来的 SMTP 指令和信件，输出为信件内容指针，将信件体提交给电子邮件文本获取模块。

（2）邮件文本获取模块：输入为一个带标记的电子邮件文本文件，是由电

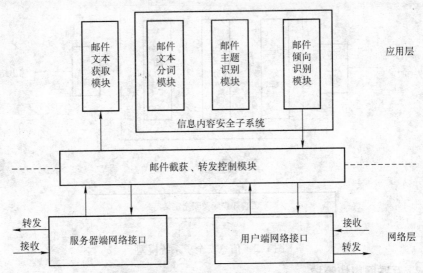

图 1-1 基于信息内容安全的垃圾邮件过滤系统框架图

子邮件文本截获模块提供的；输出为纯文本文件，去掉了电子邮件文件中的各种用于文本显示的标记，获得纯内容，也是电子邮件文本分词模块的输入。

（3）邮件文本分词模块：输入为一个纯文本文件，也就是电子邮件文本获取模块的输出；输出为经过分词的纯文本文件，也就是电子邮件文本主题识别模块的输入。

（4）邮件主题识别模块：输入为一个经过分词的纯文本文件。也就是文本分词模块的输出；输出为整型值，该参数传给电子文本倾向识别模块。

（5）邮件倾向识别模块：输入为文章文本文件，也就是文本分词模块的输出，并接收文本主题识别模块传来的参数；输出为整型值，该参数最终表示电子邮件文本是否合法。

其中邮件文本分词模块、邮件主题识别模块和邮件倾向识别模块，是基于信息内容安全的邮件过滤系统的三个主要部分。邮件文本分词模块，主要对应于信息内容安全的语法分析。作用是把邮件文本切分为一个个的词。分词的依据一般是驻留在计算机内存中的字典。这个模块对于英文来说是不必要的，因为英文单词本身就是词，而汉字却要由若干个字组成词。邮件主题识别模块，主要对应于信息内容安全的主题分类。作用是确定邮件文本属于主题的类别。分类的依据是驻留在计算机内存中词关联关系的知识库。邮件倾向识别模块，主要对应于信息内容安全的倾向分类。作用是确定邮件文本的倾向（判定的依据是语言知识库和安全定义）。针对邮件过滤系统中信息内容安全子系统，可以总结出如图 1-2 所示的模型。

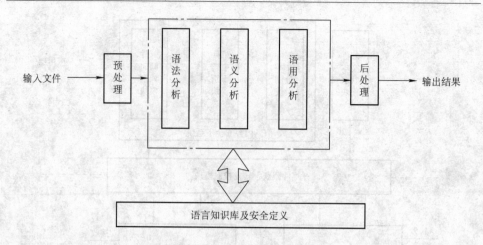

图 1-2　信息安全子系统模型

2. 互联网舆情管控

当前，互联网已经确立了它第四大媒体的主导地位，根据最新统计，2009年全球的网民人数已经超过了 17 亿，而且，至今为止，国内网民数量已经超过4 亿，中国的网民成为世界最大的网民群体之一，这其中有很大一部分是青少年。在高度信息化的当今社会，当发生社会性突发事件后，容易造成网络上的小道消息流行，从而引起公众的不理性判断和行为混乱。而对突发事件相关报道和信息进行认真分析、判断、预测，才可以做到防患于未然。互联网具有虚拟性、隐蔽性、发散性、渗透性和随意性等特点，越来越成为人们表达个人想法的渠道。由此网络舆情的爆发也以"内容威胁"的形式逐渐对社会公共安全形成威胁。因此，在加强互联网信息监管的同时，组织力量开展信息汇集、整理和分析，对于及时应对网络突发的公共事件和全面掌握社情民意很有意义。

然而，随着国际互联网在全球的迅猛发展，互联网载体每天都在产生着近乎于海量的信息，面对这些海量信息，传统的人工方式已经不能满足对信息的处理和分析需求。互联网舆情监控分析系统需要做的就是通过计算机技术，最大程度、最大范围地去分析、归纳、概括、描述广大民意，最终为用户全面掌握网络舆情提供有效的信息化手段。互联网舆情监控分析系统的系统结构如图 1-3 所示：总体分为 IT 基础设施、软件层面、安全和管理体系。软件层面分为三层：最上层为统一应用门户，直接为用户提供服务；中间层为舆情信息智能处理层，为上层提供智能分析服务；最下层为数据采集和提取层。

下面对软件层面的三个部分分别进行介绍：

（1）舆情信息自动采集和提取：本部分功能包括互联网信息（新闻、论坛、博客等）的实时监测、采集、内容提取及排重等。为了全面、客观、准确地反映民意，舆情信息系统信源采集的数量、质量和种类是非常重要的，应该强调采

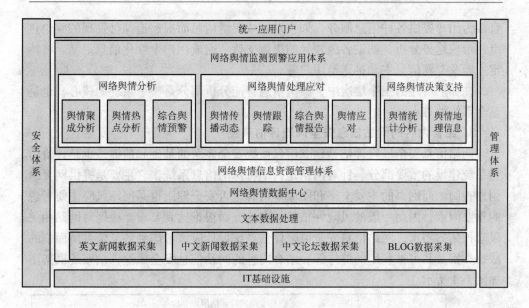

图 1-3 舆情监控分析系统的系统结构图

集的广度和深度。从这个角度而言，我们面临的信息对象有报纸、广播、电视和互联网，其中基于互联网有网页、邮件、论坛、聊天等；其中的信息格式或者协议也是五花八门，有 HTTP、SMTP、MP3、XML、影音视频…，文档类的还有 DOC、PDF、XLS 等。如此纷繁的对象，需要各类互联接口和转换系统，同时系统本身还应该具有开放的第三方开发拓展能力，能够支持特定的接口开发，从而最大程度地捕捉各类信息。

（2）舆情信息智能分析：舆情信息具有数量大、增长快、主题相关、时效性强、动态演化等特性，传统的人工方式已经不能满足对海量舆情信息的处理和分析需求。舆情信息智能分析应具有自动分类、自动关键词和摘要、敏感信息监测、热点自动发现和分析、个性化服务等功能，并提供多语言文字的处理手段，通过自动分类引擎、自动关键词和摘要引擎、敏感信息监测引擎、热点自动发现和分析引擎以及个性化用户引擎等来实现。其中，舆情热点自动发现和分析模块基于主题发现和追踪（TDT）技术进一步深化应用，从而实现舆情信息的热点检测和分析功能。舆情热点发现模块利用舆情信息的热点自动检测技术，实时地将海量舆情信息按照舆情热点以及更高层次的类别进行组织，给出当前舆情热点的排行以及热点分布图，方便用户的检索浏览和选择使用。舆情热点分析模块需要对热点进行关键词和摘要提取、褒贬分析、传播分析、趋势分析和关联分析等进一步的智能分析，为用户全面、准确地掌握舆情热点信息提供强有力的辅助手段。

（3）舆情信息全面服务：舆情信息服务部分根据采集并分析整理后的信息

直接为用户提供各种信息服务，如自动生成舆情信息简报、追踪已发现的舆论热点并形成趋势分析、辅助各级领导的决策支持、完成用户个性化信息定制、将特定主题及专题信息主动推送给用户等。

在如上所述的三个层次中，舆情信息智能分析部分是整个系统的核心，也是整个系统的难点。

3. 结合内容的网站信息安全风险评估系统

网站信息安全风险评估是建立信息系统安全体系的基础和前提，也是评价信息系统建设的重要部分。针对网站是一个特殊的信息系统，它主要是提供网页给用户查阅。而网页的主要文字和图像等内容是否安全健康也是网站风险需要考虑的重要因素，因而一般的风险评估软件在这方面很难达到要求。根据对网站相关风险评估的需求，网站信息安全风险评估系统设计应该考虑到各类信息所面临的威胁类别及其可被利用的群体等。结合内容的网站信息安全风险评估系统框架图如图 1-4 所示。

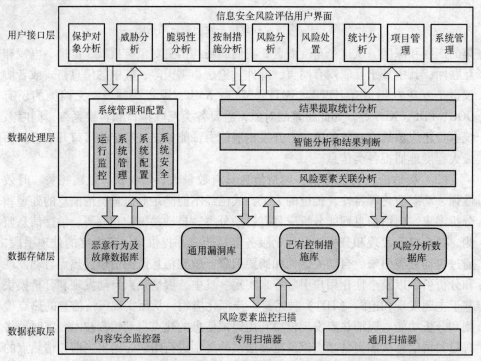

图 1-4　结合内容的网站信息安全风险评估系统框架图

本节仅仅介绍了信息内容安全技术的几个具体应用举例，其实可以想象，在其他很多方面都可以应用此技术。例如：对网页过滤、短消息过滤、个性化服务等。另外，对于整个社会安全来言，也越来越需要基于信息内容的安全，例如：

对于政府，要防止黑色的、黄色的网络信息；对于公司，要防止内部机密文件泄露；对于个人，需要在浩瀚的信息海洋中获取自己最需要的信息。只有对信息内容安全进行全面研究，这些需要才能渐渐有理论依据和技术实现，也就可以得到更好的满足。而且随着网络技术的不断发展，社会对信息安全的要求也会越来越高，基于内容分析的网络信息安全技术将会随之得到人们更多的重视。

参 考 文 献

[1] 中国互联网络信息中心. 第 26 次中国互联网络发展状况统计报告 [R]. 北京：中国互联网络信息中心（CNNIC），2010.

[2] 宁家骏. 信息内容安全 [M]. 贵阳：贵州科技出版社，2004.

[3] 雷震. 基于事件的新闻报道分析技术研究 [D]. 长沙：国防科学技术大学信息系统与管理学院，2006.

[4] 黄鹂. 论网络媒体传播功能的特点 [J]. 华中理工大学学报，2000，14（2）：115 – 117.

[5] 曲建华. web 上的信息过滤问题研究 [D]. 济南：山东师范大学，2003.

[6] 文自勇. 分布式网络监听系统研究与实现 [D]. 成都：西南交通大学，2005.

[7] 郑海春. 网络监听技术的研究与应用 [D]. 成都：西南石油学院，2003.

[8] 谭建龙. 串匹配算法及其在网络内容分析中的应用 [D]. 北京：中国科学院计算技术研究所，2003.

[9] 熊静娴，李生红. 面向不良文本信息监控的概念网技术研究 [J]. 计算机工程与应用，2006，42（3）：183 – 186.

[10] 黄海英，林士敏，严小卫. 基于概念空间的文本分类研究 [J]. 计算机科学，2003，30（3）：46 – 49.

[11] 郭莉，张吉，谭建龙. 基于后缀树模型的文本实时分类系统的研究和实现 [J]. 中文信息学报，2005，19（5）：16. 23.

[12] 万中英，王明文，廖海波. 基于投影寻踪的中文网页分类算法 [J]. 中文信息学报，2005，19（4）：60 – 67.

[13] 林鸿飞，姚天顺. 基于示例的中文文本过滤模型 [J]. 大连理工大学学报，2000，40（3）：375 – 378.

[14] 樊兴华，孙茂松. 一种高性能的两类中文文本分类方法 [J]. 计算机学报，2006，29（1）：124 – 131.

[15] 卢军，卢显良，韩宏，等. 实时网络信息过滤系统的设计与实现 [J]. 计算机应用，2002，22（10）：24 – 25.

[16] Pawlak Z. Rough Sets：Theoretical Aspects of Reasoning about Data [M]. Norwell：Kluwer Academic Publisher，1992.

[17] Cohen W, Fast effective rule induction. In：Machine Learning Proceedings of the Twelfth International Conference [C]. Lake Taho, California, Mongan Kanfmann, 1995：115 – 123.

[18] Schapire RE, Singer Y. Improved boosting algorithms using confidence – rated predications. In Proceeding of the Annual Conf. on Computational Learning Theory [C]. New York：ACM

Press, 1998: 80 – 91.

[19] Yang Y. Expert network: effective and efficient learning from human decisions in text categorization and retrieval. In 17th ACM SIGIR Conference on Research and Development in Information Retrieval [C]. CA USA, 1994: 13 – 22.

[20] Cheeseman P, Kelly J, Self M, et al. Autoclass: a bayesian classification system. In Proceeding of Fifth Int. Conf. on Machine Learning [C]. San Mateo, CaJifomia: Morgan Kaufmann, 1988: 54 – 64.

[21] Thorsten J. Text categorization with support vector machines: learning with many relevant features. European Conference on Machine Learning (ECML) [C]. Dortmund, German: Springer, 1998. 137 – 142.

[22] 陈文亮, 朱靖波, 朱慕华, 等. 基于领域词典的文本特征表示 [J]. 计算机研究与发展. 2005, 42 (12): 2155 – 2160.

[23] 胡吉祥, 许洪波, 刘悦, 等. 重复串特征提取算法及其在文本聚类中的应用 [J]. 计算机工程, 2007, 33 (2): 65 – 67.

[24] David D. Lewis, The TREC – 4 Filtering Track: description and analysis [C]. The Fourth Text Retrieval Conference National Institute of Standards and Technology, Gaithersburg, MD, 1996: 165 – 180.

[25] Hull, DA. The TREC – 7 Filtering Track: description and analysis [C]. The Seventh Text Retrieval Conference National Institute of Standards and Technology, Gaithersburg, MD, 1998, 33 – 56.

[26] 闵大洪. 互联网信息内容安全观察与思考 [J]. 信息网络安全, 2006, (8): 30 – 32.

第 2 章　网络新闻信息处理原理及相关技术

2.1　网络新闻信息处理的原理及框架

　　基于网络新闻媒体的特点，网络新闻报道结构除了以时间为轴线的纵向结构和以空间为线索的横向结构外，还可以采用全方位反映某一事件的纵向流程和横向联系的复式结构，多角度、多侧面、多视点、多层次反映某一事件的散点式结构，从而能够增加事件报道的完整感和厚重感，但同时也带来了各方面的问题。比如事件相关信息的收集和整理，目前基本上都是依靠人工来完成的，其智能性有待提高。同时直接进行新闻报道内容的浏览是非常耗时的，更何况是从纷繁复杂的新闻中寻找极少数有意义的情报，并且以人工劳动为主的新闻信息管理方式也很难实现高效的检索。因此，研究网络新闻信息处理技术，将在一定程度上改善耗时并且代价昂贵的人工组织和管理新闻事件的过程，同时将体现新闻事件来龙去脉的分析结果呈现给用户，提高信息收集整理工作的效率，具有广泛的应用前景和潜在的经济效益。对于金融市场分析人员，需要关注任何可能给股市带来巨大波动的事件的发生和发展状况；对于国际关系或社会学的研究者，有时需要通过某种技术将所有关于某一新闻事件的新闻报道自动地收集整理出来，以便进一步对该事件的前因后果进行深入的调查和研究，甚至需要对该事件的发展趋势做出预测；对于情报分析人员，需要密切监视国内或国际上发生的重大事件，尤其是该技术在情报分析中的应用，对于军队信息化进程的发展更有着切实的军事意义和研究价值。不论是在和平时期还是战争时期，以新闻报道为代表的公开信息源始终是情报分析的重要来源。

　　从技术角度来讲，新闻信息处理旨在依据事件对语言文本信息流进行分析和组织，利用信息检索、信息过滤、信息抽取、数据挖掘和自然语言处理等不同领域的技术，试图发展一系列能够满足用户信息需求的核心技术，是一个交叉性的前沿学科。首先，通过新闻文档自动分聚类对新闻文章进行归类组织，实现对新闻报道高效便捷地管理。使用户不但能够方便地浏览文档，而且可以通过限制搜索范围来使文档的查找更容易。另外，新闻文档摘要则是致力于提取新闻的重要信息，将信息全面的、简洁的文本直接呈现给用户，使用户通过浏览摘要掌握各种新闻的主要内容，提高用户获取信息的效率。再者，对新闻内容进行挖掘更加有现实意义。提取新闻中的关系网络，帮助用户了解事态的发展，分析整个事件中所有参与实体之间的冲突关系，了解舆论对事件的评价。最后，通过对新闻话题的探测与跟踪，帮助人们从整体上了解一个事件的全部细节以及事件之间的关系。

综上所述，该课题的研究在理论与实践上都具有非常重要的意义。新闻信息处理是一个充满希望与挑战的前沿学科，虽然在此之前，出现了一些商业性的新闻搜索引擎，例如百度新闻，Yahoo新闻等。另外，也出现了一些新闻信息处理的原型系统，例如 NewsInEssence [1][2]、QCS[3]。但是真正涉及网络新闻内容自动处理的相关研究并不是很多。对此问题进行深入研究必将对以新闻报道为对象的信息组织技术以及传统的数据挖掘技术产生极大的促进。同时，基于事件的网络新闻信息处理技术的应用领域已经由信息检索、证券市场分析扩展到决策支持、信息安全等领域。该技术的理论研究以及将现有的理论成果向应用领域推广将成为未来的一个研究热点。该课题的研究不仅可以将情报分析人员从繁重耗时的人工劳动中解脱出来，而且可以提高新闻报道分析的智能化程度。

从广义上讲，新闻信息处理的对象可以是文本、图像、语音、视频等多种媒体。但随着文本信息处理研究的发展，特别是在美国防高级研究计划局（DARPA）所资助的消息理解会议（MUC）对不同文本信息处理系统组织统一评估后，信息处理往往被用来专指文本信息处理。另外相对于英文文本信息处理技术，汉语文本信息处理基础相对薄弱，所以本书的主要研究对象是中文新闻文本信息。基于事件的新闻信息处理是一个分层次的过程，其层次结构如图2-1所示：

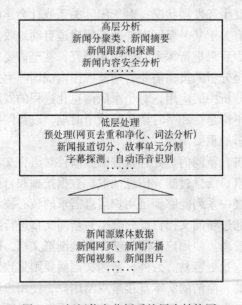

图2-1 新闻信息分析系统层次结构图

　　图 2-1 表示的是一个完整的从新闻源媒体数据获取到新闻报道高层分析的过程，包括从新闻网页、视频、广播等新闻媒体中获取新闻媒体数据、低层处理、高层分析等阶段。该图引入了层次的概念，即将新闻信息处理的过程分为低层处理和高层分析两个核心层，在进行低层处理之前，首先要获取新闻源数据。低层处理包括自动语音识别、字幕探测与识别、镜头探测、新闻报道切分、网页清洗和净化等。低层处理的主要目标是为了完成新闻媒体的结构分析、句法分段以及预处理等任务，为高层分析提供特征元数据并完成必要的准备工作。高层的分析主要包括新闻事件的探测[4,5]、跟踪[6,7]、分类、聚类[8,9]、事件相关文档摘要[10,11]、新闻内容分析[12,13]等任务，本书的研究内容主要涉及低层分析中预处理部分和高层分析中的事件相关多文档摘要、新闻内容分析等几项任务。这些任务不但是当前学术界的研究热点，而且具有很强的理论价值和应用价值。在新闻分析层次结构的基础上，对高层分析所涉及的关键技术和内容的进一步细化，得到新闻信息处理技术框架，如图 2-2 所示。

　　从图 2-2 可以看出，新闻信息处理是一个多层次、多源的过程，尽管所处理的源数据包含视频、音频和文本等多种媒体类型，但是经过故事单元切分、预处

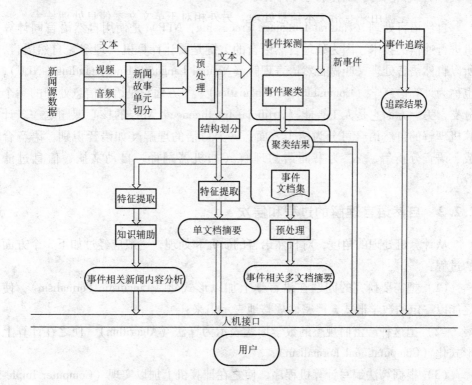

图 2-2　新闻信息处理技术框架

理等低层处理后，新闻话题检测、跟踪和摘要等高层分析任务均是以文本信息为核心处理对象。新闻事件跟踪是在话题检测基础上进行的，换言之，系统首先通过话题检测过程识别出每类新闻事件的新事件种子，并对事件进行动态聚类，形成若干个事件簇，而事件跟踪过程则根据已经存在的事件种子对新闻报道信息流进行监控，发掘出与已知事件相关的后续新闻报道。同时，事件相关多文档摘要也是在话题检测的基础上进行的，它首先要进行预处理，既而通过聚类方法确定出局部话题，最后产生事件相关多文档摘要。多种新闻媒体数据经过预处理等步骤提取出文本之后，通过结构划分、特征词提取和关键语句选取，得到粗略摘要，后经平滑修正即可得到关于事件的单文档摘要。对事件聚类的结果，通过特征提取和知识库辅助的方法，还可进一步进行内容分析。后续章节主要是对网络新闻信息处理中使用到的关键技术进行介绍。

2.2　自然语言处理技术

2.2.1　自然语言理解的学科内涵

自然语言处理（Natural Language Processing，NLP）是使用自然语言同计算机进行通信的技术，因为处理自然语言的关键是要让计算机"理解"自然语言，所以自然语言处理又叫做自然语言理解（Natural Language Understanding，NLU），也称为计算语言学（Computational Linguistics）。一方面它是语言信息处理的一个分支，另一方面它是人工智能（Artificial Intelligence，AI）的核心课题之一。计算机理解的自然语言可分为两个方面：一为口语的理解（如语音识别、语音合成、语音分析等）；二为书面语的理解（如机器翻译、自动文摘、信息过滤等）[14]。

2.2.2　自然语言理解的过程和层次

从计算机处理的角度，对自然语言的研究和处理，一般应经过如下 3 个方面的过程：

（1）把需要研究的问题在语言学上加以形式化（Linguistic Formalism），使之能以一定的数学形式，严密而规整地表示出来；

（2）把这种严密而规整的数学形式表示为算法（Algorithm），使之在计算上形式化（Computational Formalism）；

（3）根据算法编写计算机程序，使之在计算机上加以实现（Computer Implementation）。

因此，为了研究自然语言处理，不仅要有语言学方面的知识，而且，还要有数学和计算机科学方面的知识以及哲学、认知心理学、逻辑学等其他领域的知识，这样自然语言处理就成为了一门界乎于多门学科之间的边缘性的交叉学科，它同时涉及文科、理科和工科三大领域。另一方面，从语言学的角度，由于任何一种语言都具有 3 方面的特征：

（1）语法（syntax）：研究组成语言的规则或者符号之间的关系；

（2）语义（semantics）：研究符号的含义，或者符号和含义间的关系；

（3）语用（pragmatics）：研究在不同语境下如何理解和使用语言。

因此，语言的分析和理解过程应当是一个层次化的过程，它包括词汇分析和句法分析（语法层），语义分析（语义层），基于语境和世界知识的篇章分析和自然语言生成（语用层）。虽然这种层次之间并非是完全隔离的，但是这种层次划分的确有助于更好的体现语言本身的构成。

虽然知道了计算机处理和理解自然语言的过程和层次，但一个现实的问题是——现在的计算机智能还远远没有达到能够像人一样理解自然语言的水平，而且在可预见的将来也达不到这样的水平。因此只能从系统功能的角度出发，把输出对输入文本的反映作为衡量计算机理解语言的判别标准，美国认知心理学家 G. M. Olson 曾提出 4 条语言理解的标志：

（1）回答有关提问；

（2）提取材料摘要；

（3）不同词语叙述；

（4）不同语言翻译。

随着时代的进步，计算机技术日新月异，信息全球化不断发展，自然语言理解也正被赋予更多的内涵，如知识挖掘，智能信息搜索等都成为新的研究热点。

综上所述，图 2-3 所示为自然语言理解的基本模型。

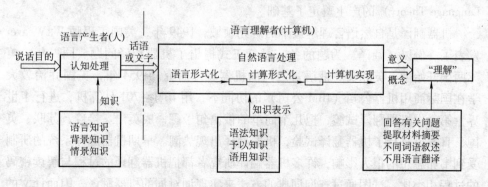

图 2-3　自然语言理解的基本模型

2.2.3 应用前景和研究意义

人类已经迈入 21 世纪，计算机和互联网的广泛应用昭示着信息时代的到来。计算机可处理的自然语言文本数量空前增长，面向海量信息的文本挖掘、信息提取、跨语言信息处理、人机交互等应用需求急速增长，自然语言处理研究必将对我们的生活产生深远的影响。随着我国现代化建设的发展，信息处理技术的自动化愈来愈显得紧迫。人类历史上用语言文字形式记载和流传的知识占到知识总量的 80% 以上。

据统计，目前计算机的应用范围，用于数学计算的仅占 10%，用于过程控制的不到 5%，其余 85% 以上都是用于语言文字和信息处理的，并且随着计算机的普及和性能的提高、价格的降低，这一趋势还在增大。语言信息处理的技术水平和每年所处理的信息总量已经成为衡量一个国家现代化技术水平的重要标志之一。因此自然语言（汉语）处理已成为一个引人注目的重要学科，是我国实现信息化和现代化的必经之路。可以这样说，汉语自然语言理解作为中文信息自动化处理的关键技术，每提高一步给我国的科学技术、文化教育、经济建设、国家安全所带来的效益，将是无法用金钱的数额来计算的。反之，如果落后了，不管是落后于国际水平还是落后于现实需求，后果都是严重的。

2.2.4 国外发展脉络和研究成果

1. 基础研究，机器翻译的兴起：20 世纪 40 年代末至 50 年代初期

自然语言理解领域的研究最早可以追溯到第二次世界大战结束时，那个时代刚发明了计算机。由于计算机能够进行符号处理，使得自然语言理解和处理成为可能。理论方面，有两项基础性的研究值得注意：一项是自动机的研究，另一项是概率或信息论模型的研究。这些早期的研究工作为后来形式语言理论（Formal Language Theory）的产生奠定了基础。

机器翻译是自然语言理解最早的研究领域，1949 年，美国工程师 W. Weaver 发表了一份以《翻译》为题的备忘录，正式提出了机器翻译问题。同一年，美苏两国开始俄—英和英—俄语言之间的机器翻译研究。1954 年，美国乔治敦大学在国际商用机器公司（IBM 公司）的协同下，用 IBM – 701 计算机，进行了世界上第一次机器翻译试验，把几个简单的俄语句子翻译成英语。接着，苏联、英国、日本也进行了机器翻译试验，机器翻译出现热潮。早期机器翻译系统的研制受到韦弗思想的很大影响，许多机器翻译研究者都把机器翻译的过程与解读密码的过程相类比，试图通过查询词典的方法来实现词对词的机器翻译，因而译文的可读性很差，难于付诸实用。

2. 机器翻译的没落，两个阵营，第一代系统：20 世纪 50 年代末期至 1970 年

在 1950 ~ 1965 年，机器翻译几乎成了所有自然语言处理系统的中心课题，早期机器翻译系统未获成功是因为没有尝试理解它所翻译的内容究竟是什么，所以机器输出的新语言不能精确复述源语言的同样意义。1966 年在美国科学院发表的一篇题为《语言与机器》的报告，简称 ALPAC 报告，对机器翻译采取否定的态度。报告宣称："在目前给机器翻译以大力支持还没有多少理由"；报告还指出，机器翻译研究遇到了难以克服的"语义障碍"（semantic barrier），认为全自动机译在较长时期内不会取得成功。此后世界范围内的机器翻译研究工作进入低潮。

在这个时期，自然语言处理明显分成两个阵营：一个是符号派（symbolic），一个是随机派（stochastic）。符号派即我们所说的"理性主义"，他们采用基于规则的分析方法，着重研究推理和逻辑问题。随机派即我们所说的"经验主义"，他们主要针对大规模语料库，着重研究随机和统计算法。

符号派的研究工作可以分为两个方面。一方面，N. Chomsky 等对形式语言理论和生成句法的研究，并于 1957 年提出了转换生成语法理论（Transformation Generative Grammar）。同时，很多语言学家和计算机科学家进行了剖析算法研究，Zelig Harris 的 TDAP 系统是最早的完整剖析系统。另一方面，很多人工智能研究者着重研究推理和逻辑，典型的例子是 Newell 和 Simon 关于"逻辑理论家"和"通用问题解答器"。

随机派主要是一些来自统计学专业和电子学专业的研究人员。在 20 世纪 50 年代后期，贝叶斯方法开始用于解决最优字符识别问题。Bledsoe 和 Browning 建立了用于文本识别的贝叶斯系统。Mosteller 和 Wallace 用贝叶斯方法来解决文章中的原作者的分布问题。60 年代还出现了第一个联机语料库：Brown 美国英语语料库，语料是布朗大学在 1963 ~ 1964 年收集的。

受到当时计算机性能制约，经验主义在 20 世纪 50 年代末到 60 年代初几乎被否定。

这一时期，由于 N. Chomsky 在语言学理论上的突破，以及高级程序设计语言和表处理语言的出现，在 60 年代中期，人工智能学者开发了一批新的计算机程序进行简单的机器自然语言理解。这些早期系统称为"第一代系统"，一些有代表性的系统见表 2-1。它们把模式匹配和关键词搜索与简单试探的方法结合起来，进行推理和问题自动回答，它们都只能接受英语的一个很强的受限子集，在受限的专门领域内达到有限的目标。语法分析尚不成熟，语义和语用分析还未涉及。

表 2-1 第一代系统

年代	系统名称	研发者	主要功能	系统类别
1963	SAD – SAM	R. Lindsay	亲属关系方面的人机对话	特殊格式系统
1963	BASEBALL	B. Green	回答有关棒球赛一些问题	特殊格式系统
1965	DEDUCOM	J. R. Slagle	情报检索中进行演绎推理	有限逻辑系统
1966	ELIZA	J. Weizenbaum	模仿心理治疗学家	特殊格式系统
1966	DEACON	F. B. Thompson	英语管理虚构的军用数据库	有限逻辑系统
1966	PROTOSYNTHEX – 1	R. F. Simmons, eds	文本信息的存储和检索	文本基础系统
1968	STUDENT	D. Bobrow	英语应用题列出方程求解	特殊格式系统
1968	SIR	B. Raphael	事实演绎回答问题	有限逻辑系统
1968	CONVERSE	C. Kellog	根据事实人机对话	有限逻辑系统
1969	QA2，QA3	Green&Raphael	演绎推理和英语回答	一般演绎系统

3. 理性主义和第二代系统：20 世纪 70 ~ 80 年代

这一时期理性主义占据了绝对的上风，几乎完全抛开了统计技术。语法分析方面，出现了更适宜句法分析的扩充转移网络（Augment Transition Network ATN）。语义分析方面，由于认识到 N. Chomky 的生成语法缺少表示语义知识的手段，在 20 世纪 70 年代随着认知科学的兴盛，研究者又相继提出了语义网络（Semantic Network）、概念依存理论（Conceptual Dependency Theory）、格语法（Case Grammar）等语义表示理论。这些语法和语义理论经过各自的发展，逐渐开始趋于相互结合。到了 80 年代，一批新的语法理论脱颖而出，具有代表性的有词汇功能语法（LFC, Lexical Functional Grammar）、功能合一语法（GUG, Functional Unification Grammar）和广义短语结构语法（GPSG, Generalized Phrase Structure Grammar）等。随后语用分析也开始展开，情景语义学（Situation Semantics）、言谈语言学（Discourse Linguistics）和语用学（Pragmatics）成为研究热点。表 2-2 简要介绍了这些理论成果。

表 2-2 "理性主义"理论成果表

理论名称	创始人及时间	简要介绍	功能
扩充转移网络	W. A. Woods 1970	基于图论数学概念的应用和语法研究的有限状态机	语法分析
"格"语法	C. J. Fillmore 1968	在深层结构中借用传统语法"格"的概念，来表示名词与谓语动词间一种固定不变的语义结构关系	语法、语义分析

（续）

理论名称	创始人及时间	简要介绍	功能
概念依存理论	C. Scank 1973	与格语法相似，句子意义表达以行为为中心，但句子的行为不由动词表示，而由原语行为集表示	语法、语义分析
语义网络	R. F. Smmons/1973 M. R. Quillian/1968	依托深层结构理论，用结点表示次和短语的概念，用弧表示语义关系	语义分析
词汇功能语法	J. Bresman/1980 R. Kaplan/1982	来源于转换生成文法，突出词汇在语法理论中的作用，用函数表示谓语与主语，谓语与宾语之间的关系	语法、语义分析
功能合一语法	Martin Kay 1985	避免沿用转换规则，以复杂特征集和合一运算作为语法系统基础	语法、语义分析
情景语义学	John Barwise John Perry/1983	语言表达式的含义是两个境况之间的关系，语言使用规则的约束决定了语言表达式的含义	

依托于当时的语法和语义理论研究，研究者们开发了一大批著名的系统，如LUNAR 系统、SHRDLU 系统、MARGIE 系统、SAM 系统、PAM 系统等。它们被称为第二代系统。这些系统绝大多数是程序演绎系统，大量地进行语义、语境以至语用的分析。表 2-3 简要介绍了第二代系统中具有代表性的重要成果。

表 2-3　第二代系统表

系统名称	研发者及时间	主要功能	理论支持
LUNAR	W. A. Woods 1972	协助地质专家查找、比较月球岩石和土壤的化学分析数据，通过人机接口用英语回答有关问题	扩充转移网络
SHRDLU	T. Winorgrad 1972	"积木世界"中回答用户问题，执行用户命令，通过机器人手臂采取相应行动	系统语法
MARGIE	R. Schank 1975	系统首先把英语句子转换为概念依存表达式，然后根据系统中有关信息进行推理	概念依存理论
SAM	R. Abelson 1975	系统的输入是故事，从英语到概念依存的分析器产生该故事的内部表达，通过寻找与故事相匹配的一个或多个脚本来理解故事	概念依存理论
PAM	R. Wilensky 1978	与 SAM 系统类似，除了"脚本"中的事件序列之外，还提出了"计划"作为理解故事的基础	概念依存理论

4. 经验主义复苏，实用化系统开发：20 世纪 80 年代中期至 90 年代中期

到了 20 世纪 80 年代，一方面由于计算机技术的飞速发展，大规模数据存入计算机并加以处理成为可能；另一方面也是对旧方法的深刻反思，出现了"重回经验主义"的倾向。

单纯采用基于规则的自然语言理解系统，主要缺陷表现在：

(1) 规则所能刻画的知识颗粒度太大；

(2) 不能保证语言学规则之间的相容；

(3) 获取语言学和世界知识非常困难。

正是因为上述原因，人们开始转向大规模语料库，试图从中获取颗粒度较小的语言知识来支持大规模真实文本的自然语言处理系统。语料库的建设和语料库语言学（Corpus Linguistics）成为计算语言学的新的研究分支迅速崛起。概率模型和其他数据驱动的方法被广泛应用到词类标注、句法剖析、附着歧义的判定等研究中去。国外学术界利用这种方法已取得实质性的进展，1994 年 IBM 的 Adam L. Berger 等人发表了题为 "The Candidate System Of Machine Translation" 的文章，称为"统计翻译"。该系统历时 5 年，完成从法语翻译成英语的任务，准确率超过美国著名的 SYSTRAN 系统，使国际计算语言学界为之震动。表 2-4 列举了世界上一些著名的语料库项目。

表 2-4 世界著名语料库项目表

语料库项目名称	简　介
COBUILD 语料库	由英国 Birminghan 与 COLLINS 出版社合作完成，规模达 2000 万词次
Longman 语料库	包括三个语料库 LLELC，LSC 和 LCLE 规模达 5000 万词次
ACL/DCI 语料库	由美国计算语言协会 ACL 的数据采集计划 DCI 得来，制定了语料库文件的格式标注

此外，自然语言理解的研究从 20 世纪 50 年代开始一直到 70 年代，可以说基本上停留在实验和纯理论的探讨阶段。到了 80 年代，由于计算机硬件技术飞速发展和自然语言理解的理论水平的提高，自然语言理解的应用研究广泛展开，机器翻译研究又活跃起来，并出现了许多具有较高水平的实用化系统。其中比较著名的有美国 METAL 和 LOGOS，日本的 PIVOT 和 LOGOS，法国的 ARIANE，德国的 SUSY 等。

5. 合流，新突破，新挑战：20 世纪 90 年代中后期至今

"理性主义"现有的手段虽然基本上掌握了单个句子的分析技术，但是还很难覆盖全面的语言现象，特别是对于整个段落或篇章的理解还无从下手。统计方法的引入推动了自然语言理解研究的步伐，但是几年过去了，也同样没有看到近期能有重大突破的迹象。"经验主义"对于语言中基本的确定性的规则仍然用统计强度的大小去判断，这与人们的常识相违背。"经验主义"研究中的不足要靠"理性主义"的方法来弥补，统计和规则相结合成为这一时期的主流研究方法。这类方法中出现了两个比较有代表性的动向：一个是以宾州大学 Macus 为代表的把语料库内容的结构化，即树库（Tree Bank）的方法和以 Xtag 为代表的词汇树邻接文法；另一个是以 AT&T 的 Abney 为代表的加大语言处理单元的粒度，即语段（Chunk）的思想。

这一时期，在实用系统开发方面也有了新的突破，由于计算机的速度和存储量的增加，使得自然语言处理的一些子领域，特别是在语音识别、拼写检错、语法检查这些子领域，有可能进行商品化的开发。

另外，Web 的发展使得基于语言的信息检索和信息抽取的需求变得更加突出。基于 Web 的语料库建设也成为热点。20 世纪末国际互联网语言工程产品作为一种新的产业在这个世界上开始崛起。但是总的说来，知识表示和知识处理问题在 20 世纪之前都没有在根本上有所突破。21 世纪将是自然语言理解学界迎接新挑战，解决新问题，寻求突破的全新时代。

2.2.5　中文（汉语）自然语言理解发展概况与成果

1. 汉语的特点以及计算机处理的特殊性

汉语是世界上最古老的语言之一，属于汉藏语系，是一种孤立语。汉语在历史上先后吸收和同化了匈奴、鲜卑、突厥、契丹、满、蒙古、梵语等语言里面的许多成分，是自然语言中非常复杂的一种。以下我们简要介绍一下汉语的特点和计算机处理的特殊性。

（1）汉语是大字符集的语言：英语只有 26 个字母，中文却有 44908 个汉字（根据《中华大辞典》）。英语有 1500 年历史，《牛津英语辞典》收词 40 多万条。汉语长达六千多年历史，《中华大辞典》收词六十多万条，比英语多 50%。这一特性为汉字的输入和计算机编码造成了极大的困难。

（2）字形复杂：完全使用由象形文字演化而来的方块汉字，这使得汉字字形的信息量较大，给计算机的内部信息压缩和文字显示制造了困难。

（3）词语缺乏狭义的形态：西方语言的形态，对于计算机来说就是标记；汉语是以字为基本单位，词之间没有明显的标记，需要词的切分，而分词本身有一定的错误率，这无疑降低了后续处理的实际效果。此外，汉语词本身没有性、数、格、时态变化等形态标志，这又给语义分析增加了困难。

（4）句子语法、语义灵活：汉语句子中各个成分之间的关系一靠词序，二靠"意合"，三靠虚词。但是，词序虽同可能意义迥异；虚词并非非用不可，特别是在口语里，虚词更少，因此虚词只能是解决词与词、句与句关系问题的辅助手段；"意合"则更为麻烦，其中包含着许多语言环境、语言背景和语言风格知识以及缺省问题，如何全面把握有关意义的诸项要素，并把它形式化，是最大的难题。

现实的客观条件是，一方面，计算机的软硬件处理环境一直以来都是以英语为平台；另一方面，现有的自然语言处理理论和技术大多都是以英语为研究对象语言发展起来的。汉语无论在语音、文字表示，还是在词汇、语法、语义及其语用等各个层面上都与之存在着很大的差异，这使得无法直接套用西方已成熟的理论和技术，汉语无疑是计算模型比较不发达的语言。这对从事中文信息处理的研究者来说是一个巨大的挑战和压力。

2. 汉语自然语言理解技术发展概况和成果

汉语自然语言理解技术是中文信息处理技术的一个分支，并且属于相对高端的技术层面。中文信息处理的研究时间很长，但由于早期受到汉语信息处理一些预处理技术的制约（如汉字编码、汉语分词等），到真正开始汉语自然语言理解研究时，已经比国外晚了许多年。但经过近几年的发展，汉语自然语言理解技术获得了长足的进步，取得了很多重要的成果。

将国内自然语言理解技术的发展分为以下三个阶段，分别作简要的介绍。

（1）汉语信息预处理阶段：20 世纪 70~80 年代。

1）教会计算机"认识"汉字。1974 年周恩来总理亲自批准了"七四八"工程，它标志着计算机中文信息处理技术受到了国家的高度重视并且进入了第一个发展阶段——汉字信息处理时代。这项工程的任务是研制计算机汉字输入、输出、编辑和检索。在这个项目的带动下，研究汉字信息处理的有识之士，克服种种困难，已经创造出近 1000 个汉字输入编码方案了。在经历了所谓万"码"奔腾的汉字编码战国时代之后，这方面的问题已经基本解决。

跟汉字的输出密切相关的是汉字字库的信息压缩技术。1975 年享有"当代毕升"美誉的北京大学教授王选与其同事一道研制成功的汉字折线段压缩技术，很好地解决了汉字字形复杂，字型信息存储量大这个难题。从而划时代地使汉字文献的印刷出版告别铅与火，进入电子时代。

2）教会计算机"认识"汉语词。在用计算机处理汉语信息时，其核心是对词的处理，首先碰到的问题是词的切分。由于汉语句子中词与词之间无空格，必须把句中各词正确地切分开来，才能正确理解和处理汉语句子。1983 年国内实现了第一个汉语自动分词系统 CDWS，此后又有数个系统问世，并提出了多种分词方法。这些分词方法概括起来可以分为两类：一类是基于统计的机械分词方法，一类是基于规则的专家系统分词方法。机械分词法中包括：正向最大匹配法、逆向最大匹配法、逐词遍历匹配法、设立切分标志法、最佳匹配法、最小匹配法 、最少词数切分法。基于规则的分词法是利用汉语的语法、语义知识建立推理规则，在分词过程中进行推理判断，模拟语法专家的逻辑思维过程，实现自动分词。此外还有基于神经网络的分词方法等。

1988 年初，北京航空航天大学制定了《信息处理用规范现代汉语分词规范》，从计算机工程应用的需求出发，解决了语言学界争论了几十年而未解决的汉语的词的定义问题。为我国从汉字处理进入词语、语句处理打下了基础。

（2）发展阶段：20 世纪 80~90 年代。基本问题解决后，国内开始了真正意义上的汉语自然语理解研究，无论是"经验主义"还是"理性主义"都开始借鉴国外的研究成果进行汉语研究。但受到这一时期国际发展倾向的影响，经验主义发展较热，语料库统计方法研究在国内广泛兴起。建设了数个有一定规模的汉语语料库，在汉语语料的标注和利用带标记的语料来自动获取语言知识等领域取得了不少成果。最近又开始了利用双语平行语料进行自动机器翻译的研究。其中有影响力的中文生语料库、词语语料库、句法语料库有：

1）1979 年，武汉大学建设的汉语现代文学作品语料库，共计 527 万字，是我国最早的机器可读语料库。

2）北京大学计算语言学研究所与富士通公司合作，加工 2700 万字的《人民日报》语料库，加工项目包括词语切分、词性标注、专有名词（专有名词短语）标注。

3）1998 年，清华大学建立了 1 亿汉字的语料库，着重研究歧义切分问题。现在生语料库已达 7~8 亿字。

4）北京邮电大学在美国 LDC 的汉语句法树库的基础上进行自动获取语法规则的研究。LDC 的"树库"包含新华社 1994 到 1998 年的 325 篇文章，包含 4185 颗树，10 万个词。

5）香港语言资讯科学研究中心建立了 LIVAC 语料库，其宗旨在于研究使用中文的各个地区使用语言的异同。总字数为 15234551 字，经过自动分词和人工校对之后总词数约为 8869900 词。

6）台湾建立了平衡语料库（Sinica Corpus）和树图语料库（Sinica Treebank）。两个都是标记语料库，有一定加工深度。语料库规模约 500 万字。

（3）现阶段：20 世纪 90 年代末至今。在国际自然语言理解技术不断革新和进步的影响下，在国内学者的共同努力下，汉语自然语言理解研究也在不断的深入和提高。另外，受到互联网和信息技术的带动，汉语自然语言理解技术又出现了新的需求和新的难题。总的来说这一时期呈现出"多元化"和"多角度"的研究态势，总结为以下 4 个动向。

1）与国际发展相适应，纯概率和语料库研究似乎走到了尽头，开始统计和规则相结合。

① 中科院计算所汉语词法分析系统 ICTCLAS 采用了统计方法与规则相结合的手段，并在 973 专家组评测了国内主要的汉语词法分析系统后，获得最好

成绩。

② 清华大学的黄昌宁先生等人成功地结合语料库统计与规则的优点，设计了一个统计与规则并举的汉语句法分析模型 CRSP，在这个模型中，语料库用来支持各类知识和统计数据的获取，并检验句法分析的结果；规则主要用于邻接短语的合并和依存的关系网的剪枝，他们的实验取得了令人满意的结果。

③ 许嘉璐先生主持的国家社会科学"九五"重大项目"信息处理用现代汉语词汇研究"就是在统计方法的基础上，引入西方计算语言学的理论成果，加入规则的分析方法。

2）开始重视语义和知识表示，并有意识的抛开英语自然语言理解的研究模式，寻找适合汉语自身的方法。

① 黄曾阳先生的概念层次网络（Hierarchical Network of Concepts，HNC）是考虑到传统研究方法（词—短语—句—句群—篇章）是基于西方语言而建立的，其总体与汉语的实际情况不适应。HNC 理论以概念化、层次化、网络化的语义表达为基础，把人脑认知结构分为局部和全局两类联想脉络，认为对联想脉络的表达是语言深层（即语言的语义层面）的根本问题。

② 陆汝占先生的基于内涵模型论的语义分析。该理论主张深入语义层面，将汉语表达式抽象成数学表达式恰当的表示内涵与外延。然后把这些语义表示在计算机内进行处理。即在汉语表达式和计算机数据结构间插入抽象数学表示。

3）人们越来越深入地认识到，知识表示和知识处理是自然语言理解的瓶颈问题，开始重视知识库的建设。

① 董振东先生的知网（How Net）是一个以汉语和英语的词语所代表的概念为描述对象，以揭示概念与概念之间以及概念所具有的属性之间的关系为基本内容的常识知识库。

② 东北大学和北京大学对 WordNet 的汉化。WordNet 是传统的词典信息与现代计算机技术以及心理语言学的研究成果有机结合的一个产物，最具特色之处是试图根据词义而不是词形来组织词汇信息。

4）受到信息全球化和因特网的影响，智能信息搜索成为研究的热点。

① 理论研究方面。主要有：东北大学的姚天顺先生提出的文本信息过滤机制；哈尔滨工业大学的王开铸先生对文本层次结构的划分；北京邮电大学的钟义信先生实现的自动文摘系统；上海交通大学的王永成先生进行的信息浓缩研究。

② 应用系统开发方面。主要有：基于内容的搜索引擎，代表性的系统有北京大学天网、计算所的天罗、百度、慧聪等公司的搜索引擎；信息自动分类、自动摘要、信息过滤等文本级应用，如上海交通大学纳讯公司的自动摘

要、复旦大学的文本分类，计算所基于聚类粒度原理 SVM 的智多星中文文本分类器。

2.2.6　存在问题和展望

纵观整个自然语言理解研究的近 50 年发展，可以看到人类正在逐步发展和完善这一学科，自然语言理解的程度正逐步提高。但客观的说这项技术仍然非常不成熟，一些技术难关和关键问题还都没有找到有效的解决方法。例如，应用系统在质量和应用范围方面的提高或突破十分有限；知识表示和知识库建设成为制约自然语言理解发展的瓶颈问题。

而汉语由于其自身的复杂性，以及理论研究方面的薄弱，使整个中文信息处理技术相对落后。因此在今后的计算语言学研究工作中，一方面要及时吸取和借鉴国外在计算语言学方面研究的最新成果；另一方面要结合汉语自身的特点开展和加强基础理论的研究，为汉语语言理解构造理论框架。再者要注重各相关学科的联合攻关和互助合作。

2.3　计算语义学

2.3.1　自然语言处理的不同层次

自然语言处理可以根据所用到的知识分为几个层次[15]，用到的知识越多越复杂，自然语言处理的层次就越高，理解程度就越深。

（1）语音层（Phonetic Level）：研究词和其语音是如何相关联的，是语音处理的基础。

（2）词法层（Morphological Level）：研究词是如何由有意义的基本单位——词素构成的。

（3）句法层（Syntactic Level）：研究词是如何组成正确的句子的，词在句子中的语法作用，以及哪些短语是其他短语的组成部分。

（4）语义层（Semantic Level）：研究如何从一个句子中的词的意义，以及这些词在该句的语法结构中的作用来推导出该句的句义。语义分析是计算机理解自然语言的基础。

（5）语用层（Pragmatic Level）：研究在不同的上下文环境中句子的使用。

（6）话语层（Discourse level）：研究前句对当前词义或句义的影响。

2.3.2　语义分析在自然语言处理中的地位

语义分析是语言分析的一个分支，目的是根据上下文辨识一个多义词在指定句子中的确切意义，然后根据该句子的句法结构和各词的词义推导出这个句子的句义，并用形式化的方式表达出来，从而使计算机能够根据这一表示进行推理。

语义分析是自然语言处理过程中的一个层次，在句法分析之上，是计算机理解语言的基础，因而十分重要。从自然语言处理的应用来看，不管是信息获取、信息检索、机器翻译、自动文摘，还是人机交互，都要先对语言进行理解，确定语言所要表达的正确含义后，才能进行后续操作，得到结果。从自然语言处理的发展来看，正是由于在实际应用中句法分析达不到令人满意的效果，研究者们才纷纷转向语义研究，提出各种语义学理论。

乔姆斯基对其转换生成文法进行了扩充，提出了标准理论，对句子的深层结构做出了语义解释。他的学生提出了生成语义学，认为句法语义密不可分。菲尔默提出了格语法，承认语义在句法中的主导作用，研究句子的深层语义结构；香克提出了概念依存理论，通过原语、剧本和计划来描述句义和语义。语义网络、语义框架等描述概念及其相互关系的语义知识表示方法也被提出。这些理论的发展和应用，使得对自然语言的处理从句法层面深入到语义层面上，这是从形式到内容的质的飞跃。

自然语言的一大特点就是充满了歧义，句法分析达不到令人满意的效果，也是由于其不能很好的解决自然语言中的各种歧义现象。利用语义知识对自然语言进行语义分析，有利于解决句法分析不能解决的歧义问题，从而更好的理解语言。

2.3.3 现代语义学流派及其主要理论

现代语义学出现于 20 世纪 20 ~ 30 年代，蓬勃发展于 60 年代以后。当计算机分析语言时，首先接触到文字、语音，其次是语法，然后就是语义。如果说语法分析是试图找出句子各个部分以及各部分之间的结构关系的话，语义分析则是试图解释各部分（词、词组及句子）的意义。在自然语言的计算机处理中，对自然语言语义分析的需求促进了现代语义学理论的发展[16][17]。

1. 结构语义学（Constructural Semantics）

结构语义学最主要的贡献是由德国语言学家特雷尔于 30 年代提出的语义场理论（the theory of semantic fields）[18]。语义场理论把语言的意义看做系统，开始了语义系统的研究。这无论是在理论上还是方法上，对传统语义学都是一个突破。

语义场是指义位形成的系统。如果若干个义位含有相同的表示彼此共性的义素和相应的表示彼此差异的义素，且连接在一起，相互规定、相互制约、相互作用，那么这些义位就构成一个语义场[19]。语义场介于单个词和整体词汇之间，作为整体的一部分，它们有可能被并入一个更大的语义场中，而作为词的集含，又有可能被分成较小的语义场。因此语义场具有层次性。

按照义位与义位之间的关系，我国一些学者把语义场分为静态语义场和动态语义场两大类；又对静态语义场分为下述 7 类：分类语义场、顺序语义场、关系语义场、反义语义场、两极语义场、部分否定语义场和同义语义场。

通过语义场，理论上可以对语言的语义进行全面的描述，但是由于自然语言的复杂性，目前尚未见到语义场在实际自然语言处理系统中的应用。

2. 解释语义学（Interpretational Semantics）

解释语义学是乔姆斯基所提出的转换生成语法的一个组成部分。1957 年，乔姆斯基提出转换生成语法时，并没有注意语义，后来他接受了其他学者的意见，在 1965 冬出版了《语法理论要略（Aspects of the Theory of Syntax）》一书，修改了转换生成语法，称为标准理论。

标准理论[20][21]包括语音、语法、语义三个部分，语法部分具有生成性（generative），语义部分没有生成性，只有解释性（interpretive）。标准理论中关于语义解释部分就是解释语义学。

解释语义学对句子的深层结构做出语义解释，即运用一些符号和规则对语义进行形式化的描写，它依靠语义规则。语义规则用来检验句子的各个组成部分是否搭配得当，从而确定句子是否正确，或者解决句子的歧义。

但是解释语义学把句法看做语言的基础，认为句法应该而且能够独立于语义之外进行研究，这一观点是许多学者不能接受的，解释语义学的出现促进了乔姆斯基理论的发展，引起了语言学界对语义问题的关注，在语言学界掀起了一场句法和语义关系的大辩论。

3. 生成语义学（Generative Semantics）

乔姆斯基的一些学生不同意他对语法和语义的关系处理，提出了生成语义学[22]。他们认为句法和语义是不可分的，语义是基础，起中心作用，句法不是基础。他们认为不必假定语法的深层结构的存在，也不必区分处理语义的投影规则和处理句法、语音的转换规则，只需一套转换规则就行了，直接把语义解释和表层结构联系在一起。

生成语义学认为句法和语义是不可分的，在语言的分析中，要把句法和语义结合起来，这是对语言学的一个重要贡献；但它把语义当做基础，这又是一些人不能同意的。

4. 格语法（Case Grammar）

格语法是由美国语言学家菲尔默（c. J. Fillmore）于 1966 年提出的一种语言理论。他先后发表了《关于现代的格理论（Toward a Modem Theory of Case）》、《"格"辩（The Case for Case）》、《再论＜"格"辩＞（The Case for Case Reopened）》及《词汇语义学中的论题（Topic in Lexical Semantic）》等论文，建立

了系统的格语法理论[23]。

菲尔默认为格语法和传统语法是两个不同的理论体系，传统语法表示的是表层结构的语法现象，而格语法表示的是深层结构的语义现象。其基本思想是：一个句子由两部分组成，即 S = M + P。S 代表句子（Sentence），M 代表情态（Modality），P 代表命题（Proposition）。情态是指句子的时态、语态等，命题指的是体词和谓词之间的物性关系（transitivity），即句子的核心谓词与周围体词的关系，即格关系，这种关系包括动作与施事者的关系，动作与受事者的关系等。这些关系是语义关系，这是一切语言中的普遍存在的现象。

为了反映客观世界存在的语义关系，菲尔默提出了 11 种格：施事格（Agent）、工具格（Instrumental）、与格（Dative）、使役格（Factitive）、处所格（Locative）、受事格（Objective）、经验者格（Experience）、来源格（Source）、目标格（Goal）、时间格（Time）和途径格（Path）。

格语法最大的特点是承认语义在句法中的主导作用，由格语法分析可以得到句子的深层语义结构，给出各成分担当的语义角色。因此，格语法适应于汉语的分析。

但是格语法在汉语的分析中也存在一些缺点。格语法认为动词在句子中起中心作用，那么分析句子时首先要确定句子的核心，汉语缺乏形态特征，汉语句子中常常有多个动词同时存在，作为核心的主动词通常也缺乏形态特征。如何在有多个动词的连动式和兼语句中找出句子的核心主动词是汉语信息处理的一个很难的问题，也是格语法无法解决的问题。格语法提出的各种格关系都是名词短语和动词短语之间的语义关系，对于名词短语内部和动词短语内部各成分关系的确定没有给出，因此，无法确定短语内部各成分之间的语义关系。

5. 逻辑 - 数学语义学

逻辑 - 数学语义学是一个十分严密的语义学模式，以数学逻辑为基础，用其概念和方法研究自然语言，特别是研究自然语言所表述的各种语义现象，其中最著名的是蒙塔古语法（Montague grammar）[24]。

蒙塔古语法是美国逻辑学家蒙塔古于 20 世纪 70 年代提出的，它主要研究语义，也研究句法和语用。蒙塔古认为自然语言和形式语言之间没有本质的区别，对自然语言也可以用数学方法、逻辑方法进行研究，对其形式化。他提出了一个 PTQ 系统，建立了一种语义理论框架，用数理逻辑的方法解释自然语言的语义。

蒙塔古理论有三个基本部分组成：真值条件理论、模型论和可能世界理论。真值条件方法说明语言内在的相关性，语句的含义是什么，指称外界事物的有关描述是如何组织在这个世界中的。模型论用来计算真假条件语义，模型及其语义计算规则规定了目标语言的基本符号的语义值，以及计算由此组成的组合表达式乃至语句的语义值。一个语句为什么会取真值，归结到在什么样的环境下使语句成立，这些环境条件称为可能世界。它关系到语句在模型下求的语义值。

蒙塔古语义理论开辟了用严格数学方法研究自然语言语义的新方向，对于可计算的语义理论来说其影响是深远的。

6. 情景语义学（Situation Semantics）

情景语义学是 20 世纪 80 年代初美国斯坦福大学 J. Barwise 和 J. Perry 提出的[25]。他们认为句子的语义不仅和逻辑语义有关，而且和句子被用情景有关。为了弥补语义和情境脱离的缺陷，在逻辑语义表达式中引入一些与情景有关的变量，如时间变量、事件变量等，并对这些变量加以限制，用逻辑"与"算子把句子语义的逻辑式和对事件的限制连在一起。

情景语义学提出了六个重要问题，即语言的外部意义问题、语言的能产性问题、语言的效率问题、语言角度相对性问题、语言的歧义问题、语言的心理意义问题。情景语义学给自己定了比较高的目标，即希望能用情景语义学的理论处理各种各样的语言问题。

7. 概念依存理论（Conceptual Dependency Theory）

概念依存理论是由美国计算语言学家香克（R. C. Schank）在 20 世纪 70 年代提出的描述句义和言语义的方法[26]。香克认为，人在理解自然语言时依赖的是潜在的概念表述，而不是具体的词或句子。人们总是用以前遇到的更简单、更基本的事来理解现在所遇到的事情。因此当计算机理解自然语言时，要模拟人理解自然语言的心理过程。

该理论由三个层次。第一个层次是概念依存层次，规定了一组动作原语，其他动作都可以由这些动作原语组合而成，这是概念依存理论的基本思想。第二层次是剧本，主要用来描写平时在遇到的一些常见场景或场合时所采取的一些基本固定的成套动作。第三个层次是计划，为完成某项任务或达到某个目的，往往需要有个计划，计划中的每一步都是一个剧本。这样，从小到大，我们就可以用最简单的一组动作来表示很复杂的行为。

CD 理论希望对常识进行系统而又具体的描写，并利用那些基本动作进行方便的推理，从而达到对语言的自动理解。但从另一方面看，CD 理论对常识的描写是相当刻板和定式的。总的来说，这套理论对范围有限的应用领域是非常有用的。CD 理论是针对理解的，是逻辑语义学的形式化方法，在自然语言理解特别是人工智能技术当中有一定影响。

8. 优选语义学（Preferential Semantics）

优选语义学是由美国斯坦福大学的维尔克氏（Y. A. Wilks）在 20 世纪 70 年代初研制的一个英法机器翻译系统时提出的[27]。它的核心是放松词与词之间的语义限制，视这些限制为最佳选择，同时也允许有其他选择。动词可以根据其主、宾位置上词的语义特征，赋予不同的数值，动词的语义取向和名词的语义特征距离越远，获得的数值就越低。除了在动词和名词之间，形容词和名词之间、介词和名词之间都可赋予这种优选数值。简单句中句子的语义合理性是由各搭配词间优选数值之和标明的。复杂句的语义合理性是由各子句优选数值之和表明的。

对于计算语义学中一词多义和一句多解的难题，优选语义学提供了一条有效的途径，即优选数值大的语义更趋合理。但是优选语义学本身没有说明如何获得各词之间的优选数值，也没有说明优选数值的合理性以及随着上下文的变化这些数值应该如何变化。近年来，他的学生直接从英语词典中提取这些数值，并为建立大型而又实用的分析系统提供词汇资源。另外一些研究人员开始用统计的方法来获取这些优选数值，并已经取得一些成果。

2.3.4 语义知识的表示方法

1. 语义成分分析（Componential Analysis）

语义成分分析也称为语义标记，它是一种形式化的语义描述方法。20 世纪 50 年代，美国人类学家用此方法描述和比较不同语言中关于"亲属关系"的词，到 60 年代初，美国语言学家卡茨（J. Katz）和福德（J. A. Fodor）将这种方法引入到语言学中，特别是用到转换生成文法中，把语义和句法结合起来。当利用解释语义学、生成语义学、格语法、切夫语法等对语义现象进行分析时，在不同程度上都要借助于语义成分分析的方法。可以说，语义成分分析已成为自然语言处理中语义分析的一种不可缺的基本方法了。

语义成分分析研究词义，其基本论点是：所有实义词的意义都可以分解成一些语义成分（Sense Components），也称为语义特征（Semantic Features），属于同一语义场的一组词可以用特征矩阵来表示。语义特征描述了词义，用带有正负值的义素表示。不同的词，只要意义相同，就应该具有一组相同的语义特征；而一个词形有几个意义就有几组不同的语义特征。特征矩阵可以清楚地描述出一组词的基本语义特征及其相互关系。

在使用语义标记处理自然语言时，要遵守语义标记的使用规约：一组语义标记内各特征的排列次序与意义无关；在一组语义标记中，不允许出现相同的特征；在一组语义标记中，不允许同时出现对立的特征。从义素分析的角度看，一个义项至少可以分解为两个义素，即两个语义特征。一般的义项都包含多个语义特征，这些语义特征分为表共性的语义特征和表个性的语义特征。

但是语义成分分析方法也不是万能的。它能解决一部分语义分析的问题，但不能解决全部的问题。特别是语义特征的获取是一个瓶颈问题，所以在具体的应用系统中，语义成分分析方法需要和别的方法配合使用，以应付自然语言处理中可能出现的各种复杂现象。

2. 语义框架 (Semantic Frame)

框架是美国著名的人工智能专家明斯基 (M. L. Minsky) 在 1975 年提出的一种知识表示法, 称为框架理论[28]。

框架理论认为世界上各类事物的状态、属性、发展过程和相互关系往往有一定的规律性, 人们对它们的认识往往是以一种类似于框架的结构存储在头脑中, 当面临一个新事物时, 就从脑中取出一个相近的框架来匹配。如果匹配成功, 就得到了对该事物的认识。如果匹配不成功, 就寻找原因, 从新取一个与新事物更相近的框架, 或者修改补充刚才匹配不太成功的框架, 形成新的认识, 并把它作为新的框架存储在头脑中。

语义框架是表示事物或概念状态的数据结构, 它由框架名和一组槽 (slot) 构成。框架名位于最顶层, 用于指称某个概念、对象或事件; 其下层的槽由槽名和槽值两部分组成。槽值可以是逻辑的、数字的, 也可以是一个子框架, 因而框架可以看做是三维的知识表示方法。语义框架的实用性在于层次结构和继承性。通过在槽值中使用框架和继承, 可以建立起非常强大的知识表示系统。

框架方法不易表达过程性知识, 所以在具体的系统中, 它往往要和其他方法配合使用。

3. 语义网络 (Semantic Network)

语义网络是对对象及其属性分类知识编码的图形结构。语义网络最初是在 1968 年由美国心理学家亏廉 (R. Quilian) 提出的一种表达人类记忆和理解语言的方法。1972 年美国人工智能专家西蒙斯 (R. F. Simmons) 和斯勒康 (J. Slocum) 首先将语义网络用于自然语言理解系统, 在语义网络中直接用概念表示词义, 反映词义与词义之间的动态组合关系。

语义网络是由结点和连接结点的弧构成的有向图, 结点表示概念, 弧是有方向的, 表示概念间的关系。在一个语义网中, 关系提供了组织知识的基本结构, 因而十分重要。没有关系, 知识只是无关事实的一个集合。有了关系, 知识就是一个可推出其他知识的具有内聚力的结构。

语义网络可看做由一系列三元组连接而成, 三元组可表示为 <结点 1, 弧, 结点 2>, 如图 2-4 所示:

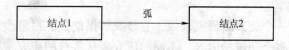

图 2-4 三元组示意图

在这个三元组里, 结点和弧都带有标记, 以便区分各种不同的对象以及对象间的各种不同的语义联系。弧由结点 1 指向结点 2, 弧的方向体现了主次, 结点 1 为主, 结点 2 为辅; 弧上的标记 R 表示结点 1 和结点 2 之间的关系。每个结点还可以带有若干属性。

语义网络能表示事物间属性的继承、补充、变异及细化等关系，因而节省存储空间。语义网络直观性强，易懂，许多语言学家都用这一方法解释语言现象。

4. 逻辑形式（Logical Form）

形式系统可以作为知识的表示方式，其中用来表示语义知识的可以有一阶逻辑、模态逻辑和 λ 演算[29]。词的义项可作为形式系统中的常量，其中，项是描述师姐中的物体的常量，包括抽象事物：谓词是描述关系和属性的常量；逻辑算子 NOT、OR、AND、IF、ONLYIF 等是连接命题的常量；ALL、SOME、MOST、MANY、AFEW、THE 等构成了形式系统的量词。为表示语言中事物的"势态"、人的"情态"以及过程的"变迁"，引入模态算子，用模态逻辑表示知识。由于一阶逻辑的表示能力不够强，又过于复杂，使得主要依靠搜索、匹配来实现的自动推理过程难于从根本上提高效率，所以学者们又采用 λ 演算形式描述语义知识，并进行计算和推理。

2.4 文本挖掘技术

2.4.1 文本挖掘的定义

在现实世界中，可获取的大部分信息是以文本形式存储在文本数据库中的，由来自各种数据源的大量文档组成，如新闻文档、研究论文、书籍、数字图书馆、电子邮件和 Web 页面。由于电子形式的文本信息飞速增长，文本挖掘已经成为信息领域的研究热点。

文本数据库中存储的数据可能是高度非结构化的，如 WWW 上的网页；也可能是半结构化的，如 E - mail 和一些 XML 页面；而其他的则可能是良结构化的。良结构化文本数据的典型代表是图书馆数据库中的文档，这些文档可能包含结构字段，如标题、作者、出版日期、长度、分类等，也可能包含大量非结构化文本成分，如摘要和内容。通常，具有较好结构的文本数据库可以使用关系数据库系统来实现，而对非结构化的文本成分需要采用特殊的处理方法对其进行转化。

文本挖掘是一个交叉的研究领域，它涉及数据挖掘、信息检索、自然语言处理、机器学习等多个领域的内容，不同的研究者从各自的研究领域出发，对文本挖掘的含义有不同的理解，具有不同应用目的的文本挖掘项目也有各自的侧重点，因此，对文本挖掘的定义也有多种，其中被普遍认可的文本挖掘的定义如下：

文本挖掘是指从大量文本数据中抽取事先未知的、可理解的、最终可用的知识的过程，同时运用这些知识更好地组织信息以便将来参考。

直观地说，当数据挖掘的对象完全由文本这种数据类型组成时，这个过程就成为文本挖掘。

文本挖掘也称为文本数据挖掘[30]或文本知识发现[31]，文本挖掘的主要目的是从非结构化文本文档中提取有趣的、重要的模式和知识。可以看成是基于数据库的数据挖掘或知识发现的扩展[32]。

文本挖掘从数据挖掘发展而来，因此其定义与我们熟知的数据挖掘定义相类似。但与传统的数据挖掘相比，文本挖掘具有其独特之处，主要表现在：文档本身是半结构化或者非结构化的，无确定形式，并且缺乏机器可理解的语义，而数据挖掘的对象以数据库中的结构化数据为主，并利用关系表等存储结构来发现知识。因此，有些数据挖掘技术并不适用于文本挖掘，即使可用，也需要建立在对文本集预处理的基础之上。

2.4.2 文本挖掘的过程

有些人把文本挖掘视为另一常用术语文本知识发现（KDT）的同义词，而另一些人只是把文本挖掘视为文本知识发现过程的一个基本步骤。文本知识发现主要由以下步骤组成，如图 2-5 所示。

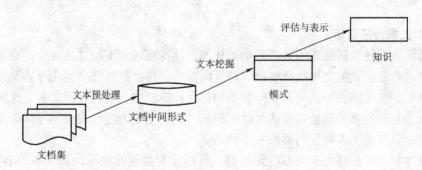

图 2-5 文本挖掘视为文本知识发现过程的一个步骤

1. 文本预处理

选取任务相关的文本并将其转化成文本挖掘工具可以处理的中间形式。通常包括两个主要步骤，如图 2-6 所示：

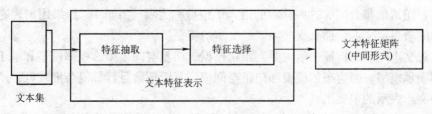

图 2-6 文本预处理的一般过程

（1）特征抽取：建立文档集的特征表示，将文本转化成一种类似关系数据且能表现文本内容的结构化形式，如信息检索领域经常采用的向量空间模型就是这样一种结构化模型。

（2）特征选择：一般说来结构化文本的特征空间维数较高，需要对其进行缩减，只保留对表达文本内容作用较大的一些特征。

2. 文本挖掘

在完成文本预处理后，可以利用机器学习、数据挖掘以及模式识别等方法提取面向特定应用目标的知识或模式。

3. 评估与表示

最后一个环节是利用已经定义好的评估指标对获取的知识或模式进行评价。如果评价结果符合要求，就存储该模式以备用户使用；否则返回到前面的某个环节重新调整和改进，然后再进行新一轮的发现。

2.4.3 文本挖掘的研究现状

在文本挖掘过程中，文本的特征表示是整个挖掘过程的基础，而关联分析、文本分类、文本聚类是三种最主要也是最基本的功能。下面，以文本特征表示和文本挖掘的三种核心功能为线索，对文本挖掘的研究现状和已经取得的成果作简单总结。

1. 文本特征表示

传统数据挖掘所处理的数据是结构化的，其特征通常不超过几百个，而非结构化或者半结构化的文本数据转换成特征向量后，特征数可能高达几万甚至几十万。所以，文本挖掘面临的首要问题是如何在计算机中合理的表示文本。这种表示法既要包含足够的信息以反映文本的特征，又不至于太过庞大使学习算法无法处理。这就涉及文本特征的抽取和选择。

文本特征指的是关于文本的元数据，可以分为描述性特征，如文本的名称、日期、大小、类型以及语义性特征，如文本的作者、标题、机构、内容、描述性特征较容易获得，而语义性特征较难获得。在文本特征表示方面，内容特征是被研究的最多的问题。

当文本内容被简单地看成由它所包含的基本语言单位（字、词、词组或短语等）组成的集合时，这些基本的语言单位被称为项（Term）。如果用出现在文本中的项表示文本，那么这些项就是文本的特征。

对文本内容的特征表示主要有布尔模型、向量空间模型、概率模型和基于知识的表示模型。因为布尔模型和向量空间模型易于理解且计算复杂度较低，所以成为文本表示的主要工具。

（1）特征抽取。中文文档中的词与词之间不像英文文本那样具有分隔符，因此中、英文文本内容特征的提取步骤略有不同，如图 2-7 所示。

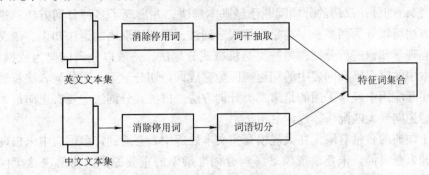

图 2-7　中、英文文本特征抽取的一般过程

1）消除停用词：文本集有时包含一些没有意义但使用频率极高的词。这些词在所有文本中的频率分布相近，从而增加了文本之间的相似程度，给文本挖掘带来一定困难。解决这个问题的方法是用这些词构造一个停用词表或禁用词表（stop word list）[33]，在特征抽取过程中删去停用词表中出现的特征词。

常见的停用词包括虚词和实词两种，如：

① 虚词：英文中的 "a, the, of, for, with, in, at…"；

　　　　　中文中的 "的，地，得，把，被，就…"。

② 实词：数据库会议上的论文中的 "数据库" 一词，可视为停用词。

2）词干抽取：令 $V(s)$ 是由彼此互为语法变形词组成的非空词集，$V(s)$ 的规范形式称为词干（stem）。

例如，如果 $V(s) = \{connected, connecting, connection, connections\}$，那么 $s = connect$ 是 $V(s)$ 的词干。

词干抽取（stemming）有四种不同的策略：词缀排除（affix removal）、词干表查询（table lookup）、后继变化（successor variety）和 N－gram。其中词缀排除最直观、简单且易于实现。多数词的变形是因添加后缀引起的，所以在基于词缀排除策略的摘取算法中后缀排除最为重要，Porter 算法[34]是后缀排除算法中最常用的一种。

词干抽取将具有不同词缀的词合并成一个词，降低文本挖掘系统中特征词的总数，从而提高了挖掘系统的性能。

当然，也有两点需要注意：

① 词干抽取对文本挖掘性能的提高仅在基于统计原理的各种分析和挖掘技术下有效。在进行涉及语义和语法的自然语言处理时，不适宜采用词干抽取技术。

② 词干抽取对文本挖掘或信息检索准确性的影响至今没有令人信服的结论，

因此许多搜索引擎和文本挖掘系统不使用任何词干抽取算法。

3）汉语切分：汉语的分词问题已经基本解决，并出现了多种分词方法。这些分词方法可以分为两类：一类是理解式分词法，即利用汉语的语法知识、语义知识及心理学知识进行分词；另一类是机械式分词法，一般以分词词典为依据，通过文本中的汉字串和词表中的词逐一匹配完成词语切分。第一类分词方法算法复杂，实际应用中经常采用的是第二类分词方法。机械式分词法主要有正向最大匹配法，逆向最大匹配法，逐词遍历法。

由于词典的容量有限，在大规模真实文本处理中，会遇到许多词典中未出现的词，即未登录词。未登录现象是影响分词准确率的重要原因。为解决这个问题，人们提出利用 N – gram 语言模型进行词项划分[35]，从而摆脱基于词典的分词方法对词典的依赖。与基于词典的分词方法不同，基于 N – gram 技术得到的词项不一定具有实际意义。

例如："文本挖掘"的所有 N – gram 项为

1 – gram：文，本，挖，掘

2 – gram：文本，本挖，挖掘

3 – gram：文本挖，本挖掘

4 – gram：文本挖掘

其中除 1 – gram 是单字外，2 – gram 中的"本挖"，3 – gram 中的"文本挖"，"本挖掘"都不具有实际意义。

（2）特征选择。特征选择也称特征子集选择或特征集缩减。经过特征抽取获得的特征词数量很多，有时达数万个特征。如此多的特征对许多文本挖掘方法，如文本分类、聚类、文本关联分析来说未必都是有意义的；而过大的特征空间还会严重影响文本挖掘的效率，因此选择适当的特征子集十分必要。

通常采用机器学习的方法进行文本特征选择。虽然机器学习中有许多选取特征子集的算法，但有些办法复杂且效率低下，不适于处理庞大的文本特征集。国外对特征选择方法的研究较多，特别是已有专门针对文本分类特征选择方法的比较研究[36]。国内对这一问题的研究以跟踪研究为主，集中在将国外现有特征评估函数用于中文文本特征选择[37]及对其进行改进。

2. 基于关键字的关联分析

文本数据一旦被转化为结构化中间形式后，这种中间形式就作为文本挖掘过程的基础。

与关系数据库中关联规则的挖掘方法类似，基于关键词的关联规则产生过程包括两个阶段：

（1）关联挖掘阶段：这一阶段产生所有的支持度大于等于最小支持阈值的关键词集，即频繁项集。

（2）规则生成阶段：利用前一阶段产生的频繁项集构造满足最小置信度约束的关联规则。

Feldman 等人实现了基于上述思想的文本知识发现系统 KD、FACT，表 2-5 给出 KDT 系统在 Reuter22173 语料集中发现的关联规则。

表 2-5　文本关联规则示例

［Iran，Niearagua，Usa］→Reagan 6/1.00
［gold，copper］→Canada 5/0.566
［gold，silver］→USA 19/0.692

3. 文本分类

文本分类是文本挖掘中一项非常重要的任务，也是国内外研究较多的一种挖掘技术。在机器学习中将分类称作有监督学习或有教师归纳，其目的是提出一个分类函数或分类模型，该模型能把数据库中的数据项映射到给定类别中的一个。

一般来说，文本分类需要四个步骤：

（1）获取训练文本集：训练文本集由一组经过预处理的文本特征向量组成，每个训练文本（或称训练样本）有一个类别标号。

（2）选择分类方法并训练分类模型：文本分类方法有统计方法、机器学习方法、神经网络方法等。在对待分类样本进行分类前，要根据所选择的分类方法，利用训练集进行训练并得出分类模型。

（3）用导出的分类模型对其他待分类文本进行分类。

（4）根据分类结果评估分类模型。

另外需要注意的是，文本分类的效果一般和数据集本身的特点有关。有的数据集包含噪声，有的存在缺失值，有的分布稀疏，有的字段或属性间相关性强。目前，普遍认为不存在某种方法能适合各种特点的数据。

随着因特网技术的发展和普及，在线文本信息迅速增加，文本分类成为处理和组织大量文本数据的关键技术。而近 20 多年来计算机软、硬件技术的发展和自然语言处理、人工智能等领域的研究进展为文本自动分类提供了技术条件和理论基础。迄今为止，文本分类研究已经取得了很大的进展，提出了一系列有效的方法，其中分类质量较好的有 k - 最近邻（k - Nearest Neighbor，kNN）、支持向量机（Support Vector Machine，SVM）、朴素贝叶斯（Naive Bayes，NB）。

国内对中文文本自动分类的研究起步较晚，尽管已有一些研究成果[38,39]，但由于尚没有通用的标准语料和评价方法，很难对这些成果进行比较。而对基于关联规则的文本分类的研究在国内还未见到。

4. 文本聚类

文本聚类是根据文本数据的不同特征，将其划分为不同数据量的过程。其目的是要使同一类别的文本间的距离尽可能小，而不同类别的文本间的距离尽可能的大。主要的聚类方法有统计方法、机器学习方法、神经网络方法和面向数据库的方法。在统计方法中，聚类也称为聚类分析，主要研究基于几何距离的聚类。在机器学习中聚类称作无监督学习或者无教师归纳。聚类学习和分类学习的不同主要在于：分类学习的训练文本或对象具有类标号，而用于聚类的文本没有类标号，由聚类学习算法自动确定。

传统的聚类方法在处理高维和海量文本数据时的效率不很理想，原因是：

（1）传统的聚类方法对样本空间的搜索具有一定的盲目性；

（2）在高维很难找到适宜的相似度度量标准。

虽然，文本聚类用于海量文本数据时存在不足。但与文本分类相比，文本聚类可以直接用于不带类标号的文本集，避免了为获得训练文本的类标号所花费的代价。根据聚类算法无需带有类标号样本这一优势，Nigam 等人提出从带有和不带有类标号的混合文本中学习分类模型的方法[40]。其思想是利用聚类技术减少分类方法对有标号训练样本的需求，减轻手工标记样本类别所需的工作量，这种方法也称为半监督学习。

文本聚类包括以下四个步骤：

（1）获取结构化的文本集。结构化的文本集由一组经过预处理的文本特征向量组成。从文本集中选取的特征好坏直接影响到聚类的质量。如果选取的特征与聚类目标无关，那么就难以得到良好的聚类结果。对于聚类任务，合理的特征选择策略是使同类文本在特征空间中相距较近，异类文本相距较远。

（2）执行聚类算法，获得聚类谱系图。聚类算法的目的是获取能够反映特征空间样本点之间的"抱团"性质。

（3）选取合适的聚类阈值。在得到聚类谱系图后，领域专家凭借经验，并结合具体的应用场合确定阈值。阈值确定后，就可以直接从谱系图中得到聚类结果。

目前，常见的聚类算法可以分为以下几类：

1）平面划分法：对包含 n 个样本的样本集构造样本集的 k 个划分，每个划分表示一个聚簇。常见的划分聚类算法有 k - 均值算法，k - 中心点算法，CLARANS 算法。

2）层次聚类法：层次聚类法对给定的样本集进行层次分解。根据层次分解方向的不同可以分为凝聚层次聚类和分裂层次聚类。凝聚法也称为自底向上的方法，如 AGNES；分裂法也称自顶向下的方法，如 DIANA、CURE、BIRCH、Chameleon。

3）基于密度的方法：多数平面划分法使用距离度量样本间的相似程度。因此只能发现球状簇，难以发现任意形状簇。基于密度的聚类法根据样本点临近区域的密度进行聚类，使在给定区域内至少包含一定数据的样本点。DBSCAN 就是一个具有代表性的基于密度的聚类算法。

（4）基于网格的方法：采用多分辨率的网格数据结构，将样本空间量化为数量有限的网格单元，所有聚类操作都在网格上进行，如 STING 算法。

（5）基于模型的方法：为每个簇假定一个模型，然后通过寻找样本对给定模型的最佳拟合行聚类。

有些聚类算法集成多种算法的思想，因此难以将其划归到上述类别中的一类，如 CLIQUE 综合了密度和网格两种聚类方法。

文本聚类有着广泛的应用，比如可以用来：

（1）改进信息检索系统的查全率和查准率；

（2）用于文本集浏览；

（3）搜索引擎返回的相关文本的组织；

（4）自动产生文本集的类层次结构。在带有类标号的文本集上发现自然聚类，然后利用自然聚类改进文本分类器。

2.4.4　文本挖掘与相近领域的关系

1. 自然语言处理与文本挖掘的区别

文本挖掘与自然语言处理有着千丝万缕的联系，但也存在明显的不同：

（1）文本挖掘通过归纳推理发现知识，而传统的自然语言理解多采用演绎推理的方法，很少使用归纳推理方法。

（2）文本挖掘在大规模文本集而不是少数文本中发现知识，其目的不在于改善对文本的理解而是发现文本中的关系。虽然自然语言处理的两个新兴领域：信息检索（Information Retrieval，IR）和信息提取（Information Extraction，IE）也是以大规模文本集为对象，但只要使用严格的演绎推理，那么就不能称为文本挖掘。主要原因是他们没有发现任何知识，只是发现符合某种约束条件的文本而不是知识本身。自然语言处理与文本挖掘的区别见表 2-6。

表 2-6　自然语言处理与文本挖掘的区别

	自然语言处理	文本挖掘
方法不同	演绎推理方法例如：IE	归纳推理方法
目标不同	更好地理解文本	更好地使用文本
对象范围不同	以一篇或少数文本为研究对象，发现表示文本特点的关系。特例：IR 和 IE	以大量文本组成的文本集为研究对象，在文本集中发现文本间或文本集中词与词间的关系

2. 信息检索与文本挖掘

信息检索是与数据库技术并行发展多年的领域，其中以文本为对象的文本信息检索以非结构或半结构化数据为处理对象，研究大量文本的信息组织和检索问题。

文本信息检索主要发现与用户检索要求（如关键词）相关的文本。例如，基于关键词的文本检索使用相关度量计算文本与用户查询间的相关性并按相关程度高低排序获得的文档。

近年来，基于自然语言处理技术发展起来的智能检索技术包含了对歧义信息的检索处理，如"苹果"，究竟是指水果还是电脑品牌；"华人"与"中华人民共和国"的区分，这类检索通过歧义知识描述库、全文索引、上下文分析以及用户相关反馈等技术实现文本信息检索的智能化。与文本挖掘不同，智能信息检索仍然只是关注从文本集中更有效地识别和提取相关文档，而不发现任何新的信息或知识。

3. 信息提取与文本挖掘

信息提取（IE）是指提取文本集中预定义的事件或任务信息的过程，例如关于恐怖事件信息的提取，可以包括事件时间、地点、恐怖分子、受害者、恐怖分子采用的手段等。其目的在于发现文本中的结构模式。主要过程是先根据需要确定结构模式，然后从文本中提取相应的知识填进该结构模式。文本挖掘任务则与之正好相反，它需要自动发现那些 IE 中给定的模式。

4. 文本挖掘与相关领域的交叉

虽然以上介绍的研究领域与文本挖掘存在明显的不同，但它们在某种程度上也存在交叉。最典型的交叉就是通过技术和方法的互相借鉴为各自领域提供新的有效的方法，如许多文本挖掘系统中采用的预处理方法就是最先在信息检索领域中提出并使用的。除此之外，还有其他的例子，如：

（1）基于文本挖掘的汉语词性自动标注。利用文本挖掘研究词及词性的序列模式对词性的影响是非常有新意的研究，这与人在根据上下文对词性进行判断的方法是一致的，不但根据上下文的词和词性，而且可以根据二者的组合来判断某个词的词性。国内从数据挖掘的角度对汉语文本词性标注规则的获取进行了研究。其方法是在统计语料规模较大的情况下，利用关联规则发现算法和词性标注规则。只要规则的置信度足够高，获得的规则就可以用来处理兼类词的情况。该过程完全是自动的，而获取的规则在表达上是明确的，同时又是隐含在数据中、用户不易发现的。

（2）基于信息抽取的文本挖掘。为将非结构化的自然语言文档表示成结构化形式以便直接利用传统的数据挖掘技术来进行文本挖掘。已有多种结构化方法被提出，如前面提到的文本特征表示方法就是最典型的一种。此外，随着信息抽取技术的不断发展，它在文本挖掘领域扮演着日益重要的角色。信息抽取的主要任务是从自然语言文本集中查找特别的数据段，然后将非结构化文档转化为结构化的数据库，以便更容易地理解文本。图 2-8 所示为基于信息抽取的文本挖掘系统框架，在这个系统中，IE 模块负责在原始文本中捕获特别的数据段，并生成数据库提供给知识发现模块进一步挖掘。

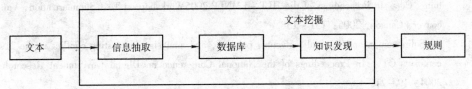

图 2-8　基于 IE 的文本挖掘系统框架

参 考 文 献

[1] Radev DR, Blair – Goldensohn S, Zhang Zh, et al. Interactive, domain – independent identification and summarization of topically related news articles [C]. In: Constantopoulos P, Sφlvberg I, eds. Proceeding of ECDL' 01, London: Springer – Verlag, 2001: 225 – 238.

[2] Radev DR, Blair – Goldensohn S, Zhang Zh, Raghavan RS. Newsinessence: A system for domain – independent, real – time news clustering and multi – document summarization [C]. In: Marcus M, ed. Proceeding of HLT' 01, Morristown: Association for Computational Linguistics, 2001: 1 – 4.

[3] Dunlavy DM, Conroy J, O' Leary DP. QCS: A tool for querying, clustering, and summarizing documents [C]. In: Hearst M, Ostendorf M, eds. Proceeding of NAACL' 03, Tarrytown: Pergamon Press, Inc, 2003: 11 – 12.

[4] Yang Y, Carbonell J, Brown R, et al. Multistrategy learning for topic detection and tracking [C]. In: The Kluwer International Series On Information Retrieval (Topic detection and tracking: event based information organization), 2002: 85 – 114.

[5] Chen FR, Farahat AO, and Brants T. Story link detection and new event detection are asymmetric [C]. In: Proceedings of Human Language Technology Conference. Edmonton, 2003: 13 – 15.

[6] N. Ma, Y. M. Yang, and M. Rogati. Applying clir techniques to event tracking [C]. In Proceedings of Asia Information Retrieval Symposium (AIRS), 2004: 24 – 35.

[7] Leek T, Schwartz R, and Sista S. Probabilistic approaches to topic detection and tracking [C]. In: The Kluwer International Series on Information Retrieval (Topic detection and tracking: event – based information organization), 2002: 67 – 83.

[8] Zeng HJ, He QC, Chen Z, Ma WY, et al. Learning to cluster web search results [C]. In Proceedings of the 27th annual international ACM SIGIR conference on Research and development in information retrieval, NY, USA, 2004: 210 – 217.

[9] Fan YP, Chen YP, Sun WS, et al. Multi – classification Algorithm and Its Realization Based on Least Square Support Vector Machine Algorithm [J]. 系统工程与电子技术: 英文版, 16 (4): 901 – 907, 2005.

[10] Halteren VH , Teufel S. Examining the consensus between human summaries: Initial experi-

ments with factoid analysis［C］. In Proceedings of the HLT workshop on Automatic Summarization. Ednonton, Canada, 2003: 57 – 64.

［11］Zajic D, Dorr B, Lin J, et al. A sentence – trimming approach to multi – document summarization［C］. In Proceedings of the HLT – EMNLP 2005 Workshop on Text Summarization, Vancouver, Canada, 2005: 151 – 158.

［12］D. Subramanian and R. Stoll. Events, patterns, and analysis: forecasting conflict in the 21st century［C］. In Proceedings of the National Conference on Digital Government Research, 2004: 19 – 21.

［13］J. Liu and L. Birnbaum. What do they think? Aggregating local views about news events and topics［C］. In Proceedings of the 17th International Conference on World Wide Web, Beijing, China, 2008: 1021 – 1022.

［14］刘小冬. 自然语言理解综述［J］. 统计与信息论坛, 2007.22 (2): 5 – 12.

［15］James Allen. Natural Language Understanding. Redwood City, CA, USA: The Benjamin/Cummings Publishing. Inc. 1995.

［16］贾彦德. 汉语语义学［M］. 北京: 北京大学出版社, 1999.

［17］伍谦光. 语义学导论［M］. 长沙: 湖南教育出版社, 1997.

［18］Abraham, Samuel and Ferenc Kiefer. A theory of structural semantics［M］. The Hague, Paris: Mouton &Co. Janua linguarum, 1967.

［19］吴蔚天, 汉语计算语义学——关系、关系语义场和形式分析［M］. 北京: 电子工业出版社, 1999.

［20］Chomsky Noam. Aspects of the Theory of Syntax［M］. Cambridge, MA: MIT Press, 1965.

［21］Chomsky Noam, Deep Structure, Surface Structure, and Semantic Interpretation. In: Chomsky Noam: Studies on Semantics in Generative Grammar. Den Haag/Paris, 1972: 62 – 119.

［22］Dillon George L. Introduction to contemporary linguistic semantics［M］, Englewood Cliffs, New Jersey: Prentice – Hall, 1977.

［23］侯敏. 计算语言学与汉语自动分析［M］. 北京: 北京广播学院出版社, 1999.

［24］Dowty DR, Robert E. Wall and Stanley Peters. Introduction to Montague semantic［M］. Dordrecht, Holland: D. Reidel Pub. Co. , 1981.

［25］靳光瑾. 现代汉语动词语义计算理论［M］. 北京: 北京大学出版社, 2001.

［26］姚天顺, 朱靖波, 杨莹等. 自然语言理解——一种让机器懂得人类语言的研究［M］, 北京: 清华大学出版社, 2002.

［27］赵铁军. 机器翻译原理［M］. 哈尔滨: 哈尔滨工业大学出版社, 2001.

［28］王水庆. 人工智能原理与方法［M］. 西安: 西安交通大学出版社, 1998.

［29］于江生, 语义学的数学基础［D］. 北京: 北京大学数学科学学院, 1999.

［30］Hearst MA. Text data mining: Issues, techniques, and the relationship to information access［C］. Presentation notes for UW/MS workshop on data mining, July 1997.

［31］Feldman R, Dagan I. Knowledge discovery in textual databases. In proceedings of the First International Conference on Knowledge Discovery and Data Mining (KDD95), Montreal, Canada,

1995，AAAl Press，112 – 117.

[32] Usama Fayyad, Gregory Piatetsky – Shapiro, Padhraic Smyth. From data mining to knowledge discovery: An Overview [M]. Advances in Knowledge Discovery and Data Mining, Menlo Park, CA, USA: American Association for Artificial Intelligence, 1996: 1 – 36.

[33] Ricardo BY and Berthier RN, Modern Information Retrieval [M], New York: ACM Press. 1999.

[34] Porter MF. An algorithm for suffix stripping [J], Program, 1980. 14 (3): 130 – 137.

[35] 周水庚，关佶红，胡运发，周傲英. 一个无需词典支持和切词处理的中文文档分类系统 [J]. 计算机研究与发展. 2001, 38 (7): 839 – 844.

[36] Yang Y, Pedersen JO. A comparative study on feature selection in text categorization [C]. In Proceedings of 14th International Conference on Machine Learning, pages Nashville, US, Morgan Kaufmann Publishers, San Francisco. US. 1997, 412 – 420.

[37] 周水庚，关佶红，胡运发. 无需词典支持和切词处理的中文文档 [J]. 高技术通讯. 2001, 11 (3): 31 – 35.

[38] 党齐民，吕冬煜. 基于词关联语义的文本分类研究 [J], 计算机应用, 2004 (4): 62 – 66.

[39] 姚松源. 文本自动分类系统的研究与实现 [D], 北京: 北京工业大学, 2003.

[40] Nigam K, thrun S, Michell T. Learning to Classify Text Labeled and Unlabeled Documents [C], In Proceedings of the Fifteenth National Conference on Artificial Intelligence (AAAI 98). 1998, 792 – 799.

第3章 信息过滤

3.1 信息过滤的提出背景

信息过滤（Information Filtering，IF）就是根据用户的信息需求，在动态的信息流中，搜索用户感兴趣的信息，屏蔽其他无用和不良的信息。

随着 Internet 的飞速发展及其在全世界范围内的广泛应用，越来越多的信息不断加入网络，网络上的信息正以指数级的速度增长，其内容之丰富，种类之繁多，堪称世界上最大的信息资源。这些资源涉及人类面对和从事的各个领域、行业及社会公用服务信息，成为信息时代全球可共享的最大信息基地。一方面，因特网上面蕴涵的海量信息给人类的生产生活带来了极大的便利，随之而产生的各种信息技术已经渗透到人类社会生活的各个角落，正以前所未有的速度和能力改变着人们的生活和工作方式；另一方面，因特网上面蕴涵的海量信息远远超过了人们的想象，这些信息具有更新速度快、重复率高等特点，面对信息的汪洋大海，人们往往感到束手无策、无所适从，出现所谓的"信息过载"和"信息迷向"的现象。

近些年来，随着我国信息产业的迅速发展，产生了大量的中文信息。人们在方便快捷地享受中文信息服务的同时，也承受着"信息过载"和"信息迷向"之苦。与此同时，作为现代高新技术产物的因特网在为人们提供有用信息的同时也为形形色色的诸如暴力、色情、反动、犯罪、邪教等不良信息提供了藏秽纳垢的便捷场所。如何能够剔除非法的以及与用户需求无关的信息，快速准确地找到用户感兴趣的信息已成为我国信息产业发展的当务之急。

搜索引擎（Search Engine）的出现在一定程度上使因特网"信息过载"和"信息迷向"的问题得到了缓解。搜索引擎是指能够自动对因特网上的信息资源进行分析处理，并通过查询为用户返回匹配资源的典型网络信息检索系统。它一般是因特网上的一个网站，主要任务是在互联网上主动搜索 Web 服务信息并将其自动索引，索引内容存储于可供查询的大型数据库中，当用户输入关键词查询时，搜索引擎会根据此关键字在索引数据库中查找相关信息，若索引数据库中有相关的信息，则按照信息与关键字相关度的顺序将信息反馈给用户。信息技术发展的现状使得搜索引擎成为人们离不开的获取信息资源的方式，是中国互联网用户经常使用的、仅次于电子邮件服务和浏览新闻服务的第三大网络服务。

搜索引擎经历了从人工搜索引擎到自动搜索引擎的过程，并逐步向智能化、个性化的方向发展。由于它的运行原理、检索机制等自身固有的特点，使得它虽然在一定程度上使"信息过载"和"信息迷向"的问题得到了缓解，但是随着用户对信息利用效率要求的提高，以搜索引擎为主的现有网络信息查询技术受到了诸多挑战，搜索引擎在提供网络信息服务方面的不足主要表现在：

（1）信息检索精度差。现有的搜索引擎几乎都只提供关键词接口，它不符合人们日常用语的习惯，用户不能用它来准确表达自己的信息需求；以关键词来标引文档，割裂了文档的逻辑语义；关键词全文检索的匹配模式单一，会查到大量无关信息，检索精度差。

（2）没有有效地适应信息源变化的机制。因特网上的信息是动态变化的，用户时常关心这些变化。而在搜索引擎中，用户只能通过不断地在网络上查询同样的内容，以获得变化的信息，花费了大量的时间。

（3）不能实现针对不同用户的个性化信息服务。在使用搜索引擎时，只要使用相同的关键词，所得到的结果就相同，它并不考虑用户的背景知识和信息偏好的不同，对所有用户一视同仁。

（4）不具备主动信息服务的功能。搜索引擎所提供的信息服务方式仍未摆脱"拉"（Pull）的方式，而未来的信息服务则是基于特定查询要求的"推"（Push）的方式，即主动的个性化的信息服务。

（5）对不良非法信息传播的控制较为困难。信息过滤技术就是在因特网"信息过载"、"信息迷向"和以搜索引擎为主的现有网络信息查询方式受到挑战的背景下产生的。信息过滤就是根据用户的信息需求，在动态的信息流中，搜索用户感兴趣的信息，屏蔽其他无用和不良的信息。它为因特网信息查询、个性化信息服务和网络安全的维护等问题提供了解决方案。正是在这种背景下，信息过滤技术应运而生，成为信息处理领域中的重要分支。各种过滤理论和相应的过滤系统纷纷涌现，呈现出强劲的发展势头。随着信息过滤技术和中文信息处理技术的迅速发展，面向中文的信息过滤技术——中文信息过滤技术也获得了长足的发展，并获得了广泛的应用。

3.2 信息过滤的发展历史和研究现状

随着计算机的应用和发展，信息过滤技术从设想变为现实，并不断地完善自身的功能。在因特网日益普及的今天，信息过滤技术在因特网信息查询、个性化信息服务和网络安全的维护等方面发挥着越来越大的作用。

1958 年，Luhn 提出了"商业智能机器"的设想[1]。在这个概念框架中，图书馆的工作人员为每个用户建立用户配置文件，然后这些配置文件被应用到一个自动文档选择系统中，系统为每个用户产生一个符合用户信息需求的新文本清单，同时记录下用户所订阅的文本用于更新用户的需求模型。虽然缩微胶片和打印机技术的发展，使得实现的物理细节有所不同，但其工作涉及了信息过滤系统的每一个方面，为信息过滤的发展奠定了有力的基础。

1969 年，选择性信息分发（Selective Dissemination of Information，SDI）系统引起了人们的广泛兴趣，致使美国信息科学协会成立了选择性信息分发系统兴趣小组（SIG–SDI）。当时大多数系统都遵循 Luhn 模型，只有很少的系统能够自动更新用户需求模型，其他大多数仍然依靠专门的技术人员或者由用户自己维护。SDI 兴起的两个主要原因是实时电子文本的可用性和用户需求模型与文本匹配计算的可实现性。

1982 年 3 月，Denning 在《美国计算机学会通讯》杂志中正式提出了"信息过滤"的概念[2]，他的目的在于拓宽传统的信息生成与信息收集的讨论范围。他描述了一个信息过滤的需求例子，对于实时的电子邮件，利用过滤机制，识别出紧急邮件和一般例行邮件。他采用了一个"内容过滤器"来实现过滤。其中采用的主要技术有层次组织的邮箱、独立的私人邮箱、特殊的传输机制、阈值接收和资格验证等。

1987 年，Malone 等人发表了较有影响的论文[3]，并且研制了系统信息透镜（Information Lens）。提出了三种信息选择模式，即认知、经济和社会模式。所谓的认知模式相当于 Denning 的"内容过滤器"，即基于内容的过滤；经济模式来自于 Denning 的"阈值接收"思想；社会模式是他最重要的贡献，目前也称之为"合作过滤"。在社会过滤系统中，信息的表示是基于以前读者对于信息的标注，通过交换信息，自动识别具有共同兴趣的团体。

1989 年，在这个时期信息过滤获得了大规模的政府赞助。由美国国防部高级研究计划局（Defense Advanced Research Projects Agency，DARPA）资助的消息过滤会议（Message Understanding Conference，MUC）极大地推动了信息过滤的发展。它对将信息抽取技术支持信息的选择、将自然语言处理技术引入信息过滤研究等方面进行了积极的探索。1990 年，DARPA 建立了 TIPSTER 计划，以支持许多消息过滤会议参与者的研究。

1992 年，美国国家标准和技术研究所（National Institute of Standards and Technology，NIST）与美国国防部高级研究计划局联合赞助了每年一次的国际文本检索会议——TREC 会议（Text Retrieval Conference，TREC），对于文本检索和文本过滤倾注了极大的热忱[4]。TREC 会议有两个基本的任务：一是类似于信息检索的 Ad hoc 任务，另一个是过滤（Filtering）的任务。过滤任务包括三个子任务：分流子任务（Rooting Task）、批过滤子任务（Batch Filtering Task）和自适应过滤子任务（Adaptive Filtering Task）。TREC 在最近的几次会议中，着重于文本过滤的理论和技术研究以及系统测试评价方面的工作，对文本过滤的形成和发展提供了强有利的支持。

目前随着因特网的迅速发展，需求的不断增加，在信息过滤及其相关技术方面，取得了长足的进展，成为了信息产业新的增长点。Belkin 和 Croft 阐述了"用户角色"（包括用户兴趣及兴趣表示）在信息过滤系统中的地位及其在交互中的作用；Lam 等人设计了个人兴趣漂移探测算法；Yang 和 Chute 实现了基于实例和最小平方利益的线性模型文本分类器。Mosafa 构造了智能信息过滤的多层次分解模型。一些信息过滤系统也相继问世，目前国外研制的一些主要信息过滤系统有：斯坦福大学的 Tak W. Yah 和 Hector Garcia – Molina 开发的基于内容的过滤系统 SIFT[5]、Stevens 研制的 lnfoScope 系统、Nichols 等人研制的 Tapestry 系统、麻省理工学院 Miller 等人开发的 GroupLensIs[6] 和 Brewer 等人开发的 URN 系统。

信息过滤是当前国际上信息检索领域研究的热点之一。英文信息过滤的研究开展较早，人们在用户模板、信息的比较和选择、自适应学习、共享评注和文档的可视化等方面都进行了一定的研究，但仍有较大的提升空间。中文信息过滤的研究起步较晚，目前中文信息过滤和推送系统主要还是基于关键词规则的过滤，真正的文本过滤特别是自适应过滤的研究很少。这一方面是限于中文文本的表示和处理的难度，另一方面也是因为缺少适当的、有说服力的评测集和评测标准。

近些年来，以 TREC 会议提供的较为成熟的评测过滤系统的指标为契机，国内的中科院软件所、清华大学、复旦大学、哈工大、东北大学以及微软亚洲研究院等机构相继开展了信息过滤技术特别是面向中文的信息过滤技术的研究，积累了很多宝贵的经验，也取得了一些不错的成绩。中国科学院软件研究所阮彤提出了一种基于贝叶斯网络的信息过滤模型 BMIF（BMIF 描述了信息过滤的基本结构），并在 BMIF 定义的基础上提供了它的各种使用方法[7]。清华大学计算机科学与技术系的田范江等人对进化式信息过滤方法进行了研究[8]，清华大学自动化系卢增祥等对信息过滤中用户需求的表示进行了研究，并提出了一种用固定文章集表示用户需求的新方法[9]。复旦大学的吴立德教授和黄萱菁博士等人研制的基于向量空间模型的文本过滤系统参加了 2000 年举行的第 9 次文本检索会议（TREC – 9）的评测，取得了良好的成绩，在来自多个国家的 15 个系统中名列前茅，其中自适应过滤和批过滤的平均准确率分别为 26.5% 和 31.7%[10]。东北大学的姚天顺教授和林鸿飞博士等人进行了中文文本过滤的研究，他们提出了基于示例的中文文本过滤模型，在该模型中，用户需求采用基于示例文本的主题词表示，文本表示采用向量空间模型，需求与文本的匹配度采用向量夹角余弦来衡量[11]。

中文语言上的特殊性和其特有的复杂性、灵活性，给中文信息过滤技术的研究工作带来了较大的困难。在借鉴国外信息过滤技术成果的基础上，对中文信息过滤技术进行深入的研究并开发出适合我国国情的中文信息过滤系统成为了我国信息化进程的一种迫切需要。

3.3 中文信息过滤研究的理论意义和应用价值

在理论意义方面，信息过滤技术是著名的国际文本检索会议 TREC 以及主题检测和跟踪会议 TDT（Topic Detection and Tracking）的主要研究内容之一，对信息过滤技术的研究具有较高的学术价值。中文是我国信息的主要载体，面向中文信息的过滤技术的研究是中文信息处理的一个重要研究方向，对中文信息过滤技术的研究也对中文信息处理的研究有较大的促进作用。

在应用价值方面，信息过滤技术和中文信息过滤技术有着广泛的应用前景，主要体现在[12]：

1. 改善 Internet 信息查询技术的需要

随着用户对信息利用效率要求的提高，以搜索引擎为主的现有网络查询技术受到了挑战，网络用户的信息需求与现有的信息查询技术之间的矛盾日益尖锐，其矛盾主要有如下几方面：

（1）在使用搜索引擎时，只要使用的关键词相同，所得到的结果就相同，它并不考虑用户的信息偏好和用户的不同，对专家和初学者一视同仁，同时返回的结果成千上万、良莠不齐，使得用户在寻找自己喜欢的信息时有如大海捞针。

（2）网络信息是动态变化的，用户时常关心这种变化。而在搜索引擎中，用户只能不断地在网络上查询同样的内容，以获得变化的信息，这花费了用户大量的时间。因此，在现有情况下，传统的信息查询技术已经难以满足用户的信息需求，对信息过滤技术的研究日益受到重视，把信息过滤技术用于因特网信息查询已成为一个重要的研究方向。

2. 个性化服务的基础

个性化的实质是针对性，即对不同的用户采取不同的服务策略，提供不同的服务内容。个性化服务将使用户以最小的代价获得最好的服务。在信息服务领域，就是实现"信息找人，按需要服务"的目标。既然是"信息找人"，那什么信息找什么人就是关键。每个用户都有自己特定的、长期起作用的信息需求。用这些信息需求组成过滤条件，对资源流进行过滤，就可以把资源流中符合需求的内容提取出来进行服务，这种做法就叫做"信息过滤"。信息过滤是个性化主动服务的基础。

3. 维护我国信息安全的迫切需要

网络为信息的传递带来了极大的方便，也为机密信息的流出和对我国政治、经济、文化等有害信息的流入带来了便利。发达国家通过网络进行政治渗透和价值观、生活方式的推销，一些不法分子利用计算机网络复制和传播一些色情的、种族主义的、暴力的、封建迷信或有明显意识形态倾向的信息。我国80%的网民在35岁以下，80%的网民具有大专以上文化学历，而这两个80%正是我们国家建设发展的主力军。所以，我国的信息安全问题已迫在眉睫，必须引起我们高度警惕和重视，而信息过滤是行之有效的防范手段。

4. 信息中介（信息服务供应商）**开展网络增值服务的手段**

信息中介行业的发展要经过建立最初的客户资料库、建立标准丰富档案内容和利用客户档案获取价值三个阶段。其中第一阶段和第三阶段的主要服务重点都涉及信息过滤服务。过滤服务过滤掉客户不想要的信息，信息中介将建立一个过滤器，以检查流入的带有商业性的电子邮件，然后自动剔除与客户的需要和偏好不相符的、不受欢迎的信息。客户可提前指定他们想经过过滤服务得到的信息或经过过滤服务排除出去的任何种类的经销商或产品。对于不受欢迎的垃圾信息，信息中介将会在客户得到之前把它们过滤掉。在网络环境下，尽量减少无效数据的传输对于节省网络资源、提高网络传输效率具有十分重要的意义。通过信息过滤，可减少不必要的信息传输，节省费用，提高经济效益。

综上所述，对中文信息过滤技术的研究无论是在学术理论上还是在具体应用方面都具有较高的价值。

3.4 信息过滤机制

信息过滤就是根据用户的信息需求，在动态的信息流中，搜索用户感兴趣的信息，屏蔽无用和不良的信息。信息过滤技术是以一种系统化的方法，将用户需求与动态信息流进行匹配计算，从信息流中抽取出符合用户个性化需求的信息并将其传送给用户。信息过滤的原理如图3-1所示。

信息过滤的主要步骤如下：

1. 构建用户需求模板

（1）用户信息需求的获取。按照用户需求获取主动方的不同可分为三种情况：一是用户通过主动填写感兴趣的关键词的方式表达信息需求。其优点是简单、经济，系统开销小；缺点在于加重了用户的负担，用户信息需求不清晰影响过滤的准确性，不能保证服务的及时性和有效性。二是通过用户对所提供信息的显式评价来获取用户兴趣，即通过显式反馈学习方法分析用户需求，这类方法能避免用户选取关键词的困难，能够更有效地表达用户潜在的信息需求。三是在用户没有明确参与的情况下，系统通过跟踪用户行为得到用户的兴趣，即通过隐式反馈来学习用户的兴趣。系统跟踪用户的各种行为，并对于用户的不同行为赋予不同的权重，从而判断用户对哪些文献真正感兴趣，在此基础上建立用户模板。

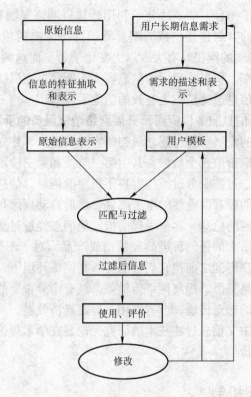

图 3-1　信息过滤的原理

（2）用户需求模板的描述。用户需求模板可以用关键词、规则或分类的方法来描述，一般说来，用户需求模板的描述与网络信息文档的描述、匹配算法是紧密联系的，每一个用户需求模板都可以看做是一个信息文档，通过一定的形式组织起来存放在客户端、代理端或者服务器端。

2. 描述网络信息文档

（1）布尔模型（Boolean Logical Model）。布尔模型是根据关键词之间的关系，利用布尔运算符描述文档特征的方法。

（2）向量空间模型（Vector Space Model）。在向量空间模型中，以特征项（由字、词或短语组成）作为描述文档的基本单位，文档被定义为一系列特征项的集合。每个文档可以用一个向量来表示，向量的维数就是特征项的个数，从而将文档信息的表示与匹配转化为空间向量的表示与匹配问题。根据空间向量的特性，两个文档之间的相似度可以用两个向量之间的夹角来度量，夹角越小说明相似度越大。

（3）概率推理模型（Probabilistic Inferential Model）。概率推理模型通过计算文档和用户请求的页面之间的相似性来进行信息过滤的。

3. 匹配算法

匹配算法和用户需求模板描述方法、信息的揭示方法是相互关联的，常见的匹配算法有布尔模型、向量空间模型、概率模型、聚类模型等，主要任务是过滤不相关的信息，选取相关的信息并按相关性的大小提供给用户。

当用户要访问网络信息文档时，信息过滤系统会运用相应的匹配算法比较用户需求模板与信息文档。现有的系统一般采用关键词、规则或分类的方法描述用户的信息需求，描述方法不同，匹配算法也不同。例如对于采用关键词描述的系统，适合用布尔模型、向量空间模型或概率推理模型等进行匹配；对于采用规则描述的系统，可以通过规则推算出用户虽然没有浏览过但可能会感兴趣的信息；对于采用分类描述的系统，可以用自动分类的方法如：TFIDF 分类器和 Bay 分类器等进行匹配。

4. 反馈机制

反馈模块主要用于处理用户的反馈信息并依据反馈信息进一步精化用户模型，并保存以便下一次用户注册登录时直接读取到精化后的模型。用户对返回的文档集进行评估，由系统根据这些反馈信息进一步修改用户感兴趣的文件，以利于下一次的过滤。

由于用户的信息需求有一个逐渐明确的过程，而且处于动态变化过滤中，因此必须通过一定的反馈机制跟踪用户需求的变化，及时调整用户需求模板，这便是用户需求模板的学习过程。在信息过滤系统中，学习的主要方式有：

（1）直接学习。用户根据过滤的结果直接修改需求模板，如增加关键词、补充一些规则等，这是在现有技术条件下最为有效的一种学习方法。

（2）半直接学习。系统根据用户对过滤结果的评价调整需求模板。

（3）间接学习。系统不要求用户提供信息，而从用户的浏览行为中收集信息。

（4）协作学习。把具有相同或相似兴趣的用户组成一组，其中每个成员需求的变化都可以对其他成员起着推荐作用。

除了上面介绍的方法外，国内外学者也不断推出新方法，如将人工智能和机器学习的方法引入到信息过滤中，通过遗传算法、神经网络方法、最近相邻方法（KNN）和支持向量机（SVM）等方法，用于判断用户信息需求与文档的相似性，动态地反馈用户需求的变化，提高过滤的效率。

3.4.1 信息过滤的概念和特点

广义的信息过滤包括文本、图像、音频、视频等多种信息存在形式的过滤处理，狭义的信息过滤是特指对文本信息的过滤处理。文本信息过滤（Text Filtering）就是根据用户的信息需求，在动态的文本流中，搜索用户感兴趣的文本，并主动的把其中相关度高的文本提供给用户。

1992 年 Nicholas J. Belkin 和 W. Brace Croft 在参考文献［13］中指出，信息过滤与其他信息处理过程相比较，其特点主要表现在：

（1）信息过滤系统是为非结构化或半结构化的数据而设计的信息系统。结构化的数据是指符合某一格式且包括简单数据类型的域的数据，数据库系统处理的是非常结构化的数据，而信息过滤系统正好与典型的数据库系统相反，它处理的是非结构化的或半结构化的数据，比如说文本信息。

（2）信息过滤系统主要处理的是文本数据。实际上，非结构化的数据是文本化数据的同义词，但是非结构化的数据比那些包括图像、音频、视频信号的数据更具有一般性。传统的数据库系统很难处理好这些非结构化类型的数据。

（3）信息过滤系统需要处理大量的数据。一些典型信息过滤系统基本上都要处理上 G 字节的文本信息。

（4）信息过滤系统通常包括有输入的数据流或是远程数据源的在线广播（例如 E – mail、网络新闻组等）。这些输入数据流通过网络进入特定的缓冲区，信息过滤系统从这些输入信息源中剔除掉与用户需求无关的或非法的信息，而不是从输入流中检索数据。

（5）信息过滤是以对个人或者群体的信息偏好的描述为基础的。这个对个人或者群体信息偏好的描述也称之为"用户模板（User Profile）"，一般来说，它表示的是个人或者群体的长期的稳定的信息偏好。

（6）信息过滤通常是从输入的数据流中剔除掉不符合用户模板的信息，而不是从中查找符合用户模板的信息。

3.4.2 信息过滤与信息检索的关系

信息过滤是随着信息检索的发展而发展起来的。信息检索（Information Retrieval，IR）是将信息按一定的方式组织和存储起来，并根据信息用户的需要找出有关信息的过程和技术。广义上的信息检索又叫"信息存储与检索"，狭义的信息检索仅指该过程的后半部分，即从信息集合中找出所需要信息的过程，相当于人们通常所说的信息查询。信息过滤，也就是所谓的信息选择性传播。与信息检索不同，信息过滤关注用户的长线需求（指一段时间内，比较固定的信息需求），其目标是帮助用户对大量的信息流进行筛选，着重于排除用户不希望得到的信息。

信息过滤和信息检索如同同一硬币的正反面，大部分信息过滤的早期研究都是基于"有效的信息检索技术同样也是有效的信息过滤技术"这一设想开展的。信息过滤和信息检索的目标都是为用户选取合适的信息，但二者的侧重点不同。信息过滤和信息检索在系统目标、用户特点、信息源、用户信息需求的表示、使用频率等方面存在差异。表 3-1 列出了信息过滤和信息检索的主要区别。

表 3-1　信息过滤和信息检索的主要区别

	信 息 过 滤	信 息 检 索
系统目标	根据用户的兴趣需求，从输入的数据流中屏蔽无用的或不良的信息	为一次性用户的搜索要求而设计。目的是满足用户一次性的信息需求
用户特点	用户相对较少，且固定，用户需要了解系统、系统的用户模板	用户数量大，需求不固定，用户不需要了解系统
信息源特点	海量、动态的无结构化的或半结构化的数据库	相对静态的数据库
信息需求表示	固定的用户需求被表示为用户兴趣模板	用户的信息需求被表示为查询
信息需求特点	是相对稳定、长期的，需要保存、维护和更新修改	随机的、易变的，不必保存和修改
使用频率	被有长期信息需求的固定用户长期使用	被大范围的多用户一次性使用，满足用户一次性的信息需求

3.4.3　信息过滤系统的体系结构

1. 信息过滤的关键技术

根据信息过滤的概念和特点，结合信息检索的一般模型，Nicholas 和 Belkin 在参考文献［13］中给出了信息过滤的一般模型。模型如图 3-1 所示。

在图 3-1 的信息过滤的一般模型中，原始信息经过特征抽取被表示为代表其特征的一定的格式，用户长期的信息需求被表示为用户模板，运用一定的过滤规则将两者进行比较和匹配（过滤），并将过滤结果提供给用户，用户使用过滤结果并将对过滤结果的评价反馈给系统以修改用户模板和用户信息需求。

信息过滤系统（Information Filtering System，IFS）是在信息过滤的一般模型的基础上研制出来的。一个简单的信息过滤系统包括三个基本部分：信息源（Source）、过滤器（Filter）和用户（User）。信息源向过滤器提供信息及其特征描述，过滤器根据用户信息需求有选择的向用户递送信息，用户向过滤器发出反馈信息以指明哪些信息符合他们的信息需求，过滤器进行不断地学习和调整，以提供更符合用户个性化需求的信息。

一个好的信息过滤系统必须满足以下 3 个条件：

（1）必须能够有效地将有用的信息提供给用户；

（2）必须能够足够快地将有用的信息提供给用户；

（3）必须能够有效地处理吞吐信息。

URI HANANI，BRACHA SHAPIRA 和 IPERETZ SHOVALZ 等人在参考文献［14］中给出了信息过滤系统的一般模型，如图 3-2 所示。

根据信息过滤系统的一般模型，一个信息过滤系统一般包括四大组件，即数

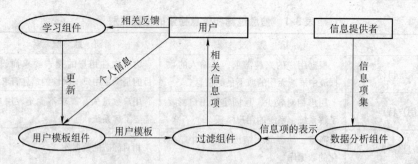

图 3-2 信息过滤系统的一般模型

据分析组件、过滤组件、用户模板组件和学习组件。数据分析组件从信息提供处收集数据项并以一种合适的方式表示，然后将其作为输入送到过滤组件中去。用户模板组件以显式或者隐式的方式获得用户的信息需求，并以此构建用户模板，用户模板信息也作为输入送到过滤组件中。过滤组件把信息源数据项的表示与用户模板相匹配，决定信息项是否与用户相关，并把与用户需求相关的信息项提供给用户。学习组件用来检测用户兴趣改变，修改用户模板，逐步完善用户模板以获得一个理想的过滤效果。

2. 网络文本信息过滤模型

网络文本信息过滤模型如图 3-3 所示。

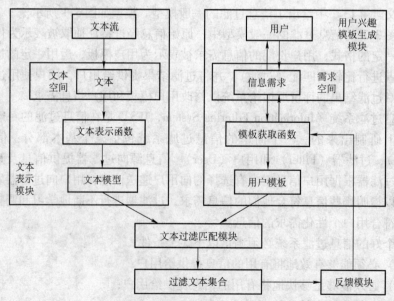

图 3-3 网络文本信息过滤模型

实施网络文本信息过滤技术有助于减轻用户的认知压力，它在基于个人或用户群信息偏好的描述下为用户提供所需要的信息，也着重删除与用户不相关的信息，从而提高用户获取信息的效率。解决和优化文本信息过滤模型中的两大关键技术，即用户模型技术和匹配技术，对于大规模网络文本信息过滤具有重要的意义。

从图 3-3 来看，文本信息过滤系统主要包含：文本表示模块、文本过滤匹配模块、用户兴趣模板生成模块、反馈模块等，其中文本表示模块主要针对采集到的信息提取其中的特征信息，按照一定的格式来描述，然后作为输入信息传递给过滤匹配模块；用户兴趣模板生成模块是依据用户对信息的需求和喜好来生成，并根据用户提供的学习样本或主动跟踪用户的查询行为建立用户兴趣的初始模板，再根据用户反馈模块不断更新用户模板；文本过滤匹配模块就是将用户兴趣模板与信息表示模块中的信息分析表示结果按照一定的算法进行匹配，并按照匹配算法决定将要传递给用户的相关信息项；用户得到文本过滤的结果后，对其进行评价并反馈给用户模块，用户模块通过不断跟踪学习用户兴趣的变化及用户反馈来调整甚至更改用户需求表达，以求不断实现正确过滤无用信息的目的。

以下简要介绍模型中各部分的主要技术：

（1）文本表示。包括将 Web 中的有效文本信息提取出来，对于中文文本过滤来说，涉及中文的分词、停用词处理、语法语义分析等等过程。常用的方法是建立文本的布尔模型、向量空间模型和概率模型等。

（2）用户模板的建立。用户模板空间常按照倒排索引的方式存储用户信息，建立用户模板的方式有建立关键字表和示例文本，而常用的技术有建立向量空间模型、预定义关键字、层次概念集利分类目录等。

（3）用户模板与文本的匹配。最常用的方法有布尔模型、向量空间模型和概率模型。

（4）用户反馈。用户反馈分为确定性反馈和隐含性反馈。确定性反馈指的是二元（是或否）反馈，另外还有分级打分的方法。利用这些反馈信息，应用机器学习方法，完善用户模板。

综合以上介绍分析，可以将网络文本信息过滤的工作概括为两个方面：一是建立用户需求模型，即用户模板，用于描述用户对于信息的具体需求。建立用户需求模型的主要依据是用户提交的关键词、主题词或示例文本。二是匹配技术，即用户模板与文本的匹配技术。简单地讲，文本过滤模型就是根据用户的查询历史创建用户需求模型，将信息源中的文本有效表示出来，然后根据一定的匹配规则，将文本信息源中可以满足用户需求的信息返回给用户，并根据一定的反馈机制，不断地调整改进用户需求模型，以期获得更好的过滤结果。从技术角度来看，文本信息过滤的关键技术是获得用户信息需求（用户模板的建立）和解决信息过滤算法，即信息过滤技术研究应当集中在解决用户模板的表示及根据模板对文本流进行评价的方法上。为提高信息过滤系统的性能，应加强对过滤匹配算法和用户模型的研究与实践。

3.4.4 信息过滤系统的分类

面对大量的按照信息过滤系统的一般模型构建的信息过滤系统，按照单一的标准是无法对其进行分类的。下面按照系统操作的主动性、信息过滤系统所处的位置、系统采用的过滤方法、系统从用户获取信息的方法四个不同的方面对信息过滤系统进行了分类。

1. 按照操作的主动性分类

根据操作的主动性将信息过滤系统分为主动过滤系统和被动过滤系统。

主动过滤系统主动为用户寻找他们需要的信息。系统可以在一个较大的范围内，或局部范围内帮助用户收集同用户兴趣相关的信息，然后发送给用户。Internet 上的信息"推送技术"（Pushing Technology）就是这个范畴内的应用，运用它可以为用户提供主动的个性化的信息服务。

被动过滤系统是针对一个固定的信息源过滤掉其中用户不感兴趣的信息，它主要应用在邮件服务器或网络新闻组的过滤中。在这些应用中，数据是自动流入到系统，系统无需花费时间去收集信息源。这类系统的作用就是根据用户的信息需求将信息源中新到的信息根据相关度从大到小的顺序提供给用户，或者根据某一过滤规则将系统认为用户不感兴趣的信息过滤掉。典型的电子邮件过滤系统和基于内容过滤的防火墙就属于此类。

2. 按照过滤操作所处位置分类

过滤操作可能发生在信息源、过滤服务器、用户场地三个不同的位置。因此，过滤系统按照过滤操作所处的位置分为应用于服务器端的过滤系统、应用于过滤服务器的过滤系统、应用于客户端的过滤系统。

在应用于服务器端的过滤系统中，用户把信息需求模板提供给信息提供者，信息提供者仅将与用户信息需求相关的信息提供给用户。因此这类信息过滤系统不仅解决了"信息过载"问题，而且还减少了网络通信的负担。但是，这种好处是以服务器端的高计算量为代价的，当客户的信息需求量很大时，有可能会导致服务器过载；并且这种类型服务的信息提供者通常会按照信息的流量、用户的使用时间等向用户收取费用，价格比较昂贵。

应用于过滤服务器的过滤系统的过滤操作是在特定的中间过滤服务器上实现的。过滤服务器如同一个大型的网络缓存器，信息提供者提供的信息需要经过它的过滤才能进入客户端。一方面，用户把他们的信息需求模板提供给中间服务器；另一方面，信息提供者也把提供的信息发送给它；而中间过滤服务器则根据某一过滤规则进行匹配计算，并把相关的信息发送给用户。同应用于服务器端的过滤系统相比，应用于过滤服务器的过滤系统减少了服务器的负载。

　　大部分的过滤系统的过滤操作都发生在用户场地。在这种应用于客户端的过滤系统中，信息提供者将所有提供的信息一律传送到客户端，用户根据需要设定一定的过滤规则，将不感兴趣的无关信息排除在外。这类过滤系统一般会加重网络通信负担，但是系统容易实现，而且成本也较低，这也是大部分实际使用的过滤系统都是应用于客户端的一个原因。

3. 按照采用的过滤方法分类

　　按照采用的过滤方法的不同将信息过滤系统分为两大类，采用认知过滤（Cognitive Filtering）方法的过滤系统和采用社会过滤（Sociological Filtering）方法的过滤系统。

　　认知过滤也称为基于内容的过滤（Content - based Filtering）。在采用认知过滤方法的过滤系统中，用户的信息需求模型和信息源的表示都是基于信息内容的，每个用户假定是相互独立的，过滤的结果仅仅依赖于用户的信息需求模型与信息源内容的匹配程度。基于内容的过滤方法不需要多用户的协作，比较容易实施，因此它也是大多数商用信息过滤系统所采用的方法。其不足是相关与否的判断标准仅仅依赖于信息内容，由于内容匹配的不精确性，往往存在"噪声"。

　　社会过滤也称为协作过滤（Collaborative Filtering）。社会过滤方法的出发点在于：处于社会某个群体中的用户的信息需求不是孤立的，人们的信息需求往往同他所处的群体中的其他用户的信息需求相同或相似。基于这个出发点，系统就可以根据同一群体中其他用户对信息的评价或推荐来预测用户对某项信息可能感兴趣的程度。由于这种过滤方法不依赖于内容，采用社会过滤方法的过滤系统不仅适用于内容易于表达的文本格式的信息过滤，也适用于内容难以表达的图像、音频、视频等非文本格式的信息过滤。采用社会过滤方法的过滤系统的不足在于群体对同一信息评价或推荐难以获得，并且用户评价或推荐是否正确或是否权威难以判断。

　　为了克服认知过滤方法和社会过滤方法各自的不足，在实际应用的信息过滤系统中一般采用认知过滤和社会过滤相结合的过滤方法。

4. 按照从用户获取信息方法分类

　　信息过滤系统按照其从用户获取信息方法的不同可以分为显式、隐含式、混合式三类。

　　采用显式方法获取用户信息需求的过滤系统通常要求用户去填写一个描述他们兴趣领域需求的表或者要求用户根据提供的特征项构造自身对特定领域的信息需求的描述模型。通过用户的交互提供的这些显式的信息可以快速、明确的描述用户的信息需求，减少系统学习的负担。但是这种显式的获取用户信息需求的方式会增加用户的负担，加重了用户使用系统的困难。

　　采用隐含式方法获取用户信息需求的过滤系统通过记录用户的行为来获得用

户的信息需求，如用户在指定页面的停留时间、用户访问页面的频率、是否选择保存数据、是否打印、是否转发数据等对信息项的反应都能作为用户兴趣的标志。一般来说，这种采用隐含式获取用户信息需求的方法容易受到干扰的影响，所以这种方法通常作为显式方法的补充。

混合式获取用户信息需求的方法介于显式方法和隐含式方法之间，它要求尽量减少用户的参与。混合式获取用户信息需求的方法通常有两种，一种方法是通过文档空间（Document Space）来获取知识，另一种方法是通过原型参考（Stereotypic Inference）来获取知识。通过文档空间来获取知识的混合式的过滤系统通过提供一个用户已判断为相关的文档集，当新文档到来时计算新文档与此文档集的相似度，如果相似度大于一定的阈值，则新文档被认为是相关的。用户不需要定义模板，只需评价文档的相关性。这种方法的缺点是如果某一兴趣领域不在初始文档空间范围内，用户的兴趣可能会发生偏移。通过原型参考来获取知识的混合式过滤系统要求用户提供自身明确的信息使系统能够把用户与用户原型模型相关联，所谓的原型模型是指一组用户的默认信息，将对用户原型模型上的隐含式的推测与用户提供的明确知识相结合可得到更好的表示用户信息需求的用户模板。目前只有少量的过滤系统中使用这种方法。

3.4.5　实现信息过滤系统的方法和基本技术

实现信息过滤系统的方法主要有统计方法、逻辑方法和拟物方法。

统计方法是指判别方法为统计分析领域的过滤和分类算法的总称，主要有向量中心法、相关反馈法、K－近邻法、贝叶斯法、多元回归模型、支持向量机以及概率模型等。

逻辑方法认为知识就是过滤。逻辑方法比较适用于具有离散变量的样本，对于连续性的变量，常常采用一些离散化的手段把它们转化成离散值。传统的逻辑方法主要包括基于覆盖的 AQ 家族算法，以信息熵为基础的 ID3 决策树算法以及基于 Rough Sets 理论的学习算法等。

拟物方法是在人工智能研究的热潮中产生的，这些拟物的学习算法是借用物理过程进行类比的机制。其中最具有代表性的是神经网络算法和遗传算法等。

实现信息过滤系统的基本技术主要有以下 4 个方面：

（1）用户信息需求表示。用户信息需求表示技术的常用技术有预定义关键字、分类目录、向量空间法、层次概念集等。相应的用户兴趣的联想拓展技术主要有知识库机器学习等方法。

（2）原始信息的表示。常用的原始信息的表示方法为向量空间模型。将原始信息表示为向量形式需要运用的原始信息的预处理技术、文本特征抽取技术等。

（3）需求和文档匹配技术。主要方法有布尔判断、概率方法、向量空间模型等。

（4）用户反馈技术。主要方法有确定性的反馈和隐含性的反馈。利用这些反馈信息，应用机器学习的方法，改善用户模板，提高过滤效率。

3.4.6　信息过滤系统性能的评估

应该如何对信息过滤系统的性能进行评估目前还没有一个统一而合理的标准。原因有很多，首先信息过滤系统不单单面对的是信息内容，它还包含许多社会因素；其次用户的信息需求是多种多样的，其内涵也不是统一固定的，不同用户对同一个词的理解不同，就会造成对过滤结果的不同的评价。在实际应用中一般采用信息检索中常用的查准率 P（Precision）和查全率 R（Recall）这两个参数作为信息过滤系统的评价标准。二者定义如下：

查准率：$P = \dfrac{过滤结果中符合用户需求的信息条数}{过滤结果得到总的信息条数}$

查全率：$R = \dfrac{过滤结果中符合用户需求的信息条数}{信息源中符合用户需求的信息条数}$

查准率和查全率越高，系统性能越好。

TREC（Text Retrieval Conference）组织也提出了一套评估信息过滤系统的标准，其举办的 TREC-9 评测会议中，运用如下所述的 Utility 的值和查准率两个参数来评估批过滤和自适应的过滤系统。

设 R^+ 是与用户需求相关且系统保留的信息条数，N^+ 是与用户需求不相关但系统保留的信息条数，R^- 是与用户需求相关但系统没有保留的信息条数，N^- 是与用户需求不相关且系统没有保留的信息条数，则：

Utility $= (A \times R^+) + (B \times N^+) + (C \times R^-) + (D \times N^-)$，其中 A，B，C，D 是四个参数。在 TREC-9 中，$A = 2$，$B = -1$，$C = D = 0$。Utility 值越高，过滤系统的性能越好。

TREC 组织的查准率参数同信息检索中常用的查准率参数类似，也是强调过滤的准确率，但 TREC 要求过滤结果文本数不少于一个下限 MinD，在此前提下，准确率的定义为 $P = R^+ / \max(MinD, R^+ \times N^+)$。在 TREC-9 中，MinD 定义为 50 篇。准确率越高，系统性能越好。

3.5　信息过滤模型

信息过滤和信息检索如同同一硬币的正反面，有效的信息检索技术同样也是有效的信息过滤技术。同样，有效的信息检索模型也是有效的信息过滤模型。经典的信息检索模型有布尔模型（Boolean Model）、向量空间模型（Vector Space Model，VSM）、概率模型（Probabilistic Model）、潜在语义索引模型（Latent Se-mantic Indexing Model，LSI）等，它们同样也是经典的信息过滤模型。下面分别对这四种常用的经典的信息过滤模型做详细的介绍。

3.5.1 布尔模型

布尔模型是基于特征项的严格匹配模型。首先建立一个二值变量的集合，这些变量对应着信源的特征项。信息源用这些特征项变量来表示，如果在信息源中出现相应的特征项，则特征变量取"True"，否则特征变量取"False"。查询是由特征项和逻辑运算符"AND"，"OR"和"NOT"组成的布尔表达式。信息源与查询的匹配规则遵循布尔运算的法则。根据匹配规则将信息源分为两类，相关类和不相关类。由于匹配结果的二值性，所以无法对结果集进行相关性排序。

布尔模型实现简单，检索速度快，易于理解，在许多商用的过滤系统中得到了应用。但是这种传统的布尔过滤技术也存在着一些不足之处：

（1）原始信息表示不精确。布尔模型仅仅以特征项在原始信息中出现与否的布尔特性来表示原始信息，忽略了不同特征项对信息内容贡献的重要程度，容易造成结果的冗余。

（2）基于布尔运算法则的匹配规则过于严格，容易造成漏检。严格且缺乏灵活性的布尔过滤规则往往会导致仅仅因为一个条件未满足的文档被漏检。

（3）布尔模型匹配结果的二值性导致系统无法按结果信息的相关性大小为用户提供信息。

为了克服传统布尔模型的缺陷，人们对其进行了改造，引入了权重来表示特征项对文档的贡献程度，形成了所谓的加权布尔模型，即拓展的布尔模型（Ex-tended Boolean Model）。关于拓展的布尔模型的详细介绍，参见参考文献［15］［16］。

3.5.2 概率模型

概率模型是为解决信息过滤中存在的一些不确定性的问题而引入的。信息过滤中用户信息需求表示的模糊性、原始信息与用户模板相关性判断的不确定性都可能导致不确定性的问题。概率模型考虑到了词条、文档间的内在联系，利用词条间以及词条和文档间的概率相依性进行信息过滤。

概率模型的理论基础是概率排序规则：如果文档按照与查询的概率相关性的大小排序，那么排在前面的文档是最有可能被检索到的文档。

在基于概率模型的信息过滤中，用户模板和原始信息一般都表示为同一关键词空间的关键词集合，过滤的依据是原始信息和用户模板之间的相关性，若原始信息与用户模板不相关，则过滤掉。如果某一文档 d_i 满足式（3-1），则该文档被认为是与用户模板相关的，否则被过滤掉。

$$P(R|d_i) \geqslant P(NR|d_i) \tag{3-1}$$

式中，R 是与查询相关的文档的集合，NR 是与查询不相关的文档的集合，$P(R|d_i)$ 表示文档 d_i 与用户模板 P 相关的概率，$P(NR|d_i)$ 表示文档 d_i 与用户模板 P 不相关的概率。由此可以记文档 d_i 与用户模板 P 之间的相似度的计算公式为

$$\text{sim}(d_i,p) = \frac{P(R|d_i)}{P(NR|d_i)} \tag{3-2}$$

运用贝叶斯原理，式（3-2）可以改写为式（3-3）：

$$\text{sim}(d_i,p) = \frac{P(R|d_i)P(R)}{P(NR|d_i)P(NR)} \tag{3-3}$$

计算 sim (d_i,p)，若 sim $(d_i,p) \geqslant 1$，则认为文档 d_i 与用户模板相关，按相似度大小的顺序提供给用户，否则被过滤掉。概率模型有严格的数学理论基础，采用了相关反馈原理来克服不确定性推理的缺点，它的缺点是参数估计的难度比较大，文件和查询的表达也比较困难。

3.5.3 向量空间模型

向量空间模型已被人们普遍认为是一种非常有效的检索模型[16,17]。它具有自然语言界面，易于使用。同样向量空间模型也可以应用到信息过滤系统中来。在以向量空间模型构造的信息过滤系统中，用户模板和原始信息均被表示成 n 维欧氏空间中的向量，用它们之间的夹角余弦作为相似性的度量。运用向量空间模型构造信息过滤系统主要包括四个方面的工作：

（1）给出原始信息的向量表示。

（2）给出用户模板的向量表示。

（3）计算原始信息和用户模板之间的相似度。二者的相似度通常用原始信息向量和用户模板向量之间夹角的余弦值来衡量。

（4）将与用户模板之间相似度大于给定阈值的原始信息提供给用户，并获得用户的反馈。

向量空间模型的优点在于将原始信息和用户模板简化为项及项权重集合的向量表示，从而把过滤操作变成向量空间上的向量运算，通过定量的分析，完成原始信息和用户模板的匹配。

向量空间模型的缺点在于信息在向量表示时的项与项之间线性无关的假设，在自然语言中，词或短语之间存在着十分密切的联系，即存在"斜交"现象，很难满足假定条件，这对计算结果的可靠性造成一定的影响。此外，将复杂的语

义关系，归结为简单的向量结构，丢失了许多有价值的线索。因此，有许多改进的技术，以获取深层潜藏的语义结构。如潜在语义索引方法就是对向量空间模型的一种有效的改进。

3.5.4 潜在语义索引模型

潜在语义索引模型是 1988 年 S. T. Dumais 等人提出的一种信息检索代数模型，它主要是为了克服布尔模型、概率模型、向量空间模型基于字、词匹配带来的局限性[18-20]。

在布尔、概率和向量空间这三种检索模型中，用户查询和文档都是采用基于关键词的技术来表示的，检索是通过用户查询和文档之间字、词的匹配来实现的。尽管这种匹配在三种模型中表现形式各异，但都是某种形式上浅层次的概念匹配，而非深层次的语义匹配。所以，这种匹配是不准确的。事实上，独立的字、词集合不能完全、准确地反映文档和查询的语义。因此，改善传统信息检索性能的一个有效途径就是让用户根据文档的概念主题或者说语义来进行信息检索。

潜在语义索引模型就可以看成是一种基于语义概念的检索模型，它利用统计计算得出的潜在语义关系进行信息检索，而不再依赖于传统的索引字、词的匹配。同样，潜在语义索引方法也被广泛应用于信息过滤中。

在潜在语义索引模型中，文档库被表示为一个 $m \times n$ 的词 – 文档矩阵 A。这里，n 表示文档库中的文档数；m 表示文档库中包含的所有不同词的个数。A 中的元素 a_{ij} 为非负值，表示第 i 个词在第 j 个文档中的权重。由于词和文档的数量都很大，而单个文档中出现的词又非常有限，因此 A 一般为稀疏矩阵。

A 建立后，利用奇异值分解（Singular Value Decomposition，SVD），矩阵 A 可以表示为 3 个矩阵的乘积：$A = U_k \sum_k V_k^{\mathrm{T}}$。其中，$U$ 和 V 分别是矩阵 A 的奇异值对应的左、右奇异向量矩阵；矩阵 A 的奇异值按递减排列构成对角矩阵 Σ。取 U 和 V 最前面的 k 个列构建 A 的 k – 秩近似矩阵 $A_k(k \ll \min(m, n))$，即 $A = U_k \sum_k V_k^{\mathrm{T}}$；其中 U_k 和 V_k 分别是 U 和 V 的前 k 列组成。A_k 是对 A 的一个近似，同时它又保持了索引项和与文档之间的潜在语义关系，但又去掉了因用词习惯或语言的多义性等带来的"噪声"。

用 A_k 近似表示词 – 文档矩阵 A，U_k 和 V_k 的行向量分别作为词向量和文档向量，在此基础上进行信息检索和信息过滤，这就是潜在语义索引技术。尽管它也是用文档中包含的词来表示文档的语义，但它并不把文档中所有的词看做文档概念的可靠表示。正相反，文档中用词的多样性很大程度上掩盖了文档的语义结构。潜在语义索引通过奇异值分解和取 k – 秩近似矩阵，一方面，消减了原词 – 文档矩阵中包含的"噪声"因素，从而更加凸显出词和文档之间的语义关系；另一方面，使得词、文档向量空间大大缩减，因而可以提供信息过滤的效率。

3.5.5 神经网络模型

神经网络模型（Neural Network Model）模拟人脑对信息的处理方式，用该模型过滤信息的基本思想是在其内部存储可行模式的整个集合，这些模式可被外部暗示唤起，即使"外部"提供的资料不足，也可以在其内部重构。当我们给系统输入一个文本的特征向量时，可通过神经网络存储的内部信息对此文本进行主题判断，即神经网络的输入为文本的特征向量，输出为用户给出的评价值。经过训练的网络模型通过将不同文本的特征向量映射为大小不等的评价来实现主题区分的目的。

3.6 信息过滤的方法

分类是一个有指导的学习过程。其特点是根据已经掌握的每类若干样本（训练数据）的数据信息，总结出分类的规律，建立判别公式和判别规则。然后，当遇到待分类的新样本点（测试数据）时，只需根据总结出的判别公式和判别规则，就能确定该样本所属的类别。

基于内容的文本过滤在不考虑学习和自适应能力时实际上是一个分类过程，如 TREC 中的 Batch（自动过滤，结果不排序）和 Routing（自动过滤，结果排序）过滤任务。其中，过滤的主题（用户需求）相当于分类的类别，过滤的检出准则相当于分类的判别规则，而判断某文档跟哪些主题相关的过程等价于判别文档所属的类别的过程。对于自适应过滤任务（Adaptive Filtering）来讲，其基本框架仍然是一个类似文本分类的判别过程。所不同的主要有两点：一是训练样本很少，几乎没有训练过程；二是在过滤过程中需要根据用户的反馈进行自适应的学习，不断自我调整实现边学习边提高的目的。第二点是自适应过滤研究的重点，但是，作为核心的过滤算法仍然是一个分类算法。

过滤算法的选择是影响文本过滤效果好坏的重要因素。分类技术是很多领域，包括统计分析、模式识别、人工智能、神经网络等的研究课题。由于过滤跟分类、检索技术的共通性，上述领域的研究成果同样可以应用到过滤中来。这些方法大致可以分为统计方法、逻辑方法和拟物方法三大类别。

3.6.1 统计方法

判别方法是统计分析领域的过滤和分类算法的总称，主要有向量中心法、相关反馈法（Rocchio 法）、K 近邻（K - Nearest Neighbor, KNN）法、贝叶斯法[朴素贝叶斯（Naive Bayes）法和贝叶斯网络（Bayes Nets Work）]、多元回归模型（Multivariate Regression Models）、支持向量机（Support Vector Machines）以及概率模型（Probabilisite Model）等[21-23]。

1. 向量中心法

向量中心法是建立在向量空间模型的基础上的。该方法通过计算新到来的文档与表示过滤主题的用户兴趣（向量中心）之间的夹角余弦值：

$$\text{sim}(D_1, D_2) = \cos\theta = \frac{\sum_{k-1}^{n} w_{1k} w_{2k}}{\sqrt{\left(\sum_{k-1}^{n} w_{1k}^2\right)\left(\sum_{k-1}^{n} w_{zk}^2\right)}}$$

或者向量内积

$$\text{sim}(D_1, D_2) = \sum_{k-1}^{n} w_{1k} \cdot w_{2k}$$

来判断文档是否跟该主题相关而被检出。由于这种方法简单而实用，因而在信息过滤、信息检索、文本分类等多个领域都得到了广泛应用。

2. 相关反馈法

Rocchio 法是一个在信息检索中广泛应用于文本处理与过滤等业务中的算法，它是一种基于相关反馈（Relevance Feedback）的，建立在向量空间模型上的方法。它用 TFIDF 方法来描述文本，其中 TF（w_i,d）是词 w_i 在文本 d 中出现的频率，DF（w_i）是出现 w_i 文本数。该方法中可以选择不同的词加权方法、文本长度归一化方法和相似度测量方法以取得不同的效果。Rocchio 方法首先通过训练集求出每一个主题的用户兴趣向量，其公式如下：

$$\vec{C}_j = \alpha \frac{1}{|C_j|} \sum_{\vec{d} \in C_j} \frac{\vec{d}}{\|\vec{d}\|} - \beta \frac{1}{|D - C_j|} \sum_{\vec{d} \in D - C_j} \frac{\vec{d}}{\|\vec{d}\|} \tag{3-4}$$

其中$\vec{C}_j$是主题 j 的用户兴趣，α/β 反映正反训练样本对$\vec{C}_j$的影响。$\vec{d}$是文本向量，$\|\vec{d}\|$是该向量的欧氏距离，D 是文本总数。

若以余弦计算相似度，则判别文本$\vec{d}$是否跟主题$\vec{C}_j$相关的公式为

$$H_{\text{TFIDF}}(\vec{d}) = \text{argmax} \cos(\vec{C}_j, d)$$

$$= \underset{C_j \in C}{\text{argmax}} \frac{\vec{C}_j}{\|\vec{C}_j\|} \cdot \frac{\vec{d}}{\|\vec{d}\|}$$

$$= \underset{C_j \in C}{\text{argmax}} \frac{\sum_{i=1}^{n} C_j^{(i)} d^{(i)}}{\sqrt{\sum_{i=1}^{n} (C_j^{(i)})^2 (d^{(i)})^2}} \tag{3-5}$$

式中，n 为每个文档的特征项（词）的个数。上式中忽略了 d 的长度，因为它不影响 argmax 的结果。Rocchio 法实现起来较为容易，但是，它需要事先知道若干正负样本，受训练集的影响较大，有时会导致性能的下降。

3. K 近邻法[26]

K 近邻方法的原理也很简单。给出了未知相关主题的文本，计算它与训练集中每个文本的距离，找出最近的 k 篇训练文档，然后根据这 k 篇文档的特性来判断未知文本相关的主题。可以选择出现在这 k 个邻居中相关的文本与未知文本的相似度的和，值最大的主题就被判定为未知文本相关的主题。如果允许每个主题相关样本点都有资格作为主题类的代表的话，这就是最近邻法。最近邻法不是仅仅比较与各主题类均值的距离，而是计算和所有样本点之间的距离，只要有距离最近者就归入所属主题类。为了克服最近邻法错判率较高的缺陷，K 近邻法不是仅选取一个最近邻进行判断，而是选取 k 个近邻，然后检查它们相关的主题，归入比重最大的那个主题类。

4. 贝叶斯法

（1）朴素贝叶斯法[27,28]。朴素贝叶斯算法在机器学习中有着广泛的应用。其基本的思想是在贝叶斯概率公式的基础上，根据主题相关性已知的训练语料提供的信息进行参数估计，训练出过滤器。进行过滤时，分别计算新到文本跟各个主题相关的条件概率，认为文本跟条件概率最大的主题类相关。其计算公式如下：

$$P(C_j|d:\hat{\theta}) = \frac{P(C_j|\hat{\theta})P(d_i|C_j:\hat{\theta}_j)}{P(d_i|\hat{\theta})} \tag{3-6}$$

式中，等式右边的概率均可根据训练语料，运用参数估计的方法求得。朴素贝叶斯方法是在假设各特征项之间相互独立的基本前提下得到的。这种假设使得贝叶斯算法易于实现。尽管这个假设与实际情况不相符，但实际应用证明，这种方法应用于信息过滤中是比较有效的。

（2）贝叶斯网络[29]。Heckerman 等人和 Sahami 分别提出了对贝叶斯网络的理解与学习方法。贝叶斯网络的基本思想是取消纯粹贝叶斯方法中关于各特征之间的独立的假设，而允许它们具有一定的相关性。K - 相关贝叶斯网络是指允许每个特征有至多 k 个父节点 f，即至多有 k 个与之相关的特征项的贝叶斯网络。朴素贝叶斯则是贝叶斯网络的一个特例；0 - 相关贝叶斯网络。

5. 多元回归模型

多元回归模型运用了线形最小平方匹配（Linear Least Square Fit）的算法。通过求解输入 - 输出矩阵的线形最小平方匹配问题，得到一个回归系数矩阵，作为过滤器。具体来讲就是求出一个矩阵 X 使得 $\|E\|_F = \left(\sum_{i=1}^{N}\sum_{j=1}^{i}e_{ij}^2\right)^{1/2}$ 最小。其中 $E = AX - B$。在信息过滤中 A 是输入矩阵，是训练集文本的词 - 文本矩阵

（词在文本中的权重）；B 是输出矩阵，是训练集文本的文本 – 相关主题矩阵（主题在文本中的权重）。求得的矩阵 X 是一个关于词和主题的回归系数矩阵，它反映了某个词在某一主题类中的权重。在过滤过程中，用相关主题未知的文本的描述向量 $\vec{a}$ 与回归系数矩阵 X 相乘就得到了反映各个主题与该文本相关度的矩阵 $\vec{b}$。相关度最大的主题就是该文本所相关的主题。

6. 支持向量机

支持向量机算法是 Vapnik 提出的一种统计学习方法，它基于有序风险最小化归纳法（Structural Risk Minimization Inductive Principle），通过在特征空间构建具有最大间隔的最佳超平面，得到两类主题之间的划分准则，使期望风险的上界达到最小。支持向量机在文本分类领域得到了比较成功的应用，成为表现较好的分类技术之一，其主要缺点是训练过程效率不高。N. Cancedda 人将这种方法用于解决自动信息过滤问题[30]，同样取得了较好的效果。

7. 概率模型[31,32]

概率模型是 Stephen Roberson 等提出的信息检索模型，该模型同样可以用于信息过滤。其主要特点是认为文档和用户兴趣（查询）之间是按照一定的概率相关的，因而在特征加权时融入了概率因素，同时也综合考虑了词频、文档频率利文档长度等因素。

3.6.2 逻辑方法

逻辑方法就是研究怎样学习出主题过滤规律的，认为知识就是过滤。逻辑方法比较适应于具有离散变量的样本。对于连续性的变量，常常采用一些离散化的手段把它们转化成离散值。传统的逻辑方法主要包括基于覆盖的 AQ 家族算法，以信息熵为基础的 ID3 决策树算法以及基于 Rough Sets 理论的学习算法。

1. ID3 决策树（Decision Tree）**算法**

ID3 是 Quinlan 于 1986 年提出的一种重要的归纳学习算法，在机器学习中有广泛的应用，它从训练集中自动归纳出决策树。在应用时，决策树算法基于一种信息增益标准来选择具有信息的词，然后根据文本中出现的词的组合判断相关主题。决策树有以下三个特点：

（1）使用一棵过滤决策树表示学习结果；

（2）决策树的每个节点都是样本的某个属性，采用信息熵作为节点的选择依据；

（3）采用了有效的增量学习策略。

2. AQ11 算法[21]

AQ11 使用了逻辑语言来描述学习结果。整个学习过程就是一个逻辑演算过程：

$$E_P \wedge \neg E_N = (e_1^+ \vee e_2^+ \cdots e_k^+) \wedge \neg (e_1^- \vee e_2^- \cdots e_m^-)$$

$$= (e_1^+ \wedge \neg e_1^- \wedge \neg e_2^- \cdots \wedge \neg e_M^-) \vee \cdots (e_K^+ \wedge \neg e_1^- \wedge \neg e_2^- \cdots \wedge \neg e_M^-)$$

其中 $e_1^+ \in E_P$，表示正例样本集合中的一个正例样本，其中 $e_1^- \in E_N$ 表示反例样本集合中的一个反例样本。然后使用分配率和吸收率对上式进行简化。

3. 基于 Rough 集理论的逻辑学习算法

Rough Set 是波兰数学家 Pawlak 提出的一种不确定性知识的表示方法，后来被人们用做数据约简。数据约简是指去除那些对于过滤不起作用的元素，分为只删除属性值的值约简，以及可以删除整个属性的属性约简。数据约简可以在保持相关主题一致的约束下大大简化样本数据，最终使用很少的几条逻辑规则就能描述过滤规则。

3.6.3 拟物方法

在人工智能研究的热潮中，出现了许多拟物的学习算法，它们是一些借用物理过程进行类比的机制。其中最具有代表性的是神经网络算法[33]和遗传算法[34][35]等。

1. 神经网络[13]

采用感知算法的神经网络（Neural Network）模型同样可以用于信息过滤。从 Rosenblatt 提出感知机，到 Rumelhart 等人提出反向传播（Back Propagation）模型，神经网络方法被应用到许多领域中，并取得了很好的效果。

可以证明，对于线性可过滤的情况，感知判别算法是收敛的。对于线性不可过滤的情况，一般都是不收敛的，可以采用最小均方差准则。神经网络过滤器的一个首要的问题就是确定神经网络的结构，不良结构会使得训练过程很慢或根本不收敛。现在有些学者在进行神经网络结构的演化研究。

2. 遗传算法[21][22]

遗传算法（Genetic Algorithm，GA）作为一种优化算法特别适合于对象模型难于建立、搜索空间非常庞大的复杂问题的优化求解。它和模糊控制技术一样，虽然在理论上还没有完善，但是在实践中已经得到了广泛的应用。遗传算法的基本思想是：模仿生物系统"适者生存"的原理，通过选择、复制、交叉、变异等简单操作的多次重复来达到去劣存优的目的，从而获得问题的优化结果。遗传算法的实现由两个部分组成，一是编码与解码，二是遗传操作。其中遗传操作又分为选择、复制、交叉、变异几种。

遗传算法在信息过滤和信息检索领域已经有所应用，目前主要集中在参数优化和查询调优等方面。

3.7　信息过滤技术的实现

3.7.1　中文文本信息过滤系统的研究与实现

个性化文本信息过滤系统的核心思想就是以用户为中心,以一定的信息、计算机、网络技术为手段,提炼用户的真正兴趣与偏好,形成用户兴趣模式,以此为依据对因特网中搜索出的 Web 文档进行个性化过滤,并且向用户主动地推荐感兴趣的 Web 文档的一种思想。要满足这一要求,就是要求系统能针对每一个用户实现高度个性化,及时掌握用户兴趣的改变,并为用户提供智能推荐服务。个性化信息过滤系统的一般模型如图 3-4 所示。

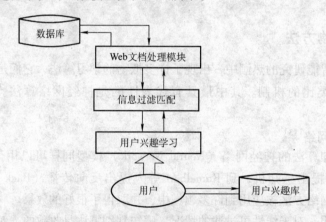

图 3-4　个性化文本信息过滤模型

(1) Web 文档处理模块:文档处理模块主要包括:获取信息;分析信息(自动分词);信息处理(特征提取、模型化表示)。

(2) 用户兴趣学习:用户兴趣学习主要包括:用户兴趣构建;用户兴趣更新。

(3) 信息过滤匹配:根据用户个性化需求自动对检索到的信息进行过滤,即使获取的信息更好地满足个性化需求。

个性化服务系统的构建模式大致有三种:一种是基于客户端的,一种是基于服务器端的,还有基于代理的服务系统。基于客户端的个性化服务系统,能实时跟踪用户在网上浏览的动态信息,并及时地更新用户兴趣文件,为用户匹配最符合用户兴趣的网络文档。用户兴趣模式存储在本地保护了用户的隐私,但同时难于实现协同过滤,也不能为用户提供智能化推荐服务,不能引导用户发现新的兴趣趋向;基于服务器端的个性化服务系统,通过用户查询的变化来被动地适应用户兴趣，并通过跟踪用户浏览网页的模式推测用户兴趣趋向，以此为用户推荐它认为的用户感兴趣的文档。这种方式能参考其他用户对网页文档的评价为用户推荐普遍认同的兴趣文档，但随着用户兴趣的改变无法及时更新，而且很难保护用户的隐私。

文本信息过滤的方法分为两种：基于内容的和协同的过滤方法。基于内容的过滤方法利用关键字向量进行精确地匹配，很难满足用户无法准确表达文档需求和无法满足用户对相关的其他类似文档的需求。基于协同的过滤利用多用户对文档的评价来过滤信息，根据用户需求进行用户兴趣猜测并推荐评价度高的文档给用户。但是，由于信息的指数级增加，要求用户对每个文档都进行评价是不可能的，而且用户对文档的评价没有一个共识的标准。因此，把基于内容的过滤方式和协同的过滤方式相结合为用户提供精确匹配和同行推荐的方式，可以提高返回给用户的文档的相关度，在尽量减少要求用户显示反馈的同时提供给用户满意的服务。

基于以上对个性化文本信息过滤系统的要求，可以构建一个基于 Agent 个性化信息过滤系统。系统框架图如图 3-5 所示。

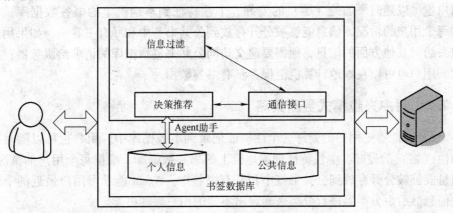

图 3-5　基于 Agent 的个性化信息过滤系统框架图

在本系统中，Agent 助手是在本系统中承担重要作用的智能体，每个用户均被安排了一个 Agent 助手和一组本地书签信息数据库。

（1）信息过滤模块：Agent 助手自动完成信息过滤的模块，此种过滤对用户个人是透明的，主要包括文本信息处理、用户兴趣处理、过滤匹配三部分。信息过滤模块的实现如图 3-6 所示。

（2）通信接口模块：是信息过滤模块和决策模块进行交互的接口，能够更好的协调整个过滤系统进行工作。在多 Agent 合作过滤时用来完成与其他 Agent 的交互。

（3）决策推荐模块：对于信息过滤中的决策机制进行管理。当用户使用浏

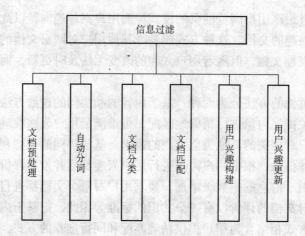

图 3-6 信息过滤模块的实现

览器在因特网上搜索信息时，同时利用通信接口模块和决策推荐模块来更好地完成过滤功能，也主要用来和另外的 Agent 的助手来共同完成协作过滤。

书签数据库：助手 Agent 能够把用户的爱好、个性特征记录到本数据库中，用户也可以随时添加他（她）的爱好、个性特征到本地机上的书签数据库，根据每个用户的情况，信息能够被分开存放到公共书签中和私有书签中，如果用户想去访问其他方面的信息，他需要递交访问公共书签数据库的请求给服务器；同时，用户也可以在本地计算机上保存私有书签数据。

3.7.2 用户兴趣模式更新策略

Agent 能够把用户的爱好、个性特征记录到本数据库中，用户也可以随时添加他（她）的爱好、个性特征到本地机上的书签数据库，根据每个用户的情况，信息能够被分开存放到公共书签中和私有书签中。Agent 能学习用户最近的个性化信息然后由分类器进行分类来确定出不同的用户兴趣框架。

系统通过对网页文档的分析得到用户的兴趣特征，用户无须输入关键词，就可以从系统获取符合其爱好的信息。同时，智能 Agent 通过跟踪用户浏览模式、用户对返回文档的反馈（如文档打分功能）和隐式反馈（如用户的保存书签、保存复制文本等）来分析用户感兴趣的文档内容，并对用户的不同操作分析用户感兴趣程度，最后，对于用户所选 Web 页面，进行基于内容的过滤来进一步完善用户兴趣文件。

除了利用伪相关反馈进行用户兴趣模式更新之外，相似用户对文档的评价也很重要。根据用户评价值或者预测的评价值更新兴趣文件。随着环境等因素的改变，用户的兴趣可能会发生变化，或者是改变，这就需要及时对用户的兴趣进行更新。

3.7.3　信息过滤策略

Agent 把当前类别的文档进行处理，提取关键词向量，与 Agent 搜索关键词进行比较，找出相似度最高的文档。系统在所有的信息中找出其关键词向量与 Agent 关键词向量相似度最大的若干信息提交给用户。另外，在 Agent 助手的工作中会对搜索引擎得出评价列表，能记录每个搜索引擎对用户的兴趣框架进行检索的可信度记录。Agent 助手能接收多个搜索引擎并行工作发来的单独请求，而后所有的搜索引擎得到的结果被信息数据库所收集，Agent 首先进行信息采集和文档分类，然后通过参考搜索引擎评价列表比较用户兴趣框架，最后向用户推荐出被评估的网页。

网络信息的更新速度很快，尤其是新闻信息。过滤后的文档信息所在的位置可能已经发生改变，造成用户打开无法链接的情况。智能 Agent 如果通过定期检查文档所在的 URL 地址，网页标题信息等方法发现文档信息所在的位置已经不存在就开始更新文档数据库信息。如果 Agent 的存储空间足够的话，还可以为用户浏览比较多的文本建立文本索引档案以备用户查询，节省了用户的时间。

3.7.4　智能决策推荐

Agent 提供了智能化的推荐策略，在把同一主题划分为不同子兴趣主题的基础上，通过与其他用户的 Agent 进行交互，搜索兴趣相似用户对相应子主题的浏览文档及对文档的评价，在用户查询子主题文档时及时把其搜集到的评价高的文档推荐给用户。对于新用户，智能 Agent 通过交互式的兴趣主题反馈，为用户推荐相似用户群的浏览文档。通过用户对文档的操作或者评价进行文档特征项的添加和特征权重的重新估算。这样做的目的就是为了方便地为其他相似用户推荐文档。

3.7.5　与其他 Agent 通信机制

通信接口模块提供了与其他 Agent 进行信息的交流和更新。对于公共信息来说，每个 Agent 都应该定时与其他 Agent 进行交互，完成信息的更新。而对于个人信息来说，Agent 通过用户信任区域进行个人信息的交互。用户的信任区域是根据用户的兴趣子主题来区分的，对于具有相似子主题的用户才可以访问个人信息中相关的部分。这种对用户进行逻辑的分类，对用户来说来说透明的，确保了用户私人信息的安全性。

3.8　信息过滤在信息内容安全中的应用

信息过滤技术是对搜索引擎技术的有效补充，它可以为用户剔除有害信息并能主动向用户进行信息推荐，因而在电子商务、内容防火墙等系统中得到广泛应用。下面介绍几种信息过滤在信息内容安全相关方面的典型应用。

3.8.1 智能搜索引擎信息过滤

国内外种类繁多的搜索引擎在为用户提供浏览和查询信息、拦截与过滤不良信息和无用信息方面起到了一定的作用，成为广大网络用户获取网络信息的首选工具。但是，随着网络信息的爆炸性增长及用户信息需求的个性化发展，搜索引擎简单的过滤网络信息状况已难以满足用户精确查询信息的需要。问题存在的主要原因是由于传统搜索引擎在因特网中的搜索过程缺少系统对信息进行检索与筛选的智能行为，其关键是对用户查询条件与目的以及网络资源缺乏理解和认识。

智能搜索引擎是以自然语言理解技术为基础的新一代搜索引擎。所谓智能是指该搜索引擎所具有的一种综合能力，包括对网络信息环境及用户信息的感知能力；对感知到的环境与用户信息进行记忆与存储的能力；通过学习实现某一目标的知识获取与过滤能力等。因此，有关智能搜索引擎的理念与实践主要源于人的大脑分析与查询信息的高度智能化过程。智能搜索引擎采用机器学习的方法研究文本信息的自动搜集、抽取与分类处理，解决网络信息的主动推送，实现网络信息服务个性化。目前虽然对于智能搜索引擎的研究尚处于概念层次的讨论，但是关于如何提高搜索引擎的智能性探索近十年来一直都在进行[36]。

1. 智能搜索引擎信息过滤特点

面向动态数据流：智能搜索引擎面对的是半结构化和非结构化的数据，为用户长期的信息需求提供服务，而传统搜索引擎面向的是用户短期的实时查询。智能搜索引擎注重向个人或一组具有相同或相近兴趣的用户提供信息，用户访问的是动态数据流，而不是静态数据库。

语义理解：智能搜索引擎是一种基于内容的信息搜索工具，能够实现对以自然语言形式的用户请求内容和文档内容的理解。其语义理解体现在两个方面：一是理解用户的搜索请求；二是分析信息内容。由于智能引擎对知识具有一定的理解和处理能力，可实现分词技术、同义词技术、短语识别、机器翻译和支持自然语言查询等，因此可将目前的基于分类浏览与简单关键词查询提高到基于概念和知识层面的检索，从而为用户提供更方便、更确切的搜索服务。上述功能的实现主要基于所采用的语义网络等智能技术。中文智能引擎通过汉语分词、句法分析以及统计理论可有效地理解用户查询请求。

动态获取用户兴趣、构建需求模板：智能搜索引擎可动态观察和记录用户行为，不断获取用户长期的、相对固定的兴趣与爱好，并通过不断的训练学习，增长获取用户兴趣的智能。对返回的信息进行及时评价，不断分析用户请求，了解用户的真正需要以便调整搜索策略。与传统搜索引擎相比，智能引擎具有用户数据登记和兴趣自动识别机制，这是构建个性化信息需求模块的基础，也是实施有效信息过滤的关键。

个性化信息服务：个性化信息服务的实质就是针对性服务，即针对不同个体采用不同的服务策略，提供不同的服务内容。如前所述，与现有搜索引擎相比，智能引擎不仅可以根据不同用户的信息需求建立需求模板并进行自我学习，以便动态地获取不断变化着的用户兴趣，而且可以主动将切合需要的有关信息推送给用户，为用户提供具有针对性的、个性化的信息服务。智能引擎个性化服务的核心就是通过跟踪分析用户的搜索行为，发现其某段时间内的高频检索词，了解用户关心的内容，然后由引擎主动地将与高频检索词相关的信息进行针对性地推送，以提高用户的搜索效率。

智能化信息过滤：智能搜索引擎是一个网页信息的智能获取与处理工具，其智能性首先体现在智能搜索器的使用方面：搜索器通过对特定站点或者遍历 Internet 不断寻找可利用的知识，自动过滤掉非需求信息，完成在线信息索引，再通过启发式学习、类比学习、归纳学习或发现学习等调整搜寻策略。智能搜索是信息过滤技术中的关键技术，智能浏览器则是智能搜索引擎基于机器学习理论设计的智能系统。智能索引数据库或采用客户推送式（由客户数据操作启动信息推送）或采用服务器推送式（由数据库中的触发器启动信息推送）将符合需要的信息推送（过滤）给需要者。将智能代理应用于客户端和服务器可起到自动的不断过滤信息的作用。智能搜索引擎信息过滤的运行结构如图 3-7 所示。

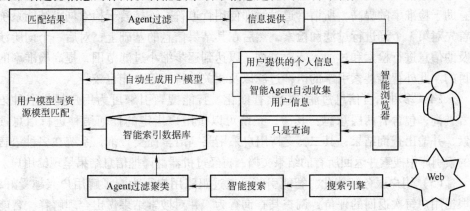

图 3-7 智能搜索引擎信息过滤的运行结构

2. 智能搜索引擎信息过滤机制

智能搜索引擎是一种基于智能代理的信息过滤和个性化信息服务系统。如图 3-7 所示，其工作原理是将通过智能代理自动获得的资源模型（如 Web 知识、领域资源等）与用户模型进行匹配，并智能化地主动将信息推荐给特定用户，智能代理具有不断学习和不断适应信息资源与用户兴趣动态变化的能力，从而提供个性化的信息服务。智能代理既可以在客户端进行，也可以在服务器运行，其智能机制主要体现在以下方面：

（1）网络"蜘蛛"智能化。网络蜘蛛的概念起源于1990年，目前能在各种搜索引擎中运行的蜘蛛程序约有30多个，其中著名的网络蜘蛛有 AOL Search NetFind、WebCrawler 等。智能引擎的网络蜘蛛面对信息更替无时无刻不在进行的网络环境（如文档常被增加或删除、改变或添加），采用启发式或类比式学习方法以及最有效的搜索策略，选择最佳时机，从因特网上抓取信息并自动完成在线信息的索引，其可以遍历因特网的任何地方，并将尽可能地挖掘获取的信息进行索引，其中包括获取特定论点的信息。为了提高搜集速度，智能系统可同时启动多个引擎进行并行工作，然后将各引擎的搜索结果加以整合后再存放于索引数据库。

（2）多文档处理智能化。智能引擎为了使文本信息处理的精度得到提高，降低向量空间的维数，通常采用基于统计、模式识别、禁用词表或奇异值分解等方式对文本进行预处理，过滤掉一些无关属性，以减少无关信息对文本信息处理过程的干扰。与此同时，智能搜索引擎还具有跨平台工作以及处理多种文档结构的能力，如对网络上的各类文档进行智能化处理。

（3）自然语言过滤智能化。智能搜索引擎支持直接采用自然语言中的字、词或整个自然语句作为过滤检索式，如使用"超媒体技术向纵深方向发展"作为过滤检索式等，这对于一般用户更适合。此外，利用自然语言中的管道过滤也有助于检准率的提高，所谓管道过滤即使用管道符—连接若干检索词，智能系统首先对第1个词进行过滤和检索，然后在其结果信息的基础上，对后一个词所涉及的信息进行检索和过滤，依次类推，以达到逐步缩小过滤范围、提高检准率的目的。此外智能搜索引擎的语种过滤以及相关性排序等功能也较强。

（4）多种语言信息过滤与检索智能化。智能搜索引擎可为用户提供多种语言查询，包含有两层意思：其一，系统可以按用户指定的任何语种进行信息搜索，并输出查询结果；其二，支持用户采用某一语言提交查询，系统在多种语言的索引库中搜索并返回所有的结果文档，再经过机器翻译把信息结果呈现给用户。

（5）用户服务智能化。智能引擎可通过跟踪用户行为，了解用户兴趣爱好，根据用户每次返回的评价，调查其查询行为，并对搜索结果做出合理解释。智能服务一般包括以下内容：其一，根据用户需求的变化不断提供动态的信息服务，提高用户获取特定信息的效率、减轻用户认知负担；其二，根据用户反馈不断调整搜索策略、并选择最佳时机，自动搜集与整理结果信息；其三，允许用户为自己定制起始页面，以便将感兴趣的内容与经常使用的服务置于该页面，供搜索引擎推送服务时参考；第四，将多个搜索引擎的结果文档进行整合，并将其整合后的整体存放在索引数据库备用。

（6）用户界面智能化。中文智能引擎采用诸如语义网络等智能技术，通过汉语分词，句法分析以及统计理论等，使用自然语言与用户交互。力求最大程度地了解用户，与用户实时交流。目前已有一些搜索引擎采用自然语言智能答询，用户可以输入简单的疑问句，搜索引擎在对提问结构进行分析和内容分析后，或直接给出答案，或引导用户从几个可选择的问题中进行再选择。多数智能搜索引擎可用人机对话的方式，在专业、智能、多媒体搜索的基础上，为用户提供即时、准确的所需信息。

3.8.2　基于内容过滤的局域网防泄密系统

基于内容过滤的局域网防泄密系统的设计目标是在网络监听的基础上，通过对文档结构化数据的识别过滤，达到从网络数据流中截获完整文档的目的，然后根据用户要求进行分类，并产生相应的日志信息和报警[37]。

1. 系统总体设计思想

基于内容过滤的局域网防泄密系统的总体设计思想如下：

（1）网络数据包的捕获与协议分析。利用网络数据包捕获开发包 WinPcap 完成数据包的捕获与协议分析。

（2）数据包的检测与文档提取。根据 Office 文档结构化数据的特点，通过格式分析确定文档的头部特征码和文档长度，然后通过检测特征码来判断是否含有文档，通过文档长度来实现从用户数据中提取完整的文档。

（3）文档内容的审计。通过设计的中文文本分类器对所捕获的文档进行分类，对被判定为涉密的文档进行记录并产生报警信息。

从上述思想可以看出，系统在设计上首先进行网络数据包的捕获，然后进行协议分析与用户数据还原，这一过程利用网络数据包捕获开发包 WinPcap 完成。对于数据包的检测，核心是确定要检测对象的特征。直接通过对各类 MS Office 文档进行对照来确定其专有特征是非常困难的，我们通过对微软公布的复合文档格式进行研究后发现，所有的微软复合文档有着共同的起始特征码"D0 CF 11 E0 A1 B1 1A E1"，MS Office 文档作为微软复合文档的一种，必然有着共同的特征。对于文档的提取，核心是要确定文档在用户数据中的起始和结束位置，在知晓微软复合文档起始特征码的情况下，要完成文档的提取有两种方法，一是找到文档结束的标志，二是确定出文档的大小。通过对微软复合文档的格式分析，发现微软复合文档没有规定文档结束的标志，但能通过格式分析的结果计算出文档的大小，再加上先前检测出的起始位置，就能实现从用户数据中提取完整的文档。对于所截获的文档进行审计其实质是采用中文文本分类器进行分类处理。

2. 系统的体系结构

根据上述设计思想，基于内容过滤的局域网防泄密系统的结构如图 3-8 所示。

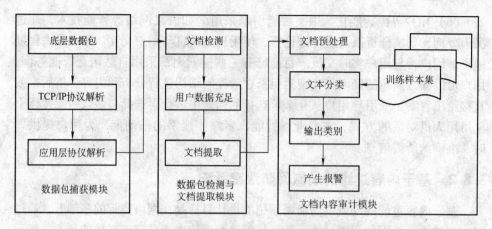

图 3-8　基于内容过滤的局域网防泄密系统的结构

系统划分为三个模块：

（1）数据包捕获模块，完成数据包捕获及协议分析过滤。数据包捕获模块通过网卡捕获流经的所有数据包，由于数据包种类繁多，这里要通过帧协议分析，只过滤出所要的以太网数据帧，然后进行协议的分析，去掉加在用户数据上的控制信息，还原出用户数据。

（2）数据包检测与文档提取模块，过滤数据包，发现并提取组装文档。对还原出来的用户数据进行检测，过滤出含有文档数据的用户数据，然后从中提取出完整的文档。用户数据的检测依赖于高效的字符串匹配算法，用户数据的检测和文档的提取，都必须以微软复合文档格式的分析为基础，通过对文档格式的掌握，才能识别和提取出完整的文档，并能区分文档的类型。

（3）文档内容审计模块，完成对所捕获文档的分类工作，并生成相应文档日志，同时对判定为涉密的文档发出报警信息。必须收集大量的训练样本，分为涉密样本集和非涉密样本集，然后利用训练样本对分类器进行训练，训练完的分类器才能对文本进行分类处理。分类数目可以根据需要来划分。

3.8.3　电子商务推荐系统中的信息过滤

电子商务网站的建立改变了传统的贸易行为，它对传统的商业形态、交易形式、流通方式以及营销方式等都产生了巨大的影响，企业和用户也都因此而面临很多新的问题。对用户而言，电子商务网站为用户提供了前所未有的巨大的产品选择空间，给人们的生活带来了极大的便利。伴随电子商务网站中产品极大丰富的同时，用户的个性化产品需求也日益显现。为找到自己需要的商品，用户必须花费大量的时间浏览很多无关的信息，从而出现了信息过载的现象。虽然电子商务网站为用户提供的产品选择范围扩大了，用户的选择机会也增多了，但是用户的信息处理负担却越来越重。电子商务网站中包含了大量的信息，用户不得不花费越来越多的时间搜寻他们所需要的产品，因为电子商务网站中的很多信息与用户的兴趣是不相关的。此外，网络的虚拟性使得用户不可能像现实中的商场购物那样直接触摸产品以检查它的外观和质量。因此，用户迫切地希望电子商务网站能够提供一种类似购物助手的功能，可以根据用户的兴趣爱好推荐他们满意的产品。

通过构建电子商务推荐系统可以解决上述问题。电子商务推荐系统根据用户的兴趣爱好向他们推荐感兴趣的产品或服务，有利于促进交易的进行，有利于提高服务的质量。推荐系统帮助用户节省了寻找信息的时间，企业也可以利用推荐系统收集和反馈的信息改进企业的营销策略，吸引更多的忠实客户。电子商务推荐系统向客户提供商品信息和建议，帮助客户决定购买何种商品，模拟销售人员向客户推荐商品，完成购买的过程。它是数据挖掘系统的一类，但它又是一种较为特殊的数据挖掘系统：主要体现在推荐系统的实时性和交互性上。推荐系统不但根据用户以往的历史记录，更需要结合当前一段时间的行为动作做出实时的反应，并根据与用户交互的反馈结果修正和优化其推荐结果[38]。

1. 电子商务推荐系统的构成

电子商务推荐系统主要由三个模块组成：输入模块、推荐方法模块和输出模块，如图 3-9 所示。

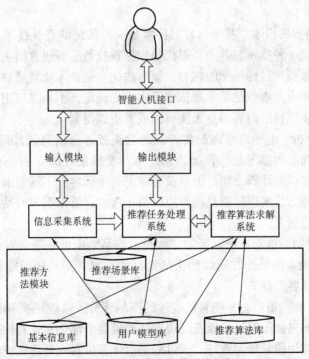

图 3-9　智能商务推荐系统框架

（1）输入模块。输入模块主要负责对用户信息的收集和更新。输入来源按时间来划分可以分为用户当前的行为输入和用户访问过程中的历史行为输入，也可以分为个人输入和群体输入两部分。用户个人输入主要指推荐系统的目标用户为了得到系统准确的推荐结果而对一些项目进行评价，这些评价表达了用户自己的偏好。群体输入主要指以群体形式出现的评价数据。

用户个人输入往往包括用户注册信息输入、隐式浏览输入、显式浏览输入、关键词/项目属性输入和用户购买历史输入等。群体输入主要包括项目属性输入、用户购买历史输入、文本评价输入、用户评分输入等。

（2）推荐方法模块。推荐方法模块是整个电子商务个性化推荐系统的核心部分，它直接决定着推荐系统的性能优劣。

目前电子商务推荐系统中常用的推荐方法有：

1）分类浏览。分类浏览是基于主题分类查找的方法，特点是符合用户的习惯，易于被用户接受。这种方法的缺点是：很多内容难以决定其所属子类且分类查找方法所花的时间比较多，用户必须根据查找目标的内容和分类标准一步一步地缩小查找范围，缺乏自动化和智能化。很多时候用户对自己的需求也是不清楚的，系统不能强求用户一次性把自己的需求全部表达出来。所以尽管分类查找的方法广泛使用，但实际上存在很严重的问题，必须通过其他的方法来弥补其缺陷。

2）基于内容的检索。基于内容的检索是一种传统的查找技术，也是使用相当普遍和成熟的一种技术。其主要思想是根据查找目标所包含的主要内容，在被查找范围内，寻找与目标匹配的内容。该方法优点是技术比较成熟，用户易于接受查找结果；缺点是查找结果非常依赖于内容的确定，不易发现用户新的和潜在的兴趣点，很多项目的内容信息无法得到或者很难得到。

3）统计分析。电子商务网站将产品的购买或评分信息统计后呈现给顾客，作为顾客购买商品的参考信息，如给用户推荐卖得最好的 N 种商品等。这种方法的优点是客观以及计算方便，但是没有考虑每个顾客的不同需求，推荐缺乏个性化。由于这种方法实现简单且推荐原因易于理解，所以很多网站都采用了这种方法，如最热门列表。

4）关联规则。推荐系统以诸如"购买本商品的人可能还会对以下商品感兴趣"的形式向顾客提供经常同时购买的商品的信息。系统还可能根据顾客购物篮中的商品向顾客推荐。

5）协同过滤。用户对一些有代表性的商品评分，系统根据和该用户评分相近的顾客群体的兴趣偏好进行推荐。协同过滤最具个性化和针对性，真正做到了一对一推荐，应用前景最为看好。该过程是由计算机自动处理完成的，我们称之为自动推荐系统。这种方法的主要思想是推荐出最符合用户兴趣的 N 个项目，推荐结果的个性化程度最高，这也是本书研究的重点。

（3）输出模块。输出模块负责将推荐结果输出给用户。电子商务推荐系统的输出形式主要包括：相关产品输出、个体文本评价输出、个体评分输出、平均数值评分输出、电子邮件输出、编辑推荐输出等。

2. 电子商务推荐系统的过滤机制

（1）内容过滤推荐技术。内容过滤主要采用自然语言处理、人工智能、概率统计和机器学习等技术进行过滤。通过相关特征的属性来定义项目或对象，系统基于用户评价对象的特征学习用户的兴趣，依据用户资料与待预测项目的匹配程度进行推荐，努力向客户推荐与其以前喜欢的产品相似的产品。

基于内容过滤的系统优点是简单、有效；缺点是特征提取的能力有限，过分细化，纯基于内容的推荐系统不能为客户发现新的感兴趣的资源，只能发现和客户已有兴趣相似的资源。这种方法通常被限制在容易分析内容的商品的推荐，而对于一些较难提取出内容的商品，如音乐 CD、电影等就不能产生满意的推荐效果。

（2）协同过滤技术。协同过滤正迅速成为一项在信息过滤和信息系统中很受欢迎的技术。与传统的基于内容过滤直接分析内容进行推荐不同，协同过滤分析用户兴趣，在用户群中找到指定用户的相似（兴趣）用户，综合这些相似用户对某一信息的评价，形成系统对该指定用户对此信息的喜好程度预测。

与传统文本过滤相比，协同过滤有下列优点：

1）能够过滤难以进行机器自动基于内容分析的信息。如艺术品、音乐；

2）能够基于一些复杂的，难以表达的概念（信息质量、品位）进行过滤；

3）推荐的新颖性。

正因为如此，协同过滤在商业应用上也取得了不错的成绩。Amazon、CD-Now、MovieFinder 等网上商店都采用了协同过滤的技术来提高服务质量。但是协同过滤同样有局限性：

1）用户对商品的评价非常稀疏，这样基于用户的评价所得到的用户间的相似性可能不准确（即稀疏性问题）；

2）随着用户和商品的增多，系统的性能会越来越低（即可扩展性问题）；

3）如果从来没有用户对某一商品加以评价，则这个商品就不可能被推荐（即最初评价问题）。

因此，现在的电子商务推荐系统都采用了几种技术相结合的推荐技术。

3.8.4　开放网络中的信任问题

在传统的电子商务、数据通信和网络安全等应用系统中，"信任（Trust）"是个基础性的概念。例如。在传统的基于可信第三方的安全技术中，任何实体都需要对 CA（Certificate Authority）具有绝对的信任。这种基于凭证的信任关系类似于社会中的契约和合同，是一种受法律保护的明确约定，是一种基于特定客体（身份证书、数字签名等）的相互承诺。但是这些方法在已经不能适应开放网络越来越明显的动态变化特性，对于网络规模的扩大也难于部署和实施，已经不能适应开放网络的安全需求。

在理想的开放网络环境中，所有的参与者都是合法、诚实、守信的实体，但实际情况是：在目前的开放网络中，缺乏有效的机制提高系统整体的可用性，这非常显著地表现为应用中大量欺诈行为（包括身份欺骗和服务欺诈）的存在以及不可靠的服务质量。在面向大量动态用户的开放网络环境中，如何在对等自治的参与者间建立并维护信任关系，以保证分布式应用的安全运转与良性发展已成为一个基础性的问题，仅仅采用传统安全技术已无法满足上述新兴分布式应用的特点和安全需求。因此，在安全研究中迫切需要引入新的理论和技术处理参与者间的信任。由于良好的信誉，能够为参与者带来优势；而不良信誉却将导致参与者被从应用中排除出去，所以信任系统提供了一种鼓励参与者间合作的控制机制。信任通过鼓励信息交换及对其他成员的影响可以推动问题的解决，具有吸收知识，形成自我认同等作用。由于在满足信任的条件下可以忽略信息的不完全性和不确定性，直接为行为提供内在支持，因此信任还是简化复杂性的有力工具。在上述新兴分布式应用中采用信任系统有助于降低业务的安全风险，促进参与者间的信息交换与合作，推动应用的良性发展。

1. 信任管理系统的组成

在开放网络环境中一个实际的信任管理系统一般由信任信息收集、信任信息综合处理和行为评价与决策 3 部分组成，如图 3-10 所示。

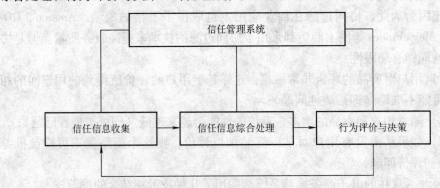

图 3-10　信任管理系统的一般组成

（1）信任信息收集。即在每次事务完成后，要对事务的历史及行为评价的结果进行记录。在信息收集步骤主要完成参与网络事务实体的身份识别，收集信任信息来源，并对信息进行处理。考虑到开放网络环境中用户可以随意退出，然后再以新身份登录。这样在信任信息收集过程中就必须面对参与网络中新实体的加入问题。

（2）信任信息综合处理。就是信任管理系统的信任计算引擎（Trust Compute Engine，TCE），对信任信息收集过程中收集的信任原始信息进行综合处理，最后给出备选实体的信任信息计算结果。根据计算结果，采用相应的策略选择某一实体作为服务实体进行事务交互。

（3）行为评价与决策。即在每次事务完成后如何对该次事务的结果是否符合双方的预期进行评价，目前关于行为评价方面比较复杂，不同的系统对此处理方法并不一致，其中大部分信任模型采用简单的二项事件（成功或失败）来表示，有的系统则可能采用多级划分。现在在行为评价方面面临的主要困难是行为评价能否自动化、智能化，减少用户的参与（目前很多用户嫌麻烦，而不愿在事务结束后提交对事务的行为评价），只有这样信任模型才能在更大范围、更多领域中得到广泛的应用。在行为评价结束后，一般信任管理系统都会给出相应的应对措施，激励或惩罚，从而可以起到抑制网络中的不良或恶意行为的影响，提高网络整体可靠性的目的。

2. 信息过滤在网络信任机制中的应用

在基于推荐的信任机制中，反馈信息的过滤是一个重要的过程，因为反馈信息中不可避免地存在一些无用的、虚假的或者误导性的推荐信息（我们称这些信息为 noisy 信息），有效剔除 noisy 信息将大大提高反馈信息融合的准确性和可靠性。

参考文献［40］把推荐信任等同于服务信任，但该方法不能有效抑制高信任度的节点提供不诚实的反馈。参考文献［41］提出了一个基于向量相似性度量的方法，对 PSM 方法进行了改进，能够过滤掉不诚实的反馈信息。参考文献［42］提出了一个加权多数算法 WMA，该算法的思想是对不同推荐者的推荐分配不同的权重，根据权重来聚合相应的权重，并根据交互的结果来动态地调整相应权重。这些方法没有考虑复杂的合谋节点联合欺骗的方式，未能有效抑止动态策略性的欺骗行为。

在此基础上，参考文献［43］算法基于节点给出反馈的个体相似性以及所给出反馈的重要性的相似性来过滤不可信反馈。当节点的个体相似性和给出反馈的重要性、相似性都相似时，节点是相似的。这些属于同一群组的节点由相似关系形成了簇，本方法假设属于群组中最大的簇（用足表示，称之为评价簇）的节点提交的信任信息是公正的。

我们定义了两种相似性：

（1）节点 i 与 j 的个体相似性：通过节点 i 与 j，对相同节点给出的评价的均方根来评估，如式（3-7）所示：

$$Sim(i,j) = \begin{cases} 1 - \sqrt{\dfrac{\sum\limits_{k \in CSet(i,j)} (Tr_{ik} - Tr_{jk})^2}{|CSet(i,j)|}} & CSet(i,j) \neq \phi \\ 0 & CSet(i,j) = \phi \end{cases} \quad (3-7)$$

其中 CSet (i, j) 指在最近观察窗口，与节点 k 有交互的节点集 Set (i) 与 Set (j) 的交集。如果 Sim (i, j) 大于预定的门限（此门限是决定节点是否个体相似），节点 i 与节点 j 是个体相似的。

（2）节点 i 与 j 所给出反馈重要性的相似性：考虑在恶意节点合谋欺诈且存在伪装的合作节点的攻击下，伪装的合作节点对恶意集团外的其他节点给出公正的评价以增加与其他节点的个体相似性，同时选择性地对其同伙给出很高的评价来夸大其通过的信誉值。节点所给出反馈重要性的相似性通过对相同节点给出的评价的相对重要性的差异来评估，如式（3-8）所示。

$$Sim_F(i,j) = \begin{cases} \left| 1 - \dfrac{\dfrac{\sum\limits_{k \in CSet(i,j)} |R_{ik} - R_{jk}|}{|CSet(i,j)|}}{\xi} \right| & CSet(i,j) \neq 0 \\ 0 & CSet(i,j) = 0 \end{cases} \quad (3-8)$$

其中，R_{ik} 与 R_{jk}。分别是节点 i 和 j 对节点 k 的信任评价，CSet (i, j) 意义同个体相似性定义，ξ 为与 k 交易过的所有节点对 k 评价的标准偏差。如果 Sim_F $(i, j) > Sim_F^H(i, j)$，则节点 i 与节点 j 所给出的评价具有相似的重要性，其中 Sim_F^H (i, j) 是判断节点所给出评价的重要性是否相似的门限值。

3.9 本章小结

文本自动过滤技术是信息检索领域的重要研究课题，在大规模文本信息处理中具有很重要的意义。从信息处理的角度上看，文本过滤有如下几个应用领域：

（1）提供选择性信息服务的企事业单位可以根据用户的信息需求过滤新闻信息，并且把用户可能感兴趣的内容发送给用户。这类似于图书馆和科技情报机构等提供的定题服务。

（2）在档案管理领域，文本过滤系统可自动地确定档案所属的类别。

（3）对终端用户而言，可以用具有文本过滤功能的代理程序来接收原始文本流（如 E – mail 和 Newsgroup），并从中选择用户可能感兴趣的内容。

（4）研究与开发具有自主版权的信息过滤系统，对于提高我国的网络和人工智能的研究和应用水平、保障国家信息安全、促进因特网技术在我国的健康发展也有着重要的意义。

因此，信息过滤已经成为一个重要的研究领域和研究课题。但是，现在过滤系统中对信息的处理，主要是通过向量空间方法，这种方法没有考虑到文本的语义，以及文档中词语之间的相关性；而且目前对于中文信息的处理，重点是在文本内容方面，而对于图像、多媒体等其他方面的过滤还有待进一步的研究；同时对于中文的自然语言处理方面也有很大的研究空间，并且研究的难度也是很大的；另外在信息过滤中用户的兴趣模板的获得也是一个值得研究的课题。这些都是今后工作要尽快解决的问题。

参 考 文 献

［1］Luhn HP. A Business Intelligence System ［J］. IBM Journal of Research and Development, 1987, 2 (4): 314 –319.

［2］Denning P J. Electronic junk ［J］. Communications of the ACM, March 1992, 25 (3): 163 –165.

［3］Thomas W. Malone, Kenneth R. Grant, Franklyn A. Turbak, et al. Intelligent information sharing systems ［J］. Communications of the ACM, 1987, 30 (5): 390 –402.

［4］Tak W. Yan, Hector Garcia – Molina. SIFT – A Tool for Wide – Area Information Dissemination ［C］. In Proceedings of the 1995 USENIX Technical Conference, 1995: 177 –186.

［5］Paul Resnick, Neophytos Iacovou, Mitesh Suchak, et al. GroupLens: An Open Architecture for Collaborative Filtering of Netnews ［C］. In Proceedings of ACM 1994 Conference on Computer Supported Cooperative Work, Chapel Hill, NC, 1994: 175 –186.

［6］阮彤，冯东雷，李京. 基于贝叶斯网络的信息过滤模型研究 ［J］. 计算机研究与发展, 2002, 39 (12): 1564 –1571.

［7］田范江，李丛榕，王鼎兴. 进化式信息过滤方法研究 ［J］. 软件学报, 2000, 11 (3): 328 –333.

［8］卢增祥，路海明，李衍达. 网络信息过滤中的固定文章集表达方法 ［J］. 清华大学学报: 自然科学版, 1999, 39 (9): 118 –121.

［9］黄萱菁，夏迎炬，吴立德. 基于向量空间模型的文本过滤系统 ［J］. 软件学报, 2003, 14 (3): 435 –442.

［10］林鸿飞，姚天顺. 基于示例的中文文本过滤模型 ［J］. 大连理工大学学报, 2000, 40 (3): 375 –378.

［11］梅海燕. 信息过滤问题的研究 ［J］. 现代图书情报技术, 2002 (2): 44 –47.

［12］Nicholas J. Belkin, W. Bruce Croft. Information Filtering and Information Retrieval Two sides of the same coin ［J］. Communications of the ACM, 1992, 35 (12): 29 –38.

［13］URJ HANANI, BRACHA SHAPIRA, PERETZ SHOVAL. Information Filtering: Overview of Issues, Research and Systems. User Modeling and User – Adapted Interaction, 2001 (11): 203 –259.

［14］Ricardo Baeza – Yates, Berthier Ribeiro – Neto. Modem Information Retrieval ［M］. Beijing: China Machine Press, 2004.

［15］Gerard Salton, Edward A fox, Harry Wu. Extended Boolean Information Retrieval ［J］. Communications of the ACM, 1983, 26 (12): 1022 – 1036.

[16] 吴立德，等. 大规模中文文本处理 [M]. 上海：复旦大学出版社，1997 年.

[17] 牛伟霞，张永奎. 潜在语义索引方法在信息过滤中的应用 [J]. 计算机工程与应用，2001 (9): 57 – 59.

[18] Scott Deerwester, Susan T. Dumais, Richard Harshman. Indexing by Latent Semantic Analysis [J]. Journal of the American Society for Information Science, 1990, 46 (6): 391 – 407.

[19] Foltz, PW. Using Latent Semantic Indexing for Information Filtering [C]. In Proceedings of the Conference on Office Information Systems, Cambridge, MA, 1990: 40 – 47.

[20] Micalski, RS, Chilausky, RL. Learning by being Told and Learning from Examples: An Experimental Comparison of Two Methods of Knowledge Acquisition in Context of Developing on Expert System for Soybean Disease Diagnosis. Policy Analysis and Information Systems. 1980 (4): P125 – 150.

[21] Ruiz ME and Srinivasan P. Automatic Text Categorization Using Neural Networks [C], In Proceedings of the 8TH ASIS SIG/CR Classification Research Workshop, 1998: 59 – 73.

[22] Richard Muntz, Berthier Ribeiro. Bayesian belief networks for IR [J]. International Journal of Approximate Reasoning, 2003, (34): 163 – 179.

[23] 卜东波. 聚类/分类理论研究及其在文本挖掘中的应用 [D]. 北京：中科院计算所，2000.

[24] 黄萱箐. 大规模中文文本处理 [D]. 上海：复旦大学. 1999.

[25] Yang Y. An Evaluation of Statistical Approaches to Text Categorization [J]. Information Retrieval Journal. 1999 (1): 42 – 49.

[26] Lewis DD and Ringuete M. A Comparison of Two Learning Algorithms for Text Categorization [C]. Third Annual Symposium on Document Analysis and Information Retrieval. 1999: 81 – 93.

[27] Dumais S, Platt J, Heckerman D, et al. Inductive Learning and Representations for Text Categorization [J]. Algorithms and Knowledge Management, 1998: 148 – 155.

[28] Heckerman D, Geiger D and Chickering D. Learning Bayesian Networks: The Combination of Knowledge and Statistical Date. Technical Report MSR – TR – 94 – 09. Microsoft Research. 1994.

[29] Joachims T. Text categorization with support vector machines: Learning with many relevant features [C]. In: The 10th European Conference on Machine Learning (ECML. 98). Berlin: Springer, 1998: 137 – 142.

[30] Srikanth M, Wu X, Srihari R, et al. TREC11: Batch and Adaptive Filtering [C], In The Eleventh Text Retrieval Conference, 2002.

[31] Robertson SE, Walker S, Jones S, et al. KOAPI at TREC – 3 [C], In the Third Text Retrieval Conference (TREC3). 1994.

[32] Yang Y. A Comparative Study on Feature Selection in Text Categorization [C]. In Proceeding of the Fourteenth International Conference on Machine Learning (ICML ' 97),

1997，412 - 420.

［33］周茜，赵名生，扈昊. 中文文本分类中特征选择［J］. 中文信息学报，2004，18（3）：17 - 23.

［34］黄萱菁，夏迎炬，吴立德. 基于向量空间模型的文本过滤系统［J］. 软件学报，2003，14（3）：435 - 442.

［35］张帆，林建华. 智能搜索引擎信息过滤机制研究，图书与情报，2007（4）：52 - 56.

［36］龙浩. 基于内容过滤的局域网防泄密系统的研究与实现［D］. 长沙：国防科学技术大学研究生院，2009.

［37］徐翔. 协同过滤推荐算法的若干问题研究［D］. 合肥：中国科学技术大学，2009.

［38］朱峻茂. 开放网络中的信任问题研究［D］. 合肥：中国科学技术大学，2005.

［39］Kamvar S, Schlosser M. The Eigen rust Algorithm for Reputation Management in P2P Networks［C］, International World Wide Web Conference, Budapest, Hunary, 2003, 640 - 651.

［40］Gee Lei - tao, Yang Shou - bao, Wang Jing. Trust model based on similarity measure of vectors in P2P networks［C］. In proceedings of the 4th International Conference on Grid end Cooperative Computing. Beijingg, china, 2005：836 - 847.

［41］Yu B, Singh MP, Sycara K. Developing Trust in Large - Scale Peer - to - Peer Systems［C］, In Proceedings of the 1st IEEE Symposium on Multi - Agent security and Survivability, Philadelphia, 2004：1 - 10.

［42］田春岐. P2P 网络信任模型的研究［D］. 北京：北京邮电大学，2007.

第 4 章　话题检测与跟踪

4.1　研究背景和意义

随着信息传播手段的进步，尤其是互联网的出现，信息急剧膨胀。网络上的新闻报道是其中最主要的信息类型之一，也是人们最为关注的信息类型之一。这些新闻报道具有数量大、增长快、主题相关、时效性强、动态演化等特性，已成为信息获取的主要来源之一。当前我们采集的大量网页数据中，新闻网页占有很大的比例。在这种情况下，如何快捷、准确地从海量的新闻网页中获取感兴趣的信息便是我们关注的焦点。

目前在信息获取过程中，针对这种数据的处理是通过传统的关键词检索技术来完成的。由于网络信息量太大，与一个话题相关的信息往往孤立地分散在不同的时间段和地方，这种方法返回的信息冗余度过高，很多不相关的信息仅仅因为含有指定的关键词就被作为结果返回了。并且其中的相关信息并没有进行有效地组织，只是简单罗列，人们对某些新闻事件难以做到全面地把握，在人员和处理设备有限的情况下势必造成大量数据不能被完全处理。这样不仅浪费已采集的资源，而且一旦丢掉的数据中包含有重要价值的信息，就会造成无法弥补的损失。

话题检测与跟踪（Topic Detection and Tracking，TDT）技术正是在这种应用背景下产生的，它是一种检测新出现话题并追踪话题发展动态的信息智能获取技术。该技术能把分散的信息有效地汇集并组织起来，从整体上了解一个话题的全部细节以及该话题中事件之间的相关性。就具体的应用而言，该技术主要用于满足现实中的一些信息分析和组织需求，比如，对于金融市场分析人员，他需要关注任何可能给股市带来巨大波动的事件的发生和发展状况；对于国际关系或社会学的研究者，他有时需要通过某种技术能够将所有关于某一新闻事件的新闻报道自动地收集整理出来，以便进一步对该事件的前因后果进行深入的调查和研究，甚至需要对该事件的发展趋势做出预测；对于情报分析人员，他需要密切监视国内或国际上发生的重大事件等。

该问题的研究在理论与实践上都具有非常重要的意义，其应用领域已经由信息检索、证券市场分析扩展到决策支持、信息安全等领域。将现有的理论成果向应用领域推广作为该研究领域的重要分支，成为未来的一个研究热点。

4.2　基本概念

4.2.1　话题

TDT 技术中，话题（Topic）被定义为与真实世界中不断增长的事件相关的新闻故事的集合。在最初的研究阶段，话题和事件含义相同。一个话题是指由某些原因、条件引起，发生在特定时间、地点、有一定的参与者或涉及者，并可能伴随某些必然结果的一个事件，比如"2006 年 8 月 26 日俄罗斯当局查出 154 号客机失事原因"这便是一个话题。目前使用的话题概念要相对宽泛一些，它包括一个核心事件或活动以及所有与之直接相关的事件和活动[1]。如果一篇报道讨论了与某个话题的核心事件直接相关的事件或活动，那么也认为该报道与此话题相关。比如，搜索飞机失事的幸存者，安葬死难者都被看做与某次飞机失事这个话题相关。

4.2.2　事件

事件（Event）是通常在特定时间、地点发生的事情。可以简单地认为话题就是若干对某事件相关报道的集合。比如"2006 年 8 月 24 日俄罗斯 154 客机失事"是一个事件而不是话题，"俄罗斯 154 客机失事"是话题而不是事件。一般地，事件是话题的实例，与一定的活动相关。

4.2.3　故事

故事（Story）是对某个事件的相关报道。在话题检测与跟踪领域，它是指一个与话题紧密相关的、包含两个或多个独立陈述某个事件的子句的新闻片断。

4.2.4　话题检测

话题检测旨在发现新的事件并将谈论某一事件的所有新闻报道归入相应的事件簇，所以话题检测本质上是一种特殊的文本聚类技术，它又可分为回溯探测和在线探测。回溯探测是在一个按时间次序累积的新闻报道流中发现以前未经确认的事件并在整个数据集合上进行聚类，它允许系统在开始话题检测任务之前先预览要处理的整个新闻报道集，因而可以获得一定的关于待处理文本信息流的先验知识。而在线探测的目的是实时地从新闻媒体流中发现新事件并以增量的方式对输入的新闻报道进行聚类，在做出最终的决策前只能向前面看有限的新闻报道。

4.2.5 话题跟踪

话题跟踪就是通过监控新闻媒体流以发现与某一已知事件相关的后续新闻报道。通常要事先给出一个或几个已知的、关于该事件的新闻报道。这项研究和信息检索领域中基于示例的检索有许多共同之处。在话题跟踪中已知的训练正例非常少，并且与某个事件相关的报道常常集中出现在某一特定的时间区间。

4.3 话题检测与跟踪技术的 5 项任务

TDT 的研究包含了 5 项基础性的研究任务：面向新闻广播类报道的切分任务；对未知话题首次相关报道的检测任务；报道间相关性的检测任务；面向未知话题的检测任务以及面向已知话题的跟踪任务[2]。

4.3.1 报道切分

报道切分（Story Segmentation Task，SST）是将原始数据流切分成具有完整结构和统一主题的报道。由于获得的文本信息流本身就是以单个报道的形式出现的，所以 SST 面向的数据流主要是广播、电视等媒体的音频数据流。切分的方式分为两类：一是直接针对音频信号进行切分；另一类是将音频信号翻录成文本形式，再进行切分。前者的切分对象是未经过翻录的广播，根据音频信号的分布规律划分报道边界；而后者是得到文本形式的新闻报道，然后根据主题内容的差异估计报道边界。报道切分是其他 4 项任务的预处理，也就是说，其他任务都是在报道切分的基础上进行的。实际应用中的 TDT 系统必须保证新闻报道得到有效切分，才能进行后续的有关检测或跟踪研究。有关研究表明，它对各种识别任务影响很大，对跟踪任务影响较小。

4.3.2 首次报道检测

首次报道检测（First – Story Detection Task，FSD）是指从具有时间顺序的新闻报道流中自动检测出未知话题出现的第一篇报道。虽然首次报道检测与话题检测的任务类似，但两者的输出并不相同，前者输出的是一篇报道，而后者输出的则是一个相关于某一话题的报道集合。在 TDT2004 的评测中，将首次报道检测转换成了新话题检测（New Event Detection，NED）。NED 与 FSD 类似，区别在于检测对象从话题具体化为事件，这是由于某些话题的跳跃式出现，即话题在消失一段时间后又重新出现并且起源于一个新的事件。比如"恐怖主义"，这个话题可以包括 2001 年的美国"9·11 事件"和 2002 年的印度尼西亚巴厘岛惨案，其中，这两个话题在不同的时间由不同的事件引发，从而跳跃式出现。NED 就是要研究如何区分不同事件引发的相同话题。

4.3.3 关联检测

关联检测（Link Detection Task，UDT）的主要任务是对给定的两篇新闻报道做出判断，即是否讨论同一个话题。因为话题检测与跟踪的本原问题就是检测话题与报道之间以及报道与报道之间的相关性，所以可以说关联检测是承载 TDT 其他各项任务的基本平台。大部分关联检测研究关注于相关性计算，包括文本描述及特征项选择。常用的关联检测系统使用余弦相似度计算。

4.3.4 话题检测

话题检测（Topic Detection Task，TD）的主要任务是检测和组织系统预先未知的话题。TD 要求在所有话题未知的情况下构造话题模型，并且该模型不能独立于某一个特例话题。话题检测系统通常分为两个阶段：检测出最新话题；根据已经检测出的话题，收集后续与其相关的报道。话题检测意在将输入的新闻报道归入不同的话题簇，并在需要的时候建立新的话题簇。从本质上看，这项研究等同于无指导的（系统无法预先知道该有多少话题簇、什么时候建立这些话题簇）聚类研究，但只允许有限地向前看。通常的聚类可看做是基于全局信息的聚类，即在整个数据集合上进行聚类，但话题检测中用到的聚类是以增量方式进行的。这意味着在做出最终的决策前，不能或只能向前面看有限数量的文本或报道。话题检测作为一种增量聚类，可以划分为两个阶段：检测出新事件的出现；将描写先前遇到的话题的报道归入相应的话题簇。显然，第一个阶段就是对新发生事件的检测。话题检测任务是对新话题检测任务的一个自然扩展。但是，这两项任务的区别也是很明显的：前者关心的是将谈论某个话题的所有新闻报道归入一个话题簇，如果仅仅不能正确检测出对某个话题的首次报道，问题并不严重；后者则正好相反，它只关心系统能否将引出某个话题的第一篇报道检测出来。

4.3.5 话题跟踪

话题跟踪（Topic Tracking）的任务是监测新闻信息流，找到与某已知话题有关的后续报道。其中，已知话题由一则或者多则报道得到，通常是把 1～4 篇相关报道作为训练报道，训练得出话题模型。然后，判断后续数据流中的每一篇新闻报道与话题的相关性，从而实现跟踪功能。

4.4 话题检测与跟踪的发展与现状

TDT 技术研究的最初想法起源于 1996 年，当时美国国防高级研究计划署

（DARPA）根据自己的要求，提出要开发一种新技术，能在没有人工干预的情况下自动判断和识别新闻数据流的话题。TDT 的研究工作不同于传统的信息检索、信息抽取、文档分类、信息管理和数据挖掘等文档管理技术，主要原因在于 TDT 技术更多地关注如何识别新的话题和获取特定话题相关的数据。TDT 研究中对话题的定义描述不同于传统的话题定义描述。TDT 的 Topic 描述倾向于某一特定事件及其相关活动等描述，从而 TDT 主要将事件作为分析与处理的对象。

TDT 项目开始于 1997 年，开始阶段主要发表了包括卡耐基－梅隆大学、马萨诸塞大学、宾州大学等系统的研究报告，这些机构对这项技术进行了初步研究，并做了一些基础工作。TDT 的研究人员力求设计一种功能强大、通用、自动的学习算法，能够识别和获取人类语言数据的话题结构，独立于数据的来源、媒介、语种、领域和具体应用。

从 1998 年开始，在 DARPA 发起和支持下，美国国家标准技术研究所（NIST）每年都举办 TDT 评测。每次先在评测计划中公布当年的评测标准，然后经过一段时期的研究，再进行评测，最后工作组讨论评测结果和研究进展。到目前为止，总共进行了 7 次 TDT 评测。TDT 评测采用的语料是由语言数据联盟（LDC）提供的 TDT 系列语料，这些语料都人工标注了若干事件话题作为标准答案。TDT 评测越来越受到人们的重视，已成为一个新兴的研究热点，国内外的很多著名的大学、公司和研究机构都参加了该评测。国外的机构主要有：IBM Watson 研究中心、BBN 公司、卡耐基－梅隆大学、马萨诸塞大学、宾州大学、爱荷华州大学、马里兰大学等。国内这方面的研究开展的明显晚些，1999 年中国台湾大学参加了话题检测任务的评测，2000 年中国香港中文大学参加了 TDT 某些子任务的评测。目前，北京大学计算语言学研究所、中科院计算所、哈尔滨工业大学、东北大学、复旦大学、微软亚洲研究院、清华大学等一些国内有名的研究机构的研究人员也开始进行 TDT 相关关键技术的研究。

4.4.1 新闻话题检测技术研究现状

话题检测意在将输入的新闻报道归入不同的话题簇，并在需要的时候建立新的话题簇。从本质上看，这项研究等同于无指导的聚类研究，但只允许有限的向前看。通常的聚类可看做是基于全局信息的聚类，即在整个数据集合上进行聚类，但话题检测中用到的聚类是以增量方式进行的。这意味着，在做出最终的决策前，不能或只能向前面看有限数量的文本或报道。话题检测作为一种增量聚类，可以划分为两个阶段：检测出新事件的出现；将描写先前遇到的话题的报道归入相应的话题簇。显然，第一个阶段就是对新发生事件的检测。话题检测任务是对新话题检测任务的一个自然扩展。对于话题检测，研究者们常采用的算法有：增量 K 均值、Agglomerative 聚类、Single－pass 法、单遍聚类等[3]。卡耐基－梅隆大学的研究者在话题检测时主要采用了一种带有时间窗口的 Single－pass 法[4]，此外，他们还尝试了两种不同的特征权重计算方法：TF－IDF 和基于语言模型[5,6]的方法，并试图将采用这两种权重计算方法的系统组合起来，采取"或"的策略，即认为任何一种方法判断的结果都有效。他们将每篇报道以及每个事件簇都表示成空间中的一个向量，在使用 TF－IDF 权重计算模式时采用"LTC"组合，而在使用基于语言模型的权重计算方法时，特征的权值是该特征在讨论某事件的新闻报道中出现的概率估值。报道向量与事件簇向量之间相似度的计算主要采用向量夹角余弦值，但要根据时间因素利用一个时间窗口做调整。BNN 公司的 Frederick 等人提出了一种基于增量 K 均值的话题检测方法[7]，从严格意义上说，该方法并不能准确地称为 K 均值法，因为聚类的类别数并未事先给定。算法通过比较一个可变窗口之内的每篇新闻报道与已确定的类簇之间的相似度，从而决定该报道是融入该类簇还是自立为一新类簇。该算法能够对不完善的初始聚类进行重构，算法中采用两种类型的度量：甄别度量和阈值度量。前者用于发现和某报道最相似的类簇，后者的目的则是决定某一给定的报道是否应该融入一类簇。IBM 公司的话题检测系统采用了两层聚类的策略[8]，也就是两遍聚类：第一遍将所有报道分成不同的微类，第二遍以这些微类为分析对象形成较大的类，两遍分析的结果将作为最终结果输出。每一遍聚类的基本算法都是一样的，采用 Single－pass 算法，差别只在于分析的对象不同和选取的阈值不同。IBM 公司的话题检测系统的一个最突出的特点是使用一种对称的 Okapi 公式[9]计算两篇报道之间的相似度。每个微类由属于该类的所有报道的表示成分的质心来表示，一篇报道与某个微类间的相似度值是该报道与微类中所有报道相似度值的均值，同样设定一个阈值，用于判断将当前报道归入已有的事件簇还是建立一个新的事件簇。另外，中国台湾大学的研究者主要是对汉语普通话文本的分析，他们使用的算法也是基于 Single－pass 法[10]。中国香港中文大学的研究者使用了层次凝聚聚类作为话题检测算法[11]。

4.4.2 新闻话题跟踪技术研究现状

话题跟踪就是要检测出关于某个已知话题的新闻报道，通常要事先给出一个或几个已知的、关于该话题的新闻报道。这项研究类似于信息检索领域基于例子的查询以及信息过滤研究。话题跟踪系统的性能受到以下一些因素的影响：训练用新闻报道的数量，训练及测试语料使用的语言，文字记录的质量等。有多种不同方法在这项研究中被尝试使用，如 Rocchio 分类方法、决策树方法、基于 HMM 的语言模型等，其中比较成功的是 K 近邻法或多种方法的组合。和话题检测一样，针对话题跟踪的研究单位主要集中在国外，我国只有中科院、中国台湾大学、中国香港中文大学和国防科技大学等少数几家单位在研究，并且还处于起步阶段。CMU 的研究者尝试了使用多种不同的方法来追踪事件，包括：K 近邻算法、Rocchio 算法以及语言模型方法。其中 K 近邻算法是一种基于实例或称基于记忆的学习算法。它的基本思想非常直接。简单的说，为了给某个文档归类，只要找到训练集合中与此文档最相似的文档，将这个最相似文档的类别赋予该文档即可。Rocchio 法[12]是基于 Rocchio 在 1971 年为向量空间检索模型提出的一种相关反馈算法。首先为每个类别训练得到一个原型向量或称核向量，作为该类别文档的代表（类向量）。在分类时，分别计算每个待分类文档的文档向量与各个类向量之间的相似度（夹角余弦值），将其归入具有最大相似度的类别中。此外，他们还将这些方法组合成 BORG 算法，取得了优于任何一种单独方法的性能。Nianli 等人将交叉—语言技术应用到了话题跟踪过程中[13]，交叉语言话题跟踪需要处理多语言环境下的追踪任务，因此难度要明显高于单语言环境下的追踪任务，其难点主要在于如何跨越新闻报道和事件之间的语言鸿沟。解决这一问题的传统方法是先将多语言测试文档翻译成某种符合系统偏好的语言，然后按照单语言任务的模式进行处理。这种做法的缺陷在于：盲目地将所有多语言文档进行翻译不但会导致巨大的计算开销，而且很多情况下没必要这么做，因为大多数被翻译的文档和用户的兴趣根本不相关。Dragon 公司的 Mulbregt 等研究者在其追踪系统中是通过使用标准语言建模技术测量文档相似性[14]。对于系统涉及的平滑问题，他们从背景资料中取出大量的语言模型，并找出稀疏模型的最佳概算模式并将其作为平滑分布。Dragon 的追踪系统所用的鉴别器是由大量的通过自动聚类背景资料导出的 unigram 模型组成，对于任一个给出的测试报道，得分最高的模型正是被选作与事件主题模型相比较的那一模型。马萨诸塞大学的话题跟踪系统基于简单的 Rocchio 算法[15,16]。事件向量是训练正例样本的某种质心，如训练样本的算术平均。相似度评价函数也是使用向量的夹角余弦。系统的判断决策值是事件向量与待测报道间相似度经规范化后得到的值。这种规范化非常简单，即用训练正例样本与事件向量间相似度的平均值去除待规范化的相似度值。马萨诸塞大学的研究者还尝试了自适应追踪方法，即在追踪过程中动态调整事件向量。另有多种语言模型被用于话题跟踪，如 Dragon 公司基于 KL – divergence 的聚类方法[17]、BBN 公司使用的两阶段隐马尔可夫模型[18]和基于简单贝叶斯算法的概率模型等。

TDT 是一项综合的技术，需要比较多的自然语言处理理论和技术作为支撑，涉及计算语言学、机器学习、信息科学和人工智能学等很多领域的相关技术，其核心是自然语言理解技术。TDT 的发展和实际应用息息相关，在国家信息安全、企业市场调查、个人信息定制等方面都存在着实际需求。随着现有系统性能的不断提高，TDT 在各个领域得到越来越广泛地应用。作为一个直接面向应用的研究方向，话题检测与跟踪旨在研究自然语言信息流中基于事件的信息组织问题。当前话题检测与跟踪的研究主要还是基于传统的统计方法，这些方法在文本分类、信息检索、信息过滤等领域得到广泛的应用。将来的发展应主要关注话题本身的特性，如面向话题、基于时间等，这也决定了仅仅利用现有信息检索方法对进一步提升 TDT 系统的性能是有限的，要想突破必须要借助更多的自然语言理解技术。同时应考虑多种方法的综合运用，综合使用多种相对成熟的方法，从长期看来在实际应用中可能效果最佳，这也是将来的一个研究发展方向。

4.5　网络新闻话题检测与跟踪系统框架

话题检测与跟踪是一项综合技术，需要比较多的文本挖掘技术作为支撑，涉及 Web 信息采集、Web 信息抽取、模式识别、人工智能、机器学习、中文自然语言处理、数据挖掘等很多领域的相关技术，是伴随着互联网的高速发展而发展起来的一项综合性技术。

从图 4-1 所示的 Web 新闻话题检测与跟踪原理框图可以看出，Web 新闻话题检测与跟踪主要由 Web 信息采集、Web 信息抽取、话题检测以及话题跟踪 4 部分组成。

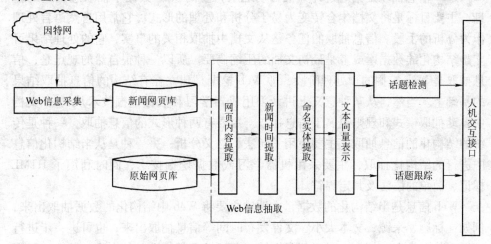

图 4-1　Web 新闻话题检测与跟踪原理框图

1. Web 信息采集

Web 信息采集是通过 Web 文档中的链接地址来寻找 Web 文档，通常从网站某一个页面开始，读取 Web 文档的内容，找到在 Web 文档中的下一级链接地址，然后通过这些链接地址寻找更下一层的 Web 文档，这样一直循环下去，直到将此网站所有的 Web 文档资源都搜寻完毕为止（也可以按预设条件终止）。Web 信息采集可为 Web 信息处理提供信息资源，是后续工作的基础。目前，把

Web 信息采集的发展方向分为以下几种。

（1）全 Web 的信息采集（Scalable Web Crawling）：这种信息采集是一种较传统的采集思想，主要是指从一些种子 UI 扩充到整个 Web 的信息采集。

（2）增量式 Web 信息采集（Incremental Web Crawling）：对旧的页面采用增量式更新，也就是说，采集器只需要采集新产生的或者已经发生变化的页面，而对于没有变化的页面不进行采集。

（3）基于主题的 Web 信息采集（Focused Web crawling）：这种信息采集器是指有选择地搜寻那些与预先定义好的主题相关的页面，对它的研究现在比较热门。

（4）基于用户个性化的 Web 信息采集（Customized Web Crawling）：通过用户兴趣制定或与用户交互等灵活手段来采集信息。系统根据实际需要可以直接把采集结果提供给用户，也可以先存储起来等到以后再提供。

（5）迁移的信息采集（Relocatable Web Crawling）：将采集器上载到所要采集的服务器中，在当地进行采集，并将采集结果压缩后，回传到本地。

2. Web 信息抽取

Web 信息抽取是指通过计算机自动地从大量的 Web 数据中抽取感兴趣的信息，主要目标是将文档集合转变为易于分析和处理的形式。它常用自然语言处理作为分析的手段。信息抽取的任务是从文档中抽取相关的事实，它的处理结果可能是结构化的数据库或者是最初文档的压缩摘要。所以一种很自然的观点是，信息抽取是 Web 挖掘的预处理阶段，即 Web 挖掘是建立在有结构的信息抽取结果的基础上。当然，从某种意义上讲，采用机器学习和数据挖掘技术从 Web 文档中自动抽取模式和规则也属于信息抽取。主要有两种形式的信息抽取，一种是传统的结构化的信息抽取，主要使用了句法、语义分析；另一种是从半结构化信息中进行的结构化抽取，主要采用机器学习或数据挖掘技术，同时利用了 HTML 标记、简单的语法及其定界符。

Web 信息是半结构化的数据，本课题主要将 Web 中结构化的数据抽取出来，例如：标题、来源、文本大小、文件发布时间等信息抽取出来；也可进一步进行深层次信息挖掘，例如：对于新闻文档，可以挖掘新闻涉及的人物、地点、时间等新闻要素。同时，Web 噪声的净化也属于该部分内容。

3. 话题检测

话题检测是将输入的新闻报道归入不同的话题，并在需要的时候建立新的话题。从本质上看，这项研究等同于无指导的聚类研究，但只允许有限地向前看。通常的聚类可看做是基于全局信息的聚类，即在整个数据集合上进行聚类，但话题检测中用到的聚类是以增量方式进行的。这意味着，在做出最终的决策前，只能向前看有限数量的文本或报道。

话题检测作为一种增量聚类，可以划分为两个阶段：

（1）检测出新话题的出现；

（2）将描写先前发现的话题的相关报道归入相应的话题。

显然，第一个阶段就是对新发生事件的检测，即检测出以前没有讨论过的新闻话题的出现。这个阶段也被看做是对一个话题检测系统的透明测试，因为判断每个报道是否讨论了一个新话题，是一个话题检测系统的基础。图 4-2 所示为话题检测任务的一个直观图示。

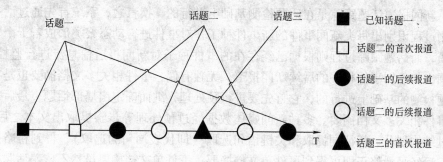

图 4-2　话题检测技术示意图

4. 话题跟踪

话题跟踪的目的是追踪用户指定的感兴趣话题的后继发展，判断出与之相关的事件。这项研究类似于信息检索领域中基于例子的查询以及信息过滤研究。在话题跟踪中，已知的训练正例非常少，通常事先给出一个或几个已知的、关于该话题的新闻报道；另外，与某个话题相关的报道常常集中出现在特定的时间段内。图 4-3 所示为话题跟踪任务的一个直观图示，其中有 4 个新闻报道作为正例用于训练。

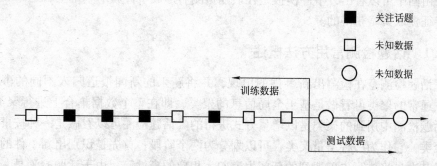

图 4-3　话题跟踪技术示意图

目前，话题跟踪系统的性能已经达到相当高的程度，已经可以在某些特定领域用于实用。话题检测与跟踪领域的研究者为自己设立了一个更高的目标，即经过未来几年的研究争取将话题跟踪的错误率再降低一半。

4.6 话题检测与跟踪的技术框架

从前面的图 2-2 中我们可以看出，基于事件的新闻报道分析是一个多层次、多源的过程，尽管所处理的源数据包含视频、音频和文本等多种媒体类型，但是经过故事单元切分、预处理、字幕探测与识别等低层处理后，新闻话题检测、追踪、事件 RSU 的检索和摘要等高层分析任务均是以文本为核心处理对象。

新闻报道话题跟踪是在话题检测基础上进行的，换言之，系统首先通过话题检测过程识别出每类新闻事件的新事件种子并对事件进行动态聚类形成若干个事件簇，而话题跟踪过程则根据已经存在的事件种子对新闻报道信息流进行监控，发掘出与已知事件相关的后续新闻报道。无独有偶，事件相关多文档摘要也是在话题检测的基础上进行的，它首先要进行预处理，继而确定出局部话题，最后产生事件相关多文档摘要。多种新闻媒体数据经过预处理等步骤提取出文本之后，通过结构划分、特征词提取和关键语句选取（即代表词句的选取），得到粗略摘要，后经平滑修正即可得到事件单文档摘要。事件单文档摘要虽然不依赖话题检测结果，但其结果可以辅助话题检测与跟踪过程，因为摘要本身可以视做一个精简的过程，使用精简后的新闻报道进行话题检测和追踪可以将对新闻主题意义贡献不大的句子去除，只保留携带重要信息的句子，这在一定程度上将会提高话题检测和追踪的性能。事件 RSU 检索的核心思想是通过评价事件模板和从每段新闻故事单元中获取的文本向量之间的相似性度量来对检索到的事件 RSU 进行降序排列，和事件模板的相似度越大的故事单元其排列位置越靠前，该过程的关键是获取合适的事件模板，事件模板生成质量的优劣直接影响着检索结果的满意度。由图中可以看出，事件模板是在话题检测后形成事件簇的基础上，运用一定的特征提取策略获得的。

4.6.1 话题检测常用方法概述

话题检测意在检测出新事件的出现，并将新来的新闻报道归入不同的事件簇。通常的聚类可看做是基于全局信息的聚类，即在整个数据集合上进行聚类，但话题检测中用到的聚类是以增量方式进行的。话题检测可以看做是一种按事件的聚类，它作为一种增量聚类，可以划分为两个阶段：首先是识别出新事件的出现；其次是将描写先前遇到的新闻报道归入相应的事件簇。由于话题检测是一种特殊的文本聚类过程，因此在介绍常用的探测方法之前，我们首先介绍聚类分析的基本原理。聚类分析是数据挖掘中的一个很活跃的研究领域，常用的聚类分析算法可以被分为基于划分的方法、基于分层的方法、基于密度的方法和基于网格的方法等。

聚类算法的基础是聚类准则的确定，假定有一组样本 $(x_1, x_2, \cdots, x_N)$，要求把它确切地分成 $(\omega_1, \omega_2, \cdots, \omega_M)$ 个类，可以存在多种分类，如果要评价各种聚类算法的优劣就必须定义一个准则函数。这样，聚类问题就变成对这个准则函数求极值的问题，这里介绍 3 种准则：误差平方和准则、与最小方差有关的准则以及散布准则。

（1）误差平方和准则。误差平方和准则是聚类分析中最简单而又广泛应用的准则，其准则函数为

$$J = \sum_{i=1}^{c} \sum_{x \in f_i} \| x - m_i \|^2 \tag{4-1}$$

式中，C 为聚类数，f_i 为第 i 个聚类中心域的样本集：

$$m_i = \frac{1}{N_i} \sum_{x \in f_i} x \tag{4-2}$$

N_i 是 f_i 中的样本数，使 J 最小化的聚类就是最合理的聚类。

当每一类的样本都很密集，而各类之间又有明显的分离，使用这种准则进行聚类可获得较好的效果，否则使用这种准则得到的效果就不太令人满意。

当各类中的样本数目相差很大而类间距离较小时，有可能把样本数目多的一类一拆为二，这样聚类的结果，误差平方和准则函数 J 比保持完整时微小，因此有可能发生错误聚类。

（2）与最小方差有关的准则。经过简单的代数运算，可以将上述 J 的表达式中均值向量 m_i 消去，得到另一种准则函数表示形式：

$$J = \sum_{i=1}^{c} N_i S_i \tag{4-3}$$

式中，C 是聚类数，N_i 是第 i 个聚类域中的样本数，S_i 是相似性算子，是第 i 类点间距离平方的平均，是以欧氏距离作为相似性度量的。

$$S_i = \frac{1}{N_i^2} \sum_{x \in f_i} \sum_{x' \in f_i} \| x - x' \|^2 \tag{4-4}$$

若以非尺寸的相似性函数 $S(x, x')$ 来取代相似性算子 S_i 中的欧氏距离

$$S_i = \frac{1}{N_i^2} \sum_{x \in f_i} \sum_{x' \in f_i} \frac{x^T x'}{\| x \| \| x' \|} \tag{4-5}$$

（3）散布准则。第 i 类的均值向量：

$$m_i = \frac{1}{N_i} \sum_{x \in f_i} x \tag{4-6}$$

总平均向量：

$$m = \frac{1}{N} \sum_{i=1}^{c} N_i M_i \tag{4-7}$$

第 i 类的散布矩阵：

$$S_i = \sum_{x \in f_i} (x - m_i)(x - m_i)^{\mathrm{T}} \tag{4-8}$$

类内散布矩阵：

$$S_{\mathrm{W}} = \sum_{i=1}^{c} S_i \tag{4-9}$$

类间散布矩阵：

$$S_{\mathrm{B}} = \sum_{i=1}^{C} N_i (m_i - m)(m_i - m)^{\mathrm{T}} \tag{4-10}$$

总散布矩阵：

$$S_{\mathrm{T}} = \sum_{x \in C} (x - m)(x - m)^{\mathrm{T}} \tag{4-11}$$

根据以上定义可以推出，总散布矩阵等于类内散布矩阵与类间散布矩阵之和，总散布矩阵与如何划分类别无关，仅与全部样本有关，但类内和类间散布矩阵都与类别划分有关。这两矩阵有一互补关系，因此使类内散布矩阵最小就是使类间散布矩阵最大。

研究者常采用的算法有 Single – pass 法、K 均值法、Constructive – competition 法和基于层次的方法等，下面分别给予介绍：

1. Single – pass 法

Single – pass 法简单高效，具有较快的执行速度，不足之处是探测结果依赖于语料被处理的顺序。该算法依次处理输入文档，一次一篇，以增量的方式进行动态聚类，第一篇新闻报道被表示为事件模板，每一个后续的报道和它前面的所有事件模板进行匹配，根据相似度度量，报道被分配给最相似的事件，并且此时的事件模板需要重新计算。如果该报道和所有事件模板的相似度度量均小于某一阈值，则将该报道表示为一个新的事件种子。不同的阈值设置可以得到不同颗粒度大小的事件簇。

参考文献 [19] 中也用到了一种基于 Single – pass 的话题检测法，Single – pass 法的一个关键步骤是关于当前文档和事件模板的相似性测度，参考文献 [19] 将基于"日"的时间距离引入到了当前文档和事件模板的相似性测度中，之所以采用基于日而不是基于"时"、"分"等，是考虑到不同的新闻媒体对同一事件的同一发展阶段的报道受多种因素的影响多少会存在一定的时间差，这中差别虽然一般不大（多数在一日之内）但也不能忽略其对利用时间信息的话题检测系统性能的影响，采用基于"日"的时间距离在某种程度上可以消除这种时间差所造成的不利影响。基于"日"的时间距离定义为如下：

$$\mathrm{Distance}_i(d_i, \mathrm{ET}) = \min(|data_{\mathrm{d}} - data_{\mathrm{Event\_B}}|, |data_{\mathrm{d}} - data_{\mathrm{Event\_E}}|) \tag{4-12}$$

式中，由 $data_{\mathrm{d}}$ 是当前报道的标注时间，$data_{\mathrm{Event\_B}}$ 是事件 ET 发生的时间，

$data_{Event\_E}$是事件的结束时间。当前新闻报道 d_i 和事件模板的相似度，定义为

$$sim(d_i, ET) = \begin{cases} sim(d_i, ET) & Distance_i(d_i, ET) = 0 \\ Distance_i^{-0.16} * sim(d_i, ET) + 0.15 & Distance_i(d_i, ET) \neq 0 \end{cases}$$

$$(4-13)$$

CMU 的研究者采用了一种带有时间窗的 Single – pass 法进行事件的探测[20]，新闻报道向量和事件模板之间的相似度计算采用两种基于时间惩罚函数的向量夹角余弦度量。第一种是计算在时间窗口之内的报道向量和事件模板之间的相似度，计算公式如下：

$$sim(s, c) = \begin{cases} sim(s, c) & \text{当时间窗内存在属于事件 } c \text{ 的报道时} \\ 0 & \text{其他} \end{cases} \quad (4-14)$$

第 2 种方法认为报道向量和事件模板之间的相似度应该随着当前报道和其属于的事件模板最近报道成员之间的报道数量的增加而降低，计算公式如下：

$$sim(s, c) = \begin{cases} \left(1 - \dfrac{1}{m}\right) sim(s, c) & \text{当时间窗内存在属于事件 } c \text{ 的报道时} \\ 0 & \text{其他} \end{cases}$$

$$(4-15)$$

式中，i 是当前报道 s 和属于事件簇 c 的最近报道之间的报道数；m 是时间窗口内当前报道 s 之前的新闻报道数。Umass 的研究者采用了一种改进的Single – pass 法[21]，系统中使用一组信度值表示文档，信度值由 $tf \times idf$ 生成。对于任意文档 d 和事件簇 c，信度值为

$$d_i = belief(q_i, d, c) = 0.4 + 0.6 \times tf \times idf \quad (4-16)$$

式中，

$$tf = \frac{t}{t + 0.5 + 1.5 \times \dfrac{dl}{avg\_dl}} \quad (4-17)$$

$$idf = \frac{\log\left(\dfrac{|c| + 0.5}{df}\right)}{\log(|c| + 1)} \quad (4-18)$$

tf 为特征 q_i 出现在文档中的次数，df 为语料集中出现特征的文档数，dl 为文档的长度，avg_dl 为语料集中的平均文档长度，而 $|c|$ 为语料集中的文档数量。

2. K 均值法

K 均值法是一种适用面广、效率高的基于划分的非层级聚类，它使聚类域中所有样本到聚类中心的距离平方和最小。该算法由以下步骤组成[22]：

步骤 1：任意选择 k 个初始聚类中心 $Z_1(1)$，$Z_2(1) \cdots Z_k(1)$，一般选择给

定样本集的前 K 个样本作为初始聚类中心；

步骤 2：第 K 次迭代，若 $\| x - Z_j(k) \| < \| x - Z_i(k) \|$，式中 $i = 1, 2, \cdots, k$，$i \neq j$，则 $x \in f_j(k)$，$f_j(k)$ 位聚类中心是 $Z_j(k)$ 的样本集。于是分配各样本 x 到 k 个聚类域；

步骤 3：由第二步的结果，计算新的聚类中心

$$Z_j(k + 1) = \frac{1}{N_j} \sum_{x \in f_j(k)} x, \qquad j = 1, 2, \cdots, k \qquad (4-19)$$

这样使 $f_j(k)$ 中的所有点到新的聚类中心的距离平方和最小，即使如下误差平方和准则函数最小。

$$J_j = \sum_{x \in f_j(k)} \| x - z_j(k + 1) \|^2, \qquad j = 1, 2, \cdots, k \qquad (4-20)$$

步骤 4：若 $z_j(k + 1) = z_j(k)$ 算法收敛，程序结束。否则转到步骤 2。

聚类中心数 K、初始聚类中心的选择、样本输入的次序，以及数据的几何特性等均影响 K 均值算法的进行过程。对这些算法虽然无法证明其收敛性，但当模式类之间彼此远离时这个算法所得的结果是令人满意的。

K 均值算法对脏数据很敏感，例如在 K 均值算法中，用欧氏距离作为样本距离度量时经常会出现某类中只有一个样本数据的情况，因为这个孤立样本离其他的样本点都很远，而且它很可能是噪声数据。一种利用 L_i 范式的 K 均值变种可以避免这个问题。

$$L_i(\overline{x, y}) = \sum_i | x_i - y_i | \qquad (4-21)$$

该公式的好处在于其对外部孤立点不敏感，所以 L_i 空间的聚类倾向于相同大小的聚类集合，并且采用称为 medoid 的点[23] 代替上面提到的聚类中心。两者的区别在于 medoid 是最接近中心的实际样本点，而原来的聚类中心是样本均值。

K 均值算法的迭代次数为常数，因此它的算法复杂度为 $O(n)$。另外，针对样本数据与几个聚类中心都相等的情况，有两种解决措施，一是随意将其判定为某个类别，二是稍微对该样本数据加入一些扰动信息，从而避免"等距"情况的出现。

BNN 采用一种增量 K 均值算法[24] 探测新闻事件。和传统 K 均值聚类不同的是，BBN 采用的算法不需要事先确定聚类簇数，为了比较新闻报道之间的相似性，它采用一种或然性文档相似性测度和一种传统的向量空间测度，前者也称为 BBN 事件发现测度，该测度产生于贝叶斯规则：

$$P(C \mid S) \approx p(C) \cdot \prod_n \frac{p'(s_n \mid c)}{p(s_n)} \qquad (4-22)$$

其中 $P(C \mid S)$ 指当前报道属于事件簇 C 的概率，$p(C)$ 指任一篇新报道和聚类簇 C 相关的先验概率，而 $p(s_n)$ 指报道词条 s_n 的发生概率，$p'(s_n \mid c)$ 指平滑

概率。平滑处理过程如下：

$$p'(s_n|c) = \alpha \cdot p(s_n|c) + (1-\alpha) \cdot p(s_n) \tag{4-23}$$

Dragon 也使用 K 均值法进行在线话题检测，并且引入"报道本底距离"和"衰变词条"等概念来改善探测效果，该词条实际上是一个衰变参数，通过调节衰变参数和全局阈值，在线探测系统的性能也随之改变。

3. Constructive – competition 法

Constructive – competition 法是一种新颖的话题检测法，该算法简单描述如下：

步骤 1：在输入阶段，分别确定出期望聚类中心数 dc、学习速率和其初始值 η_0、当前聚类中心数 cc、最大迭代次数 T、当前迭代序号 t 和阈值 δ；

步骤 2：constructive 阶段：

$$\bar{\mu}_j \leftarrow \bar{d}_i$$

Do while cc < > dc

（1）
$$J = \text{argmax}_j \cos(\bar{\mu}_j, \bar{d}_i) \tag{4-24}$$

（2）如果差异值大于设定的阈值，则产生一新的聚类中心，即

$$J > \delta, \quad \bar{\mu} \leftarrow \bar{d}_i, \quad \|\bar{\mu}_J\| = 1 \tag{4-25}$$

更新聚类中心的权重；否则

$$\bar{u}_{ij} \leftarrow \bar{u}_{ij} + \bar{d}_{ij} \tag{4-26}$$

（3）转向式（4-24）；

步骤 3：competition 阶段：

$t \leftarrow 0$

do while $\eta < > 0$

$$\eta(t) \leftarrow \eta_0(1 - t/T)$$

（1）将 $\bar{d}_i$ 分配给 $\bar{u}_J$，$J = \arg man \cos(\bar{d}_i, \bar{u}_j)$；

（2）更新权重，$\bar{w}_j \leftarrow \bar{w}_j + \eta(t)\bar{d}_t$；

（3）标准化权重，$\bar{w}_j \leftarrow \bar{w}_j / \|\bar{w}_j\|$，$t \leftarrow t + 1$。

由以上算法可以看出，该算法可概括为两个阶段："constructive 阶段"和"competition 阶段"。在前一阶段，利用余弦夹角公式来确定某样本和已存在的聚类中心之间的差异值，只要该差异值大于某经验阈值就增加新的聚类中心直到发现期望的聚类中心数。而在后一阶段，每当有新的实例出现时，通过相似度的计算来确定各类别中的"胜者"，并且只有"胜者"才有资格更新其权值，通过聚类中心之间的竞争使得每个已经发现的聚类中心移向最优聚类中心。

4. 基于层次的方法

基于层次的聚类可以分为两种：凝聚的方式和分割的方式，取决于聚类层次结构的形成是自底向上的还是自顶向下的。

凝聚的方式是一种自底向上的方法，将每一条记录看作一个类，然后根据一些规则将它们聚合成越来越大的类，直到满足一些预先设定的条件。大多数的层次聚类方法属于这一类。分割的方式是一个与凝聚的方式相反的过程，将整个数据库作为一个大的类，然后按照一些规则将这个类分成小的类，直到满足一些预定的条件，例如类的数目到了预定值，最近的两个类之间的最小距离大于设定值。

参考文献［25］介绍了一种基于层次聚类的话题检测方法，首先构建一个二进制树形网络，每个节点代表一个文档类，根节点表示整个文档集，然后算法将每个叶节点分割成两个子节点，循环执行该步骤，直到某个给定的预设条件得到满足。在决定某节点是否应该分割时用到了分散函数，该函数测试同一类簇中的样本之间的聚合度。而具体实施分割操作时则使用主方向和超平面分割，二者是基于词条－文档矩阵获取的。

层次聚类虽然比较简单，但是在选择凝聚或者分割点的时候经常会遇到一些困难，这个是非常关键的，因为一旦记录被凝聚或者分割以后，下一步的工作是建立在新形成的类的基础之上的。因此，如果其中任何一步没有做好的话，就会影响最终聚类的结果。

除了以上提到的方法之外，UPenn 还采用最近邻聚类策略表示每类事件簇，该方法首先将每篇报道单独视为一个事件簇，当事件簇 A 中的任一报道和事件簇 B 中的任一报道的相似度超过一指定阈值，则将两个事件簇合并为一类。如果某篇新闻报道不能归入任何一个已知的事件簇，则将其作为对某个新事件的首次报道，并为它建立一个新事件簇。

4.6.2　话题跟踪常用方法概述

话题跟踪就是要识别出关于某个已知事件的后续报道，通常要事先给出一个或几个已知的、关于该事件的新闻报道。在话题跟踪中已知的训练正例非常少，并且与某个事件相关的报道常常集中出现在特定的时间段内。这项研究类似于信息检索领域基于例子的查询以及信息过滤研究，但是其过程是通过有指导的学习，利用几个数目有限的训练正例和大量的训练反例来获得一个分类器，从而区分新报道相关与否，所以说本质上可看作是一种特殊的文本分类过程。研究者常采用的话题跟踪方法包括 Rocchio 法、K 近邻法、决策树法、语言模型法和组合法等，下面分别予以介绍：

1. Rocchio 法

CMU 使用了一种改进的 Rocchio 算法，该算法只利用相似度最高的 n 个反例样本，而不是使用全部的反例样本校正类向量，相似性度量采用训练样本正例的质心与反例样本的夹角余弦计算得到，由此，类向量的计算公式为

$$\overline{C}(r,n) = \frac{1}{|R|} \sum_{t}^{|R|} (\overline{u}_i \in R) + r \frac{1}{n} \sum_{t}^{n} (\overline{v}_i \in \overline{R}_n) \qquad (4\text{-}27)$$

式中，R 是训练用正例样本集合，$\overline{R}_n$ 是与初始类向量最近似的 n 个反例样本集合。评价函数使用向量的夹角余弦值，即只计算训练所得的事件簇向量和待探测新闻报道之间的相似度，如果该相似度高于某个阈值 t，则当前报道与相应的事件相关。

2. K 近邻法

K 近邻（KNN）是一种不需要特定训练集的简单方法，它是通过判断测试样本周围 k 个参考样本的类别来确定测试样本的类别的。在验证时，仅需要给出样本的参考点集，在其中考虑测试样本的 k 个近邻大部分属于哪一类，则此样本就属于哪一类。具体决策过程如下：

对于一个给定的测试样本 x，在所有类 C_1，C_2，$\cdots C_m$ 的样本集中，通过两个样本之间的距离（即相似度）找到与之最近的 k（$k \geq 1$）个样本，其中属于 C_i 的样本数有 n_i 个（$i = 1, 2, \cdots, m$），且 $\sum_{i=1}^{m} C_i = k$ 定义各样本类的判别函数为：

$$f_i(x) = n_i \qquad (4\text{-}28)$$

那么分类的决策规则为

$$\text{if } f_j(x) = \max_i(n_i) \quad i = 1, 2, \cdots, m, \quad \text{then } x \in C_j$$

为了克服话题跟踪过程中训练用的正例样本非常少而引起的偏差问题，CMU 的研究者使用了两种改进的 KNN 法[26]，公式如下：

$$s_2(x, kp, kn, D) = \frac{1}{U_{kp}} \sum_{y \in U_{kp}} \cos(x, y) - \frac{1}{V_{kn}} \sum_{X \in V_{kn}} \cos(x, y) \qquad (4\text{-}29)$$

$$s_3(x, k, D) = \frac{1}{|P_k|} \sum_{y \in P_k} \cos(x, y) - \frac{1}{|Q_k|} \sum_{x \in Q_k} \cos(x, y) \qquad (4\text{-}30)$$

式中，U_{kp} 是训练用正例样本中与测试样本最相似的 kp 个正例样本组成的集合，V_{kn} 是训练用反例样本中与测试样本最近似的 kn 个反例样本组成的集合，而 P_k 和 Q_k 分别是训练样本中与测试样本最相似的 k 个样本中的正例和反例样本集。

3. 决策树法

CMU 的研究者们通过选取具有最大信息增益（Maximal Information Gain，MIG）的特征作为根节点，并且按照特征点的值划分训练数据，然后对于每个分支从其所有的训练样本中发现能够最大化信息增益的特征四。但这种方法的不足之处在于，和近临法不同，它不能产生失报率和误报率之间或查到率和查准率之间的一个连续变化。

4. 语言模型法

在基于事件的新闻报道分析研究中，有多种语言模型被用于事件的探测和追踪，如 Dragon 公司的基于 KL – divergence 的聚类方法，CMU 的研究者使用的基于确定性退火的指数型语言模型与层次语言模型以及 BBN 公司使用的基于二阶段 HMM 模型的方法等。CMU 目前使用的语言模型借用了 BBN 公司的事件发现方法，这种方法本质上是简单的 Bayes 算法，所不同的是使用了一种称为最大期望算法的平滑技术。

5. 组合法

和前面几种方法不同，CMU 的研究者们提出了一种组合的方法[27]，其构造过程如下：

步骤 1：通过设置不同的参数运行每个分类器，每次运行都获得一个系统生成决策集和 DET 曲线；

步骤 2：选取那些要么全局最优、要么是在某些局部区域明显优于其他运行的。DET 曲线的运行；

步骤 3：然后整和被选择运行的输出结果：首先标准化每个系统的决策值，然后计算出每个测试新闻报道的多次运行的决策值之和，标准化公式为

$$x' = \frac{x - \mu}{sd} \tag{4-31}$$

式中，x 是原始值；μ 是某个运行中所有决策值的均值；sd 是其标准差，通过这种组合产生 BORG 的决策值，这些决策值也用同样的方式进行标准化处理；

步骤 4：最后找出在验证集中 BORG 的最优阈值。

实验结果表明这种组合的方法能够获得较好的话题跟踪性能。

4.7 本章小结

话题检测与跟踪作为一项综合的技术，需要较多的自然语言处理理论和技术作为支撑，其中涉及计算语言学、机器学习和人工智能学等很多领域的相关技术。目前，话题检测与跟踪技术只靠传统的基于统计策略的方法，比如信息检索、信息过滤和分类等并不能真实地描述其语义空间。因此，基于自然语言处理技术及其与统计学原理相融合的相应研究将逐步成为话题检测与跟踪领域的重要方向。将来的发展应主要关注话题本身的特性，如话题的突发性与跳跃性、相关报道的延续性与继承性及新闻的时序性等。这也决定了仅仅利用现有的信息检索方法对进一步提升，系统的性能是有限的，要想突破必须要借助更多的自然语言理解技术。同时应考虑多种方法的综合运用，综合使用多种相对成熟的方法，从长期看来在实际应用中可能效果最佳，这也是将来的一个研究发展方向。这些方

法在一定程度上提高了 TDT 系统的性能，但只能是对传统统计策略的一种补充与修正，并没有形成独立于话题检测与跟踪领域特有的研究框架与模型。因此，未来的研究方向将主要集中于以下几个方面：

（1）新闻报道特有的特征提取与信息挖掘技术；

（2）建立具备新闻报道特性的描述模型；

（3）针对新闻报道时序性的检测与跟踪策略；

（4）机器学习与自然语言处理技术的有效融合；

（5）检测与跟踪模型的自适应学习与更新策略。

话题检测与跟踪的发展与实际应用关系密切，在国家信息安全、企业市场调查和个人信息定制等方面都存在着实际需求。随着现有系统性能的不断提高，话题检测与跟踪在各个领域将得到越来越广泛地应用。但是目前的话题检测与跟踪研究在国内仍然处于起步阶段，除了非自适应的话题跟踪研究已经达到实用化水平，其他各项任务的系统性能仍然无法满足实际应用的需要。所以话题检测与跟踪将成为自然语言和信息处理领域中的重要研究方向。

参 考 文 献

[1] NIST. The Year 2002 Topic Detection and Tracking Task Definition and Evaluation Plan [C]. In: Proceeding of NIST, Paris, 2002: 1468 – 1480.

[2] Anan J, Carbonell J, Doddington G, et al. Topic detection and tracking pilot study: Final report [C]. In Proceedings of the DARPA Broadcast News Transcription and Understanding Workshop, 1998.

[3] Wayne C. Multilingual topic detection and tracking: Successful research enabled by corpora and evaluation [C]. In Proceedings of Language Resources and Evaluation Conference (LREC), 2000: 1487 – 1494.

[4] Yang Y, Carbonell J, Brown R, et al. Multi – strategy learning for TDT [C]. Topic Detection and Tracking: Event – based Information Organization, 2002: 85 – 114.

[5] Brown PF, Mercer RL, Della Pietra VJ, et al. Class – based n – gram models of natural language [J]. Computational linguistics, 1992, 18 (4): 467 – 479.

[6] C. D. Manning, 等. 统计自然语言处理基础 [M]. 苑春法, 等译, 北京: 电子工业出版社, 2005.

[7] Walls F, Jin H, Sista S, et al. Topic detection in broadcast news [C]. In Proceedings of the DARPA Broadcast News Workshop. Morgan Kaufmann, 1999: 193 – 198.

[8] Dharanipragada S, Franz M, McCarley JS, et al. Seg – mentation and detection at IBM [M]. Topic detection and tracking – Event – based Information organization, Norwell : Kluwer Academic Publisher, 2002: 135 – 148.

[9] Lawrence S and Giles CL. Searching the World Wide Web [J]. Science, 1998, 280 (4): 98 – 100.

［10］Chen H. and Ku L. Description of a topic detection algorithm on tdt3 mandarin text ［C］. In Proceedings of Topic Detection and Tracking Workshop, 2000: 165 – 166.

［11］Lam W. , Meng H. , and Hui K. Multilingual topic detection using a parallel corpus ［C］. In Proceedings of the TDT2000 Workshop, 2000.

［12］Allan J. Topic detection and tracking: event – based information organization ［M］. Norwell: Kluwer Academic Publisher 2002.

［13］Ma N, Yang Y, and Rogati M. Applying CLIR Techniques to Event Tracking ［C］. In Proceedings of the Asia Information Retrieval Symposium (AIRS), Springer, 2004: 24 – 35.

［14］Mulbregt P, Carp I, Gillick L, et al. Text segmentation and topic tracking on broadcast news via a hidden Markov model approach ［C］. In Proceedings of IEEE International Conference on Acoustics, Speech, and Signal Processing. ISCA, 1998.

［15］Rocchio JJ. Relevance feedback in information retrieval. The SMART retrieval system: experiments in automatic document processing, 1971: 313 – 323.

［16］Lewis DD, Schapire RE, Callan JP, et al. Training algorithms for linear text classi ers ［C］. In Proceedings of the 19th annual international ACM SIGIR conference on Research and development in information retrieval. ACM New York, NY, USA, 1996: 298 – 306.

［17］Zhai C, Larerty J. Model – based feedback in the KL – divergence retrieval model ［C］. In Proceedings of the Tenth International Conference on Information and Knowledge Management (CIKM 2001) , 2001: 403 – 410.

［18］Papka R. On – line new event detection, clustering, and tracking ［D］. PhD thesis, Massachusetts: University of Massachusetts Amherst, 1999.

［19］Zhen Lei, Ling – Da Wu, Ying Zhang, Yu – Chi Liu: A System for Detecting and Tracking Internet News Event ［C］. In: Proceeding of the 6th Pacific Pim Conference on Multimedia, Jeju Island, Korea, 2005: 754 – 764.

［20］Yang Yiming, Carbonell Jaime, Brown Ralf, et al. Multi – strategy Learning for Multi – strategy learning for topic detection and tracking ［C］. The Kluwer International Series On Information Retrieval, Topic detection and tracking: event – based information organization. 2002: 85 – 114.

［21］Alla J, Lavrenko V, and Swan R. Explorations With Topic Tracking and Detection ［A］. In: Allan, Topic Detection and Tracking: Event – based Information Organization, 2002: 197 – 224.

［22］李介谷, 蔡国廉, 等. 计算机模式识别技术 ［M］. 上海: 上海交通大学出版社, 1986.

［23］Kaufmann L, Rousseeuw PJ. Clustering by Means of Medoids ［J］. Statistical Data Analysis Based on the L1 Norm, 1987: 405 – 416.

［24］Endre Borosa, Paul B. Kantora, b and David J. A Clustering Based Approach to Creating. Multi – Document Summaries. ［C］. In: Proceedings of the 24th Annual International ACM SIGIR Conference on Research and Development in Information Retrieval, New Orleans, LA, 2001.

[25] Seo YW, Sycara K. Text Clustering for Topic Detection [R]. Tech. Report CMU – RI – TR – 04 – 03, Robotics Institute, Carnegie Mellon University, 2004.

[26] Yang Y, Carbonell J, Brown R, etal. Learning Approaches for Detecting and Tracking New Events [J]. IEEE Intelligent Systems: Special Issue on Applications of Intelligent Information Retrieval, 1999, 14 (4): 32 – 43.

[27] Yang Y, Ault T, Pierce T, et al. improving text categorization methods for event tracking [C]. In: Proceedings of the 23rd International Conference on Research and Development in Information Retrieval, 2000, 65 – 72.

第5章 社会网络分析

5.1 研究背景及意义

人们利用互联网络相互沟通，通过互动形成虚拟社群，它是人际关系、共享经验的累积与凝聚。由互联网络架构出来的虚拟社群，不仅提供了信息流通的通道，同时也累积了这些信息中所蕴含的知识，形成一种巨大的知识仓库。随着信息技术的发展，互联网络上的虚拟社群已成为一种重要的知识共享平台。互联网络技术发展的同时使得人与人之间知识和情感的来源和表现形式更加多样化。电脑和网络技术的结合创造了虚拟沟通的可能性，从而扩大了人们在互联网络上建构社会网络的形式与空间。当互联网络连接起一台又一台电脑之时，同时也就联系了这一台又一台电脑的使用者，这样电脑的使用者通过互联网络架构了一个社会关系网络。这个完全通过互联网络所构建的社会网络是虚拟社群的重要基础。虚拟社群中的社会网络与真实社区中的一样，也存在人际关系中的强联系和弱联系等人际网络关系特性，从而能够在虚拟社群中提供信息交换、知识共享和社会支持。简单地说，互联网络的发展突破了人们建构人际关系与社会网络必须通过有限节点的先天限制，使得人们都能轻易地通过互联网络自由的建构起个人的社会联系。互联网络发展之初，使用者便互相分享资料、解答问题、交换意见，共享的精神一直是网络的特色，网络使用者也是从知识的共享开始逐渐发展出情感的联系。

社会网络能清楚表现个体或组织之间的关系，在人们日常生活中发挥着重要的作用。人们无时无刻不在通过社会网络与外界的人或组织或其他实体进行交流。另外随着网络的普及，社会网络在信息系统中的作用也日益凸显，例如邮件过滤、利益关系分析、人的可信度分析以及信息共享和推荐等，都是以社会网络分析为基础进行的。另外作为社会组织关系分析基础的群组发现与分析也是社会网络的一个重要应用。准确判断实体之间的关系网络，对研究人类的行为及其他方面都有很重要的作用。因而如何自动抽取并分析各种信息源中的社会网络越来越多地受到人们的关注。

5.2　概述

5.2.1　社会网络的含义

社会网络指的是社会行动者（social actor）及其间关系的集合。换句话说，一个社会网络是由多个点（社会行动者）和各点之间的连线（行动者之间的关系）组成的集合。用点和线来表达网络，这是社会网络的形式化界定[1]。

社会网络这个概念强调每个行动者都与其他行动者有或多或少的关系。社会网络分析者建立这些关系的模型，力图描述群体关系的结构，研究这种结构对群体功能或者群体内部个体的影响。

下面对社会网络这个概念做进一步说明：

（1）点：社会网络中的点（nodes）是各个社会行动者（social actor），边是行动者之间的各种社会关系。具体地说，在社会网络研究领域，任何一个社会单位或者社会实体都可以看成点或者行动者（actor）。例如，行动者可以是个体或集体性的社会单位，也可以是一个教研室、系、学院、学校，更可以是一个村落、组织、社区、城市、国家等，当然也包括网上每一个虚拟社群的成员或社群本身。

（2）关系：每个行动者是通过各种关系联系在一起。在社会网络分析中，一些得到广泛研究的关系有：

个人之间的评价关系：喜欢、尊重等；

物质资本的传递：商业往来、物资交流；

非物质资源的转换关系：行动者之间的交往，信息的交换等；

隶属关系：属于某一个组织；

行为上的互动关系：行动者之间的自然交往，如谈话、拜访等；

正式关系（权威关系）：正式角色也是有关系性的，如教师/学生、医生/病人、老板/职员关系等；

生物意义上的关系：遗传关系、亲属关系以及继承关系等。

社会网络分析者还重点关注行动者之间的"多元关系"，也就是联系。例如，两个学生之间可能同时存在同学关系、友谊关系、恋爱关系等。按联系的强弱可分为：强联系和弱联系。行动者与其较为紧密、经常联络的社会关系之间形成的是强联系；与之相对应，个人与其不紧密联络或是间接联络的社会关系之间形成的是弱联系。但是在传递资源、信息、知识过程中，Granovetter认为弱联系更具重要性。强联系之间由于彼此很了解，知识结构、经验、背景等相似之处颇多，并不能带来进一步的新的资源信息和知识，所增加的部分大多是冗余的；而弱联系所提供的资源信息或知识会比较具有差异化，如果在弱联系之间搭起某种形式的桥梁，就可以传递多种多样的资源信息和知识。网络虚拟社群就起到了这样的桥梁作用。

5.2.2　社会网络的形式化表达

从数学角度上讲，有两种方法可以描述社会网络：社群图法和矩阵代数方法。社群图记法常常应用于对结构对等性（structural equivalence）和块模型（block model）的研究。代数学记法可用于分析角色和关系。当然，其他统计方法也可以用来描述社会网络。

社群图（sociogram）是由莫雷诺最早使用的，现已在社会网络中得到广泛使用。用来表达一种关系的矩阵叫做社群矩阵（socimatrix）。社群图主要由点（代表行动者）和线（代表行动者之间的关系）构成。社群图中的点集可以表示为 $N = \{n_1, n_2 \cdots n_g\}$。这样，一个群体成员之间的关系就可以用一个由点和线连成的图表示。

如果根据关系（线）的方向，可以分为"有向图"（directed graph）和"无向图"（undirected graph）。无向图是从对称图中引申出来的，它仅仅表明重要关系的存在与否。如果关系是有方向的（例如借款关系、权力关系等），也就是说，n_1 到 n_2 的关系与 n_2 到 n_1 的关系是不同的，那么，就应该用有向图（directed graph）来表示。我们用 L 代表有向线的集合，用 1 代表其中的单条线，用箭头代表关系的方向。图 5-1 所示为一个简单的有向图。

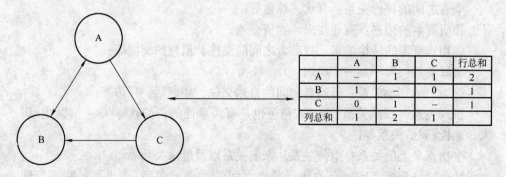

	A	B	C	行总和
A	–	1	1	2
B	1	–	0	1
C	0	1	–	1
列总和	1	2	1	

图 5-1　一个有向图及其邻接矩阵

利用社群图表达关系网络的一个优点是比较清晰、明确，社会行动者之间的关系一目了然。但是，如果社群图涉及的点很多，那么图形就相当复杂，如图 5-2 所示，很难分析出关系的结构，这是社群图的一个缺点。在这种情况下，我们最好利用矩阵代数（matrix algebra）记法表达关系网络，用来研究多元关系，研究两种关系或者多种关系的"叠加"。假设我们已经研究了两种关系："是朋友"、"是敌人"，那么，我们就可能研究"是朋友的敌人"这种关系。这种方法最先由 H. White 和 J. P. Boyd 提出来。

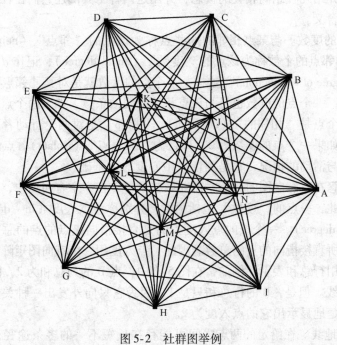

图 5-2　社群图举例

如果行和列都代表来自于一个行动者集合的"社会行动者"，那么矩阵中的要素代表的就是各个行动者之间的"关系"。这种网络是 1 - 模网络。如果行和列代表来自两个行动者集合的"社会行动者"，那么矩阵中的元素分别代表的就是两个行动者集合中的各个行动者之间的"关系"，这种网络是 2 - 模网络。如果"行"代表来自一个行动者集合的"社会行动者"，"列"代表行动者所属的"事件"，那么矩阵中的元素就表达行动者隶属于"事件"的情况，这种网络也是 2 - 模网络，具体地说是"隶属关系网络"。

总之，如果没有数学工具（图论、矩阵代数）的支持，社会网络分析就不可能取得重要进展。在表达关系数据的时候，社会网络分析者主要利用数学领域中的两种工具：社群图和矩阵代数。当然，社会网络方法论上的突破也离不开统计技术的发展。拥有了这两种工具，我们就能够计算一些网络测度（例如密度、点入度等）的。

在社会网络中，与"关联性"密切相关的研究是行动者之间的距离。有的行动者可能与网络中的任何一个人都建立了联系，与其他人的距离都很"近"。

有的人可能交往比较少,相对"孤立"一些。如果行动者之间的距离不一样,我们就可能找到这些行动者在网络意义上的社会分层来,也可能有助于我们理解社会群体的"同质性"、"团结性"等特点。

下面将介绍几种距离相关的概念,并用这两种工具阐述它们在社会网络分析中所代表的含义。

(1)点的度数。与某点相邻的那些点称为该点的"邻点"(neighborhood),一个点 n_i 的邻点的个数称为该点的"度数"(nodal degree),记作 $d(n_i)$,也叫关联度(degree of connection)。这样,一个点的度数就是对其"邻点"多少的测量。实际上,一个点的度数也是与该点相连的线的条数。如果两个点由一条线相连,称这两个点是"相邻的"(adjacent)。"相邻"是对两个行动者直接相关的图论表达。如果一个点的度数为0,称之为"孤立点"(isolate)。点的度数测量了行动者参与活动的情况,它是测量"中心度"的基础。

这个概念在对有向图的分析时需要做些调整。在一个有向图中,必须考察线的方向。因此,一点的"度数"包括两类,分别称为点入度(in-degree)和点出度(out-degree)。一个点的点入度指的是直接指向该点的点的总数;点出度指的是该点所直接指向的点的总数。因此,点入度用一个有向图矩阵的列总和表示,点出度用行总和表示。例如,在图5-1中,点 B 的列总和为2,因为它"收到"了两条线。但是,B 的行总和只是1,因为它只向外发出一种关系。相应的社群图则清楚地显示出它的点入度为2。

(2)测地线。在给定的两点之间可能存在长短不一的多条途径。两点之间的长度最短的途径叫做测地线。如果两点之间存在多条最短途径,则这两个点之间存在多条测地线。

(3)距离。两点之间的测地线的长度叫做测地线距离,简称为"距离"(distance)。也就是说,两点之间的距离指的是连接这两点的最短途径的长度。我们把点 n_i 和 n_j 之间的距离标记为 $d(i, j)$。如果两点之间不存在途径(即二者之间是不可达的),则称二者之间的距离是无限的(或者无定义)。如果一个图是不关联图,那么其中至少有一对点的距离是无限的。

(4)直径。一个图一般有多条测地线,其长度也不一样。我们把图中最长测地线的长度叫做图的直径。如果一个图是关联图,那么其直径可以测定。如果图不是关联的,那么有的点对之间的距离就没有界定,或者就距离无穷大。在这种情况下,图的直径也是无定义的。

(5)密度。这个概念是为了汇总各个线的总分布,以便测量该分布图与完备图(complete graph)的差距有多大。固定规模的点之间的连线越多,该图的密度就越大。具体地说,密度指的是一个图中各个点之间联络的紧密程度。

(6)权力和中心性。"权力"是社会学中的一个重要概念。从社会网络的角度对权力的这种界定可以进一步体现在网络研究者对权力的各种定量表述上。也就是说，网络分析者是从"关系"的角度出发定量地界定权力的，并且给出多种关于社会权力的具体的形式化定义，即各种中心度和中心势指数。这可以看成是网络分析者的独特贡献，因为网络研究者更倾向于用"中心性"表达权力概念。

"中心性"是社会网络分析中的重点之一。个人或者组织在其社会网络中具有怎样的权力，或者说居于怎样的中心地位，这一思想是社会网络分析者最早探讨的内容之一。这个观点最初体现在社会计量学的一个重要概念——"明星"（star）中。所谓明星指的是那个在其群体中最受关注的中心人物。巴乌拉斯最先对中心度的形式特征进行了开创性研究，验证了如下假设：即行动者越处于网络的中心位置，其影响力越大。研究发现，中心度与群体效率有关，也与参与群体的个人的满意度有关。随后的学者利用这个概念解释复杂的社会系统。

在社会网络分析中对权力的探讨集中体现在对"中心度"和"中心势"的量化分析上。常用的中心度和中心势指数包括：点度中心度、中间中心度、接近中心度、特征值中心度以及伯纳西茨权力指数，还有与它们对应的中心势指数。中心度刻画单个行动者在网络中所处的核心位置；中心势刻画的则是一个网络所具有的中心趋势。假设研究点度中心性，那么对于一个拥有 n 个行动者的网络来说，其中可以计算出来的中心度指数有 n 个，但是计算出来的中心势指数只有一个。

"点度中心度"刻画的是行动者的局部中心指数，测量网络中行动者自身的交易能力，没有考虑到能否控制他人。"中间中心度"研究一个行动者在大多程度上居于其他两个行动者之间，因而是一种"控制能力"指数。"接近中心度"考虑的是行动者在大多程度上不受其他行动者的控制。如果网络中的一个行动者在交易的过程中较少依赖于他人，此人就具有较高的中心度。一个点越是与其他点接近，该点就越不依赖于他者。刻画一个行动者的特征向量中心度是为了在网络总体结构的基础上，找到最居于核心的行动者，而不关注"局部"的模式结构。对中心度的测量不能脱离其他点的中心度。因此，在计算中心度的时候包含着内在的循环。

5.2.3　社会网络分析的含义

社会网络分析主要是研究社会实体的关系连结以及这些连接关系的模式、结构和功能。社会网络分析同时也可用来探讨社群众个体间的关系以及由个体关系所形成的结构及其内涵。换句话说，社会网络分析的主要目标是从社会网络的潜在结构（latent structure）中分析发掘其中次团体之间的关系动态[2]。社会网络分析是研究行动者（Actor）彼此之间的关系，而通过对行动者之间关系与联系的连接情况进行研究与分析，将能显露出行动者的社会网络信息，甚至进一步观察并了解行动者的社会网络特征。而通过社会网络，除了能显示个人社会网络特征外，还能够了解许多社会现象，因为社会网络在组织中扮演着相当重要的无形角色，当人们在解决问题或是寻找合作伙伴时通常都是依循着所拥有的社会网络来寻找最可能帮忙协助的对象。

社会网络分析是社会科学中的一个独特视角，它是建立在如下假设基础上的：在互动的单位之间存在的关系非常重要。社会网络理论、模型以及应用都是建立在数据基础上的，关系是网络分析理论的基础。

除了利用关系概念之外，我们认为，以下几个"元认识论"观点很重要：

（1）行动者以及行动是相互依赖的，而不是独立的、自主性的单位；

（2）行动者之间的关系是资源（物质的或者非物质的）传递或者流动的"渠道"；

（3）个体网络模型认为，网络结构环境可以为个体的行动提供机会，也可能限制其行动；

（4）网络模型把结构（社会结构、经济结构等）概念化为各个行动者之间的关系模型。

5.2.4　社会网络分析的主要内容

社会网络分析被用于描述和测量行动者之间的关系或通过这些关系流动的各种有形或无形的东西，如信息、资源等。自人类学家 Barnes 首次使用"社会网络"的概念来分析挪威某渔村的社会结构以来，社会网络分析被视为是研究社会结构的最简单明朗、最具有说服力的研究视角之一。20 世纪 70 年代以来，除了纯粹方法论及方法本身的讨论外，社会网络分析还探讨了小群体（clique）、同位群（block）、社会圈（socialcirace）以及组织内部的网络、市场网络等特殊的网络形式。这些讨论逐渐形成了网络分析的主要内容。

根据分析的着眼点不同，社会网络分析可以分为两种基本视角：关系取向（relational approach）和位置取向（positional approach）。关系取向关注行动者之间的社会性粘着关系，通过社会连接（social connectivity）本身，如：密度、强度、对称性、规模等来说明特定的行为和过程。按照这种观点，那些强联系的且相对孤立的社会网络可以促进集体认同和亚文化的形成。

与此同时，位置取向则关注存在于行动者之间的、且在结构上相处于相等地位的社会关系的模式化（patterning）。它讨论的是两个或两个以上的行动者和第三方之间的关系所折射出来的社会结构，强调用"结构等效（structural equivalence）"来理解人类行为。

1. 关系取向中的主要分析内容

由于社会网络分析是以网络中的关系或通过关系流动的信息、资源等为主要研究对象的，这种取向中的主要分析内容大多集中在网络"关系"上也就不足为怪了。几项重要内容如下：

（1）规模（range）。社会网络中的行动者都与其他行动者有着或多或少、或强或弱的关系，规模测量的是行动者与其他行动者之间关系的数量。如果把研究的焦点集中在某一特定行动者（节点）上时，对关系数量的考察就变成了对网络集中性（centrality）的考察。所谓的"集中性"是指特定行动者身上凝聚的关系的数量。一般说来，特定行动者凝聚的关系数量越多，他（她）在网络中就越重要。不过，关系的数量多少并不是行动者重要性的惟一指标，有时候行动者在网络中所处的位置比集中性更为重要。特别地，当行动者的位置处于网络边缘时，数量的多少就远不如桥梁性位置来得重要。

（2）强度（strength）。格兰诺维特（1998）认为测量关系强度的变量包括关系的时间量（包括频度和持续时间）、情感紧密性、熟识程度（相互信任）以及互惠服务。如果花在关系上的时间越多、情感越紧密、相互间的信任和服务越多，这种关系就越强，反之则越弱。

（3）密度（density）。网络中一组行动者之间关系的实际数量和其最大可能数量之间的比率（ratio）称为密度。当实际的关系数量越接近于网络中的所有可能关系的总量，网络的整体密度就越大，反之则越小。与格兰诺维特的"情感密度"不同的是，网络密度只用来表示网络中关系的稠密程度，测量的是联系（ties）本身，而"情感密度"则是指联系的特定内容—情感上的亲密程度。

（4）内容（content）。即使在相同的网络中，行动者之间的关系也会具有不同的内容。所谓网络关系的内容，主要是指网络中各行为者之间联系的特定性质或类型。任何可能将行动者联系（tie）起来的东西都能使行动者之间产生关系（relation），因此内容的表现形式也是多种多样的，交换关系、亲属关系、信息交流（communicative）关系、感情关系、工具关系、权力关系等都可以成为具体的内容。

（5）不对称关系（asymmetricties）与对称关系（symmetricties）。在不对称关系中，相关行动者的关系在规模、强度、密度和内容方面是不同的，而在对称关系中，行动者的关系在这些方面的表现都是相同的。例如，当信息只从行动者A流向行动者B，而行动者B不向行动者A提供信息时，两者之间的关系就是不对称关系。

（6）直接性（direct）与间接性（indirect）。网络关系的另一个内容就是直接性或间接性，前者指行动者之间直接发生的关系，后者则指必须通过第三者才能发生的关系。一般说来，直接关系连结的往往是相同或相似的行动者，他们往往彼此认同，具有相同的价值观，因此其关系通常为强联系；而间接关系中由于有中间人的存在，相互联系的行动者之间关系的强度受距离（中间人的数量）的影响很大，经历的中间人越多，关系越弱，反之则可能（但不必然）越强。

2. 位置取向中的主要分析内容

与关系取向不同的是，位置取向强调的是网络中位置的结构性特征。如果说关系取向是以社会粘着（socialcoheion）为研究基点，以关系的各种特征为表现的话，那么，位置取向则以结构上的相似为基点，以关系的相似性为基本特征。在位置取向看来，位置所反映出来的结构性特征更加稳定和持久，更具有普遍性，因而对现实也更有解释力，且需要分析的内容也更为简单明了。其主要内容有：

（1）结构等效（structural equivalence）。当两组或两组以上的行动者（他们之间不一定具有关系）与第三个行动者具有相同的关系时，即为结构等效。这里强调的是在同一社会网络中所谓的等效点必须与同一个点保持相同的关系。网络中等效点的数量和质量将对网络的驱动力产生很大的影响。

（2）位置（position）。作为位置取向的核心概念，位置在这里指的是在结构上处于相同地位的一组行动者或节点，是被剥落了行动者而剩下的结构性特征，哪个行动者处在这个位置上并不重要，重要的是这个位置在网络本身中的处境。

（3）角色（role）。与位置密切相关的另一项内容是角色，它是在结构上处于相同地位的行动者在面对其他行动者时表现出来的相对固定的行为模式。反过来说，具有相同社会角色的往往在社会网络结构或地位网络结构中处于相同的位置。因此，角色在某种程度上是位置的行为规范。

5.2.5　网络新闻信息中的社会网络分析

可以获得社会网络的信息源有很多，例如，电子邮件存档，FOAF 文档以及网络中其他类型的各种文档。本文则是侧重于研究网络新闻文档中的社会网络抽取。这是因为对新闻文档的分析具有更好的现实意义。从文本挖掘的角度来看，命名实体在新闻文档中占有很高的地位，新闻的五要素基本上都属于命名实体的范畴，只要了解了实体间的关系，就对新闻的核心内容有了大概的了解，对新闻的探测、跟踪、自动摘要以及新闻自动推荐方面都有帮助。另外，从信息内容安全角度来看，准确识别新闻文档中社会网络关系，特别是人与人之间，组织与组织之间的关系，对于了解整篇文档的主要观点和社会舆论的动向是很有帮助的。

5.3　社会网络构建方法

利用社会网络进行相关处理的前提是构建一个合理的社会网络。虽然以关系作为基本分析单位的社会网络分析（Social Network Analysis）已经在社会学、教育学、心理学与经济学等诸多学科领域得到了广泛研究[3]。但是在统计学和计算科学领域对如何自动抽取文本中的社会网络的研究并不是很多。而现在采用的方法大多是基于两个实体名字在网络上的共现特征，判断两个实体之间是否存在关系则是通过分析二者在网络中的共现特征的值是否达到了某个预设的阈值。Harada 等人[4]采用这种方法开发了一个系统来从网络上获取人与人之间的两两关系。Faloutsos 等人[5]则是基于人们之间的共现特征从五十亿网页中抽取了一个由一亿五千万人组成的社会网络。A. McCallum 和他的研究小组则提出了一个自动抽取用户间社会网络的系统[6,7]。这个系统从电子邮件信息中识别出不同的人并找到他们的主页，然后把相关信息记录在一个通讯簿中。最后再通过他们的主页信息发现一些其他人的信息，这样在主页的主人与在此人主页中发现的人名之间建立链接并放入社会网络。正在开发中的这个系统的新版本的目标是要发现整个网络中的共现信息。

还有一些研究是应用搜索引擎来发现社会网络。在 20 世纪中期，H. Kautz 和 B. Selman 开发了一个社会网络抽取系统 ReferralWeb[8]，这个系统用搜索引擎作为工具来发现社会网络。最近 P. Mika 开发的 Flink 系统[9]实现了语义网群落中社会网络的在线抽取与可视化。其实 Flink 与 ReferralWeb 进行网络挖掘的机制都是相同的，主要还是通过共现特征来识别实体间存在的关系，只不过这些共现信息是通过搜索引擎来得到的。他们都是首先把两个人的名字 X 和 Y 作为查询词输入到搜索引擎中，输入的形式是"XANDY"，如果 X 和 Y 之间存在比较强的关系，我们往往能够得到更多的能证明他们之间关系的信息，例如他们主页之间的互相引用，或者两者之间名字并列出现的次数等等。另外通过搜索引擎来度量名字间共现特征的系统还有 Matsuo 等人开发的 POLYPHONET[10,11]。本章我们着重介绍两种社会网络抽取方法。

5.3.1　基于命名实体检索结果的社会网络构建

此方法主要利用待检索的中文人名在搜索引擎上返回的 Snippet 进行社会网络构建[13]。这里的 Snippet 包括检索结果的标题以及紧随的片断文本。社会关系建立在至少两个人物的基础上，所以本方法中定义有效 Snippet 为包含至少两个不同人名的 Snippet。系统最后的聚类对象就是这些有效的 Snippet。

以检索人名 A 为例，初始检索返回一组 Snippet，抽取每个 Snippet 中的人名。假设任何两个人名共同出现在某个 Snippet 中就认为两人具有社会关系，共现的次数作为这种关系的度量。从而可以对出现在所有 Snippet 中的人名构建关系矩阵 M，矩阵元素 $M_{i,j}$，表示人名 i 和人名 j 的共现次数。由于是利用人名 A 的社会网络来对人名 A 检索得到的有效 Snippet 进行重名消解，关系矩阵 M 中不包含人名 A。

限于检索一个人物获得的有效 Snippet 数量有限，这样得到的关系矩阵往往会比较稀疏，形成的社会网络图中有很多的孤立子图，事实上有些子图之间在真实的网络环境中又是有关系的。例如图 5-3 中的人名 A 初始关系图。本方法希望借助更多的网络信息，对孤立子图进一步扩展，来丰富初始的社会关系网络。

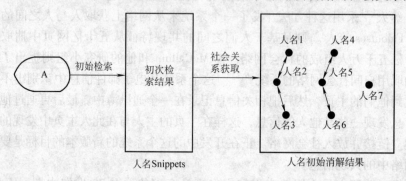

图 5-3　人名 A 初始关系图

拓展方法是在初始关系图中找出所有连通子图，然后依次在每个子图中选取最能够代表该子图的节点来进行拓展检索，在此引入带权度（Weighted degree）来衡量扩展节点的重要程度。带权度即为与该节点相连接的所有边的权值之和。这是基于以下两种假设：

（1）与节点相连的边越多，说明该节点在这个网络中交际的范围越广，影响力越大。

（2）边上的权值越大，说明该节点与相连节点共现的频率越大，二者的关系越紧密。

利用带权度将以上两点结合起来。可以采用两种不同的拓展方式：

（1）单点拓展：选取子图带权度最大的一个节点；

（2）两点拓展：选取子图中带权度最大的两个节点。

假设子图 X 中带权度最大的节点名为人名 B。为了拓展出来的人物尽量都和初始检索的人名 A 有关，每次拓展检索时 Query 都包含人名 A，例如对子图 X 扩展时，检索 Query 为［"人名 B 人名 A"］。拓展检索时，选取除人名 A 和人名 B 外至少包含一个人名的 Snippet。将拓展得到的所有 Snippet 直接加入到初始检索到的 Snippet 集合中，采用构建关系矩阵 M 的方法重新构建新的包含更多人名的关系矩阵 M'。显然，M' 比 M 包含更多的人名和社会关系，使得 M 的社会关系网络进一步丰富与完善。

对于初始社会网络的拓展有如下两种处理方法：

（1）平均拓展。矩阵 M' 中会引入很多初始检索中不包含的人名，剔除这些新引入的人名得到的矩阵为 M''。在 M'' 中，如果两个人物不认识（对应关系数为0），但同时 M' 中有很多人同时认识他们，则可以利用两个人物之间的中间人来求取两个人物的关系数。平均拓展采用 M' 中两个人物的中间人的关系数平均值来进行更新。例如，M'' 中，对于任意两个人名 a，$b(a \neq b)$ 如果 $M''_{a,b} = 0$，但 M' 中存在人名 n_1，$n_2 \cdots n_m$ 同时满足 $M'_{a,n_i} \neq 0$ 且 $M'_{b,n_i} \neq 0$，则更新 $M''_{a,b}$ 为

$$M''_{a,b} = \frac{\sum_{i=1}^{m}(M'_{a,n_i} + M'_{b,n_i})}{2m} \tag{5-1}$$

这样更新得到的新矩阵 M'' 将拓展 M 中人名之间的关系，并且将原来没有直接相邻的节点之间的关系数进行更新，可将初始图中不连接的若干子图连接起来。

（2）最大拓展。考虑现实世界中的两个人物，如果有一位中间人与他们的关系都非常密切，这两个人的关系就应该很密切；如果此时还有一位和这两个人虽然认识但是关系很不密切的中间人，也不应该使得这两个人的关系数减少。事实上，方法 1 中取平均的方法就可能存在这样的问题，这里利用两个人物之间关系最为密切的中间人来进行关系数更新。更新方法类似于方法 1，只是更新公式变为 (5-2)。

$$M''_{a,b} = \max_{i=1,2\cdots m} \frac{M'_{a,n_i} + M'_{b,n_i}}{2} \tag{5-2}$$

5.3.2　基于内容分析的社会网络构建

现在构建社会网络所采用的方法大多是基于两个实体名字在网络上的共现特征。但是共现状态只能说明两者可能存在关系，不能确定二者是否有直接关系，更不能给出具体的关系描述，因而参考文献 [14] 提出了基于内容的关系抽取方法，很好地弥补了这一点。此方法在对输入文章进行分词标注、共指消解等预处理之后，通过名词合并及主动词识别，得到存在关系的实体之间的关系指向和关系描述，最后通过有向图把存在关系的实体进行链接，最终形成有向关系网络。这样不仅能够通过对一个新闻事件的分析得到对事件中实体之间关系的指向，更能根据关系图中每个点的出度、入度确定各个实体在事件中的重要程度，而且可以确定点与点之间的相对关系紧密程度，并给出比较合理的点与点之间关系的描述。本方法的主要贡献如下：

首先，本方法是基于文本内容分析的，不仅仅依靠实体的共现信息，得到的社会网络更加可靠。

其次，本方法不仅仅局限于对人与人之间的关系进行抽取，而是对所有的不同实体之间的关系进行抽取。

最后，本方法中采用有向图对社会网络进行可视化表现，对实体之间关系的描述更加详细。有向图中不仅仅标注出实体之间是否有关系，而且标注出实体之间的关系指向，并给出了实体之间相互作用关系的描述词。

1. 方法框架

本节提出的方法的整体框架如下：对于输入的单个文档或者一个主题的相关文档集合，首先进行文档预处理，主要是进行分词，标注以及命名实体的指代消解。然后把经过预处理的文档，根据句义完整性进行语篇划分，对划分之后的各个话语片断再进行主动词及其施事论元和受事论元的识别，然后把施事论元和受事论元之间进行有向连接，并进行关系动词的标注，这个关系动词即此话语片断的主动词。最后把处理得到所有实体关系进行合并得到整个事件中实体间的关系网络。

2. 预处理

为了进行关系抽取，首先应该对输入的文档进行预处理，这包括分词、标注以及实体的指代消解。在分词、标注过程中，使用中科院计算所研制的基于多层隐马尔可夫模型的汉语词法分析系统 ICTCLAS 对输入文档进行分词及标注。而在指代消解部分，为了保证社会网络抽取的准确性和系统实现的简洁性，这里使用了两种方法对文中出现的普通代词和零代词进行了有针对性的消解。

（1）命名实体识别（Named Entity Recognition）及指代消解技术研究现状。新闻信息处理第一个重要的方面就是要对新闻进行命名实体识别，以及指代词的消解。因为在网络新闻五大要素中有三个要素属于命名实体的范围。

命名实体识别是最基础的信息抽取技术，也是机器翻译、信息检索、问答系统等自然语言处理应用领域的重要基础工具。一般来说，常规命名实体识别的任务就是识别出文本中的人名、地名、机构名、时间、数字五类命名实体。汉语命名实体识别最初是从单一类型的命名实体开始研究的。孙茂松等人最早进行了我国人名的识别研究[15]，主要采用了统计方法；郑家恒和 Tan Hongye 等人也以统计为主的方法进行了人名、地名的识别[16,17]；2001 年，张艳丽等人[18]开始采用统计与规则相结合的策略进行汉语机构名称的识别。在五类命名实体中，时间和数量表达式相对比较容易，基本采用规则的方法，汉语命名实体的研究主要集中在人名、地名和机构名上。第六届和第七届 MUC 评测会议中，H. H. Chen[19]和新加坡肯特岗数字实验室（Kent Ridge Digital Labs）[20]参加了 MUC –7 汉语命名实体识别任务的评测。参考文献［19］采用了规则和统计相结合的方法，中国人名和外国人名使用局部统计特征进行识别，地名和机构名采用规则方法识别。参考文献［20］采用了隐马尔可夫模型，状态转移概率反应了实体的上下文模型，发射概率反应了实体内部特征。参考文献［21］提出基于类的语言模型，采用了词类之间的三元语言模型进行命名实体识别。参考文献［22］运用角色标注模型对汉语命名实体进行识别，并实现了分词、词性标注、命名实体识别的一体化标注。参考文献［23］在已有工作的基础上，充分挖掘了不同层次的上下文特征，采用了统计模型和专家知识相结合的方法，在新闻语料上取得了较好的识别效果。

现在对命名实体识别的准确度已经很高，也有不少开源的命名实体识别算法，所以本文中不再研究命名实体识别，而是把重点放在与实体有关的指代消解方面。

指代消解是自然语言处理的重要内容，在信息抽取中，指代消解就是一个关键问题[24-27]。同样，信息检索、文本摘要中也存在大量的需要消解的指代问题[24,28,29]。近 20 年来，指代消解受到了格外的关注，大多数计算模型和实现技术都是这一时期出现的。1997 年的 EACL 和 1999 年的 ACL 年会都设立了指代消解的专题会议，2001 年的 Computational Linguistics 学报还出了指代消解的专辑。但在汉语处理方面，指代问题的研究相对较少[30-33]。

指代一般分成两种情况[34]，回指和共指。所谓回指，是指当前的指示语与上文出现的词、短语或句子（句群）存在密切的语义关联性；共指则主要是指两个名词（包括代名词、名词短语）指向真实世界中的同一参照体。回指和共指的消解，所需的知识和消解步骤是基本一致的，但在处理上不完全相同：回指消解是要根据上下文判断指示语与先行语之间是否有关系，这种关系可以是上下位关系，部分整体关系和近义关系，当然，也包括等价关系。共指消解则主要考虑等价关系。

指代消解首先要构造先行语候选集，然后再从候选中作多选一选择。早期比较著名的方法有 1997 年的朴素 Hobbs 算法[35]和 1983 年前后提出的中心理论[36]。但是无论是朴素 Hobbs 算法，还是中心理论，主要都是作为理论模型提出的，在实际系统上很少直接使用。而现已实现的典型技术主要有基于句法的方法和基于语料库的方法。

基于句法的指代消解是较早采用的方法，这种方法试图充分利用句法层面的知识，并以启发式的方式运用到指代消解中[30,31,33,37-41]。比较典型的系统是1994 年由 Lappin & Leass 提出的 RAP 算法，该算法用于识别第三人称代词和具有反身特征与互指特征的先行语，算法主要使用了句法知识[33]。它先通过槽文法分析，再通过句法知识消解指代。Lappin & Leass 的算法，指代消解准确度达到了 86%。但他们事先通过人工方式对句子作过简化处理，同时，也只考虑了第三人称形式。1998 年 Mitkov 提出了一种"有限知识"的指代消解方法[39]。该方法只需要进行词性标注，再利用一些指示符计算先行语候选的突显性，再经过性、数的一致性检验后，选取较高值的先行语作为最后的先行语。测试结果表明，成功率为 89.7%。

另一种指代消解的方法是基于语料库的方法。随着语料库语言学的发展。基于语料库的指代消解方法也相继出现[25-27,40-42]，主要有统计方法，统计机器学习方法等。

Soon 等[43]采用该统计框架，选用决策树算法进行共指消解，在 MUC 评测结果首次超过了基于知识工程的共指消解方法，随后许多研究者均以此为基础进行了多方面的研究。Vincent Ng 等在这个框架下对训练实例抽取和链接算法进行了改进[44]，Strube 等[45]和 Yang[46]等提出了不同的两个实体提及匹配特征的表示方法，Florian 等选用了最大熵方法用于统计共指消解[47]。

汉语指代/共指消解研究起步较晚，研究主要集中在人称代词的消解，主流方法为基于句法语义结构分析的规则方法。王厚峰等利用句类基本知识根据人称代词及其先行语在语义块中可能的语义角色，并结合局部焦点法，给出了汉语人称代词消解的基本规则和优先性规则[48]。为了克服知识获取瓶颈问题，他又提出了一种弱化语言知识的鲁棒性人称代词消解方法[49]，仅仅用到了单复数特征、性别特征和语法角色特征，取得了满意效果。王晓斌提出了一种语篇表述理论为指导的汉语人称代词的指代消解方法[50]，在语篇表述结构的构造过程中实现了人称代词消解。此外，曹军[51]、张威[52]分别对汉语零指代消解和元指代消解进行了研究。郎君尝试采用决策树算法用于汉语名词短语共指消解[53]；孔祥勇采用了规则消解和统计因子消解相结合的策略，用于汉语共指消解[54]；Zhou 运用基于转换的自动学习方法，用于 ACE 中汉语实体提及之间的共指分析，取得了满意的效果[55]。

指代消解是一项重要的研究，同时也是一项非常困难的研究。到目前为止，还没有较好的全自动的指代消解技术和方法。而且目前指代消解研究主要依赖于基于句法语义结构分析的规则方法，不适合实现针对非受限大规模文本的信息抽取任务。因此，基于统计学习的实体指代消解方法有待深入研究。

（2）零指代消解。

1）零指代的定义：话语中提及了某个事物后，当再次论及这个事物的时候会采用各种方式来进行上下文的照应，这就是回指（anaphor）。当回指在语流上没有任何的形式体现时，就是零指代（zero anaphor）。像一般的共指一样，零指代也可以分为两种，一种是先行语出现在零指代之前，称为回指（anaphoric），另一种是先行语出现在零指代之后，称为后指（cataphoric）。

下面是零指代的几个例子。

① 中国从前的监狱，墙上大抵画着一只虎头，所以叫做"虎头牢"，狱门就建筑在虎口里，这是说，□1 一进去，□2 是很难再出来的。《释放四题》

② （廖医生在我腿上敷了草药，拿纱布缠了。又拿出两副中药，对母亲说："这种药，每天煎三次，两天后再来换药。"）母亲颤声问："廖医生，□多少

钱?"(《洁白的木槿花》)

③ 母亲高兴地答应了，□1 拿了篮子，□2 把木槿花全摘下来了。廖大夫拿秤一称□3，□4 竟有一斤。《洁白的木槿花》

其中带□的地方都是空形式，但却有语义内容。以汉语为母语的人能够很容易地确定：①中□1、□2 指称的是"犯人"，②中□指的是"诊治和拿药的费用"，③中□1、□2 指的是"母亲"，□3、□4 指的是"木槿花"。

说到零指代，人们往往会想到一连串相似的概念：省略、隐含、空语类，因为它们有共同的特点，在句子的表层结构中没有语音形式而有语义内容，但它们的所指各有不同。按沈阳[3]的解释，空语类包括三种类型：移位型、隐含型和省略型。所以它的外延最宽，涵盖了省略和隐含。隐含指的是句子中由于句法作用而出现的"空"形式，人们可以根据语言知识理解它的语义内容，但决不能在句子的表层形式中补出它，它是"真空"，因此，隐含是语言系统中的问题；省略与它不同，它是话语中由于语境作用而出现的"空"形式，人们往往要依赖句子以外的因素（语篇、情景等）才能将该空形式的语义内容找回，需要的话，它可以在句子的表层结构中补出来，它是"伪空"。省略离不开语境，因此它是言语中的问题。和零指代直接相关的是省略。

2）零指代的类型。

① 就零指代本身在句中的位置及职能可以分为两类：作主语的，作宾语的。其中主语占多数。零指代作主语的大约占93.4%，而作宾语仅占6.6%。

② 就零指代本身的属性可以分为两类：有生命的（即表人或动物的），无生命的。其中有生命的零指代占多数。据统计，有生命的零形代词大约占88.3%。无生命的零指代则占11.7%。

③ 就零指代的先行词的位置可以分为三类：先行词作主语的，作宾语的，做其他成分的。其中也是先行词作主语的占多数，大约占91.4%，先行词为宾语的次之，占5.3%，先行词为其他成分（如定语或状语的一部分等等）的最少，仅占3.2%。

④ 就零指代与先行词的距离可以分为三类：相邻的，隔句的，远距离的。其中相邻的包括一个先行词带有多个同指的零指代，但相应位置中间不被别的指称成分隔开的情况。如：

有一次父亲停下来，□1 转到我面前，□2 作出抱我的姿势，□3 又做个抛的动作，然后□4 捻手指表示在点钱，原来他要把我当豆腐卖喽！(《我和我的哑巴父亲》)

□1、□2、□3、□4 是处于主语位置的零指代，它们的先行词都是"父亲"，因为中间没有出现别的主语，所以都算是相邻的。远距离的是指零指代和先行词相隔两句或两句以上的。在这三种类型中，相邻的零指代占绝大多数，约占95%，隔句的和远距离的都不多，两者合起来才占5%。所以我们选取6个小句（当前句及其前三个小句、后两个小句，见侯敏等[56]）作为信息处理的句组长度。

3）零指代消解的相关工作。零指代的频繁使用，给汉语共指消解提出了一个挑战。虽然性、数等属性可以为普通的指代消解提供思路，但是由于零指代没有提供相关这些信息，同时识别零指代也是一个相当困难的工作。另外，即使识别出来零指代，但它有可能不是共指。所有这些使得汉语零指代消解极其困难。

零指代在语言学中曾经研究过[57]，但是计算语言学中只有一小部分工作涉及零指代的识别和消解[58-60]。Yeh and Chen 提出了一种基于中心理论的零指代消解方法[58,61]。这种方法是使用一系列的手工编写的规则来实现零指代的识别，同样在消解时，也是使用人工编写规则。Converse[59,61]假设零指代和标准的解析树给定情况下，使用 Hobbs 算法进行零指代消解。此系统不能自动识别零指代。作为指代消解的一个主要问题，对汉语零指代消解的研究并不是太多。而且以前大部分汉语零指代消解方法，在识别和消解过程中大多使用规则和启发式。文章［63］针对汉语零指代的特点，分析了零指代在语义结构中与其他语言成分的相互关系；并提出在这种关系的宏观控制下，利用谓词语义进行零指代消解的策略。Shanheng Zhao and Hwee Tou 提出了一种基于机器学习的识别和消解汉语零指代的方法[60]。他们自称，通过两组可计算的特征识别和消解过程都能自动进行，是至今为止完全使用机器学习的方法实现零指代消解的方法。

4）基于浅层分析与机器学习的汉语零指代消解。下面着重介绍本章使用的零指代消解方法。为了解释本文方法，先对文中使用的几个定义做一下解释。

话语片段（discourse segment）：根据零形代词所在句与先行词所在句之间的间隔不能太远，选取6个小句（当前句及其前三个小句、后两个小句，见参考文献［5］）作为信息处理的句组长度，这样的一个句组称之为一个话语片段（discourse segment）。

主动词：是指句子的核心动词。

逻辑论元：逻辑论元是指动词的逻辑配价中的配价成分，它相当于谓词逻辑中的论元（argument）。即动词动作所涉及的客体。比如看到一个动词"吃"，必然要问"吃"的主体是谁，"吃"的客体又是什么，此时"吃"的主体就称为施事论元，而"吃"的客体则为受事论元。

逻辑配价：所谓逻辑配价是指从逻辑语义的角度来考察动词的配价问题，也就是指动词的逻辑语义配价。它研究动词在逻辑语义层面所必须联系的语义论元，换句话说就是我们在理解一个句子的语义时必不可少的成分。在逻辑配价中不存在所谓的三价四价甚至六价七价动词，动词应该最多只能是二价，即自动词动作不涉及客体是一价，只有施事论元。其他动词动作涉及客体是二价，除了施事论元还有受事论元。这样处理会有以下四个方面的好处：首先突出了施事和受事的特殊地位。可以这么说典型的动作动词带典型原型的施事和受事；施事和受事的典型程度与动词的典型程度正相关。也正是从这个角度看，与其把论元划分得很细，不如根据动词动作性来划分动词，这样动词的类也就是论元（施事和受事）的类。其次，把动词的逻辑论元限制在施事和受事，便于确定动词的逻辑配价成分。我们只需考虑最简单的情况，即如果一个动词只带了一个论元，就表达了一个相对完整的命题，那么这个论元必定是施事。如果一个动词带了两个论元，才能表达一个相对完整的命题，那么这两个论元必定是施事和受事。再次，把动词的逻辑论元限制在施事和受事，可以简化动词逻辑配价的框架结构。便于操作，易于计算。最后，把动词的逻辑论元限制在施事和受事，既可以避免确定许多名词短语语义角色时的困难，又可以做到句法和语义的同构对应，使动词配价研究能够真正为自然语言理解服务。

下面来看基于浅层分析与机器学习的汉语零指代消解的具体步骤。

第一步，基于主动词识别，对话语片段进行层次分析。主动词是句子的核心，如何判断句子的核心动词，是正确分析句子结构和层次的重要步骤。但是，在汉语文本中，一个句子中有一个以上的动词很普通，而且汉语动词没有数、性、格和时态的变化，用语法来确定哪个是主动词非常困难。因此，本文采用基于动宾语义搭配的方法进行汉语主动词识别[64]。该方法将句子中的动词按其分布情况分成了三类。第一类是在介词框架外的右邻不为"的"的动词（WD）；第二类是在介词框架外的右邻为"的"的动词以及落选的左邻不为"的"的动词（W2）；第三类是在介词框架内的动词（WJ）。只有右邻不为"的"的动词可以是候选主动词。所以确定主动词有两个步骤：首先是对动词进行分类，将情况简化，然后根据规则确定出主动词。在进行动词自动分类以前，首先要将词（主要是名词）进行合并，达到同一语法块中相邻词的词性是互异的。两个名词是否能合并主要由结合关系语义场决定。在名词合并方面，主要考虑了以下几种常见语法形式的分析规则，见表 5-1。

表 5-1　名词合并规则

规则序号	规则描述
1	名词 + 和 + 名词（N + HE + N）
2	名词 + 以及 + 名词（N + 以及 + N）
3	名词 + 的 + 名词（N + DE + N）
4	名词 + 和 + 名词 + 的 + 名词（N + HE + N + DE + N）
5	名词 + 和 + 名词 + 和 + 名词 + 的（N + HE + N + HE + N + DE）

（续）

规则序号	规则描述
6	名词＋的＋名词＋和＋名词（N＋DE＋N＋HE＋N）
7	名词＋的＋名词＋和＋名词＋的（N＋DE＋N＋HE＋N＋DE）
8	动词＋名词＋的＋名词（V＋N＋DE＋N）
9	动词＋名词＋名词（V＋N＋N）
10	动词＋的＋名词＋名词（V＋DE＋N＋N）
11	名词＋名词（N＋N）
12	介词＋名词＋名词（P＋N＋N）
13	介词＋名词＋的＋名词（P＋N＋DE＋N）
14	介词＋动词＋的＋名词＋名词（P＋V＋DE＋N＋N）
15	介词＋动词＋名词＋名词（P＋V＋N＋N）

名词合并完成之后，进行基于规则的动词自动分类，实现流程如下（自左向右扫描 I→待定动词指针 K＝I）：

序号		
		V－RESET.
1		IF 句尾，结束
2		IF 当前词为介词→记录介词框架左边指针 PFLG，返回 V－RESET
3		IF 当前词为搭配词→取消框架右边指针，置 PFLG＝0，返回 V－RESET
		注：介词框架外的动词的处理（包括没有左边界的 PP）
4		IF 右邻不为 DE，同时右右邻也不为 DE，查右侧有无 PT→执行 PT1－R 模块
5		IF 右邻为 DE 或（右为 TA，同时右右邻为 DE），查右侧有无 PT→执行 PT－R 模块
	5a	IF FLG 标记为 1，同时当前词为 PT，待定动词取 WJ，置介词框架为真→PFLG＝I，ELSE
	5b	IF 待定动词为"上"字类，执行 V－SX－RESET，返回 V－RESET，ELSE
	5c	待定动词取 W2，返回 V－RESET
		注：介词框架内的动词的处理（确定 P＋N＋V＋N 中的动词类）
		FLG＝1 表示有 PT 或 N＋N 结构
		FLG＝2 表示句尾为形容词
6		IF 左邻为介词或左侧有介词嵌套结构，取 WJ，返回 V－RESET
7		IF 左侧为"把"类介词
	7a	IF 右邻为 DE，取 WJ，置 FLG，PFLG＝0；返回 V－RESET，ELSE
	7b	查待定动词与左邻名词的主谓关系，IF 成功→取 WJ，置 FLG，PFLG＝0，返回 V－RESET，ELSE
	7c	失败→取 WD，置 FLG，PFLG＝0，返回 V－RESET
8		查右侧有无 PT→执行 PT－R 模块
9		IF FLG＝1，取 WJ，返回 V－RESET

10		IF FLG = 2，IF 左侧介词为"对"或"用"字类，IF 形容词的左邻为名词
	10a	取 W2，返回 V – RESET，ELSE
	10b	取 WD，返回 V – RESET，ELSE
	10c	取 WJ，返回 V – RESET
11		IF 左邻为名词，左左邻为介词，查待定动词与左邻名词的主谓关系
	11a	IF 成功→取 WJ，置 PFLG = 0，返回 V – RESET. ELSE
	11b	IF 待定动词为"上"字类，执行 V – SX – RESET，返回 V – RESET.
12		IF 右邻为 DE 或右邻为 DE，取 W2，置 FLG，PFLG = 0，返回 V – RESET. ELSE
	12a	取 WD，置 FLG，PFLG = 0，返回 V – RESET. ELSE
		V – END – RESET
		PT – R
		K 指针加 1
15		IF 句尾表示右侧无 PT 或 N + N 结构，结束。
16		IF 当前词尾动词，结束。
17		IF 当前词为 PT，置 FLG = 1，结束
18		IF 当前词为名词，右邻也为名词，置 FLG = 1，结束
19		IF 句尾为 AJ，置 FLG = 2，结束。
		PT = END – R
		PT1 – R
20		IF 句尾
		IF 句尾不为形容词且右邻不为 DE
	20a	取 WD，结束，ELSE
	20b	取 W2，结束
21		IF 当前词为动词，其右邻不为 DE 或介词，取 WD，结束。
22		IF 当前词为搭配词，取 WJ，置 PFLG = K，结束。
		返回 PT1 – R
		PT1 – END – R
		V – SX – RESET
23		IF 右邻为 DE，右右邻为名词且为句尾，取 WD，置右邻 DE 为 TA，结束
24		IF 右邻为 DE 或（右邻为 DE 且右右邻为名词），取 W2，置 FLG，PFLG = 0，结束
25		取 WD，置 FLG，PFLG = 0，结束
		V – SX – END – RESET

　　在名词分类之后，对每个话语片断进行主动词的识别。首先，按照动词分类的规则进行主动词候选过滤，过滤得到的动词集合作为主动词候选集合。然后根据主动词识别规则进行识别。主动词识别规则见表 5-2：

　　在得到主动词之后，可以对每个华语片断进行层次分析。因为一个片断一般是由一系列小句组成，小句和小句之间一般为承接或者并列关系，一般不共享主动词，所以，主动词识别主要针对小句进行，然后再通过小句之间关系，得到长句的主动词及层次结构。当然也存在特殊情况。

表 5-2　主动词识别规则

小句中有两个候补主动词的情况（P1，P2 代表主动词候选）

规则序号	规则描述
1	IFP1 为不可带从句的动词，P1 取 W2，P1 取 WD；
2	IFP1 为"是"，P2 为"有"，P1 取 WD，P2 取 W2；
3	IFP1 为"有"，P2 为"是"，P2 取 WD，P1 取 W2；
4	IFP1 右邻为 TA 或其作临为 MA，P1 取 WD，P2 取 W2；
5	IFP2 右邻为 TA 或其作临为 MA，P1 取 WD，P2 取 W2；
6	IFP1 为"是"或可带从句的动词，P1 取 WD，P2 取 W2；否则 P2 取 WD，P1 取 W2
7	IFP1 为可带从句的动词且对宾语无选择，P1 取 WD，P2 取 W2
8	查 P2 与宾语名词的搭配关系，成功，P2 取 WD，P1 取 W2；失败，P1 取 WD，P2 取 W2

小句中有三个候补主动词的情况（P1，P2，P3 代表主动词候选，AA 为标志位）

规则序号	规则描述
9	如果 P1 为不可带从句的动词，P1 取 W2，置 AA 为 1；IFP2 为不可带从句的动词，P2 取 W2，置 AA = AA + 1. IFAA = 1，按两个候补主动词处理；如果 AA = 2，P1P2 取 W2，P3 取 WD
10	IFP1 为可带从句的动词且对宾语无选择，P1 取 WD，P2P3 取 W2
11	IFP2 为可带从句的动词且对宾语无选择，P2 取 WD，P1P3 取 W2
12	查 P1 与宾语名词的搭配关系，IF 失败，P1 取 W2，AA = 1；查 P2 与宾语名词的搭配关系，IF 失败，P2 取 W2，AA = AA + 1；查 P3 与宾语名词的搭配关系，IF 失败，P3 取 W2，AA = AA + 1；如果 AA = 1，按两个候补动词处理；如果 AA = 2，取三个候补动词中没有被置成 W2 的动词是主动词

例如："老妇人见［阿弟瞪着细眼凝想，同时搔着头皮］，知道有下文……"

一般情况下表示动作 + 感知的动词（如看见、发现、听见等）的管辖区域可以是跨小句的，分析层次时应该单独处理。从动词与后续小句的语义关联可以确定它们的层次关系，比如当动词是表示动作 + 感知的动词，如果后续小句描写心理动作或有"于是"、"不禁"、"忍不住"等词承接上句，则很可能是感知动作主体作出的反应，因此该小句不属于前句动词的管辖，而是与其层次相同；当后续小句的动词也是表示动作 + 感知的动词，则该小句也不属于前面动词的管辖，而是与其所在的句子并列；其他情况，尤其是描写事物性状的小句，属于前面动词的管辖的倾向性很大。本文中对这种情况下通过考察动词的辖区内的小句的结构是否一致，作为判断主动词的一个依据。

因为一个片断一般是由一系列小句组成，小句和小句之间一般为承接或者并列关系，一般不共享主动词，所以，主动词识别主要针对小句进行，然后再通过小句之间关系，得到长句的主动词及层次结构。

例如："老妇人见阿弟瞪着细眼凝想，同时搔着头皮，知道有下文……"

分析第一个小句，有三个候选主动词"见""瞪着""凝想"，根据主动词识别规则，"见"可以带从句，而瞪着和凝想都不可以，我们取"见"为主动词，且"见"后面组成主谓结构，为其从句，从层次关系上从句属于"见"的子层。主句的结构可以表示为 N + WD + OP（OP 代表宾语部分）。分析完主句之后分析从句的结构，阿弟瞪着细眼凝想，"瞪着细眼"合并之后作为状语成分，从句表示为 N + AC + WD（AC 代表状语部分）。

分析第二个小句，只有一个候选词"搔"，取作主动词，但是，此句的结构不同于前句的主句，但与子句相似，所以与子句处于同一层次，属于"见"的宾语部分。结构分析为 PT + V + N（PT 为时助词）。

分析第三个小句，有两个候选主动词"知道"和"有"，根据主动词识别规则，"知道"可以带从句，而"有"不可以，我们取"知道"为主动词，且"知道"后面为谓宾结构，可以看作为它从句，从层次关系上从句属于"知道"的子层。主句结构为（V + OP），从句结构为（V + N）。

根据上面的分析我们得到整个句子的层次结构如下（见图 5-4）：

［老妇人见］¹ ［阿弟瞪着细眼凝想，同时搔着头皮，］² ［知道］¹ ［有下文……］²

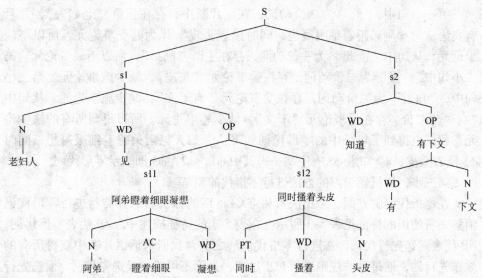

图 5-4　话语片段层次分析结果示例

第二步，基于动词逻辑配价及逻辑论元识别的零指代识别。这里所谓提取逻辑论元指的是两个方面，一方面是该动词能否带受事论元，另一方面是该动词能带什么样的受事论元和施事论元。

首先判断动词的逻辑配价。现在研究动词配价的机构很多，例如北大的基于配价的汉语语义词典。但是现在还没有公开发表的配价词典。所以此处我们配价是通过《现代汉语词典》中对动词释义和应用举例来判断动词的价。同时，我们认为存在受事论元的动词一般是有实事论元的，所以只考虑动词是否能带受事论元，如果可以那么我们就把动词定义为二价动词。

比如，安排—有条理、分先后地处理（事物）、安置（人员）～工作、～生活、～他当统计员。

安排这个词可以带有受事论元，定义其价为2。

论元识别：经过前面提到的名次合并，基本上所有的小句都成为一个简单句，使得论元的识别变得非常容易。

规则1：如果动词前为名词（包括合并后的名词短语）或者代词，则把此词作为动词的施事论元；

规则2：如果动词后为名词（包括合并后的名词短语）或者代词，则把此词作为动词的受事论元；

根据上面的分析，零指代识别可以看作是动词的逻辑论元识别。给每个必须带论元的动词找到相应的实事和受事论元，如果默认，则认为此处为零指代。

仍以上例中句子为例，分析过程如下：

第一小句中，"见"为二价动词，在此片断中，存在主语"老妇人"，并且有宾语从句"阿弟瞪着细眼凝想，同时搔着头皮"作为其受事论元，所以不缺少论元，从句中"凝想"为一价动词，存在主语"阿弟"，所以不缺少论元。第二小句中，"搔"为二价动词，存在受事论元"头皮"，缺少施事论元。第三小句中，"知道"为二价动词，存在受事论元"有下文"，缺少施事论元。从句中"有"为二价，存在受事论元"下文"，缺少施事论元。所以得到所有的缺少论元。我们也得到了句子中的零形代词如下：老妇人见阿弟瞪着细眼凝想，同时ϕ_1搔着头皮，ϕ_2知道ϕ_3有下文……其中ϕ_1，ϕ_2，ϕ_3即表示零形代词。

第三步，用机器学习的方法进行零指代的消解。

在零指代消解方面，采用决策树（C4.5）的方法训练分类器进行零形代词消解。所使用的特征见表5-3所示。在表5-3的特征描述中，ZP代表零形代词，NP代表候选先行代词。在进行零指代消解之前，我们从话语片断中获得所有的候选先行词，通过过滤规则进行初步过滤，去除不可能的候选先行词。候选先行词的过滤规则如下：

① ZP和NP在句子中处于并列的位置，它们之间不存在共指关系。

例如：[公司][1] 决定ϕ_1和 [清华大学][2] 一起在多媒体应用技术领域ϕ_2展

开多方面合作。

在这个句子中，短语 2 和 ZPφ1 处于并列的位置，因而它们之间不存在共指关系。

② P 的出现位置在 N 首次出现的位置之前。

公司开会决定将 50% 的股份转让给 ST 中川。

[公司]¹ 开会决定 φ1 将 50% 的股份转让给 [ST 中川]²。

在这个句子中，ZPφ1 的出现位置在 NP2 首次出现位置之前，因而它们之间不存在共指关系。

经过简单的先行词过滤之后，我们得到了每个零形代词的比较合理的候选代词集合。我们用机器学习的方法判断每个候选先行词与零形代词之间的关系，把每个 NP 候选和 ZP 看作一个候选对，通过分类器，判断他们之间存在共指关系，如果存在则把 NP 看作 ZP 的先行词，如果不存在，则把后面的 NP 与 ZP 看作候选对，直至找到一个 ZP 的先行词，或者没有 NP 候选存在时停止。零指代消解系统具体特征定义见表 5-3：

表 5-3　汉语零指代消解特征定义

序号	特征	特征描述	特征定义
1	ZP_Position	零形代词所在的小句在话语片段中的位置	0~5（前面我们定义六个小句为一个片段）
2	P_Position	候选指代词所在的小句在话语片段中的位置	0~5（前面我们定义六个小句为一个片段）
3	ZP_P distance	零指代和候选指代词所在小句之间跨小句数	0~4
4	ZP_s_clause	ZP 所在的小句是否为复合句	如果 ZP 所在小句为复合句取"1"否则取"0"
5	P_s_clause	P 所在的小句是否为复合句	如果 P 所在小句为复合句取"1"否则取"0"
6	Same_Frame	两句中动词配价框架相同	相同为"1"，不相同为"-1"，无法判断为"0"
7	ZP_Sex	零指代的性别	男性为"Male"，女性为"Female"，无法判断为"null"
8	P_Sex	候选指代词的性别	男性为"Male"，女性为"Female"，无法判断为"null"
9	Same_Sex	性别一致	零指代和候选指代词的性别，一致为"1"，不一致为"-1"，无法判断为"0"

（续）

序号	特征	特征描述	特征定义
10	ZP_Role	零指代的角色	零指代的角色，施事为"1"，受事为"-1"，无法判断为"0"
11	P_Role	候选指代词的角色	候选指代词的角色，施事为"1"，受事为"-1"，无法判断为"0"
12	Same_Role	角色一致	零指代和候选指代词的角色一致为"1"，不一致为"-1"，无法判断为"0"
13	ZP_S_PL	零指代的单复数	单数为"Single"，复数为"Plus"，无法判断为"null"
14	P_S_PL	候选指代词的单复数	单数为"Single"，复数为"Plus"，无法判断为"null"
15	Same_S_PL	单复数一致	零指代和候选指代词的单复数一致为"1"，不一致为"-1"，无法判断为"0"

（3）其他指代消解。对于其他类型的指代词，利用一种简单的基于规则的方法进行了指代消解[65]。其使用的规则主要包括过滤集合和优选集合两个部分。前者将不存在共指关系的指代词 P 和指代实体 N 组成的"$P-N$"对过滤掉，后者对可能存在共指关系的"$P-N$"对进行打分。具体规则见表 5-4。

表 5-4　指代消解规则

过滤规则	
规则序号	规则描述
1	P 和 N 在句子中处于并列位置
2	P 的出现位置在 N 的首次出现位置之前
3	P 和 N 同时出现在一个小句中

优选规则	
规则序号	规则描述
1	若 $N1$ 出现频率高于 $N2$，则 $P-N1$ 得分高于 $P-N2$
2	若 $N1$ 和 P 的距离小于 $N2$ 和 P 的距离，则 $P-N1$ 得分高于 $P-N2$
3	当出现"宣布""说"等动词时，该动词的主语 N 往往是本句中 P 的指代实体
4	当 P 和 N 都在句中做主语或宾语时，共指的可能性更大

利用上述规则进行过滤打分之后，使用一个消解度公式计算每个 $P-N$ 对的消解度，

$$S(P,N) = \sum_i \lambda_{i1} Rp_i(P,N) \times \prod_j Rf_j(P,N) \qquad (5\text{-}3)$$

在式（5-3）中，P 代表代词；N 代表实体（先行词）；Rf 表示过滤规则；Rp 表示优选规则；λ 表示第 i 条优选规则的权值；S 表示该 $P-N$ 对的消解度。Rf 值为 0 或 1，即表示该共指关系是否应该被过滤掉。S 值越大说明 $P-N$ 对越有可能存在共指关系。

（4）语篇划分。话语片断的划分，决定了文本自然语言处理过程的准确性。在划分之前，对话语片断都要给定一个合适的量，它既要保证语言分析需要的足够信息，又要适合计算机的操作及存储空间的开销。通过分析，本文提出了基于语义完整性划分语篇的方法：因为一个语义完整的话语片断必然存在主动词及其必要论元，所以最初以每个小句为单位进行分析，如果小句中存在主动词和相应的论元，则把此小句作为一个单独的话语片断进行后续处理，如果此小句中缺少任何元素，那么考虑加入其后紧邻的小句，并进行同样的主动词及相应论元的分析，直到这个处理句组中存在主动词及必要论元为止，然后把这个句组当作一个话语片断进行后续处理。

（5）关系抽取。对于每个话语片断，进行主动词及其逻辑论元识别，方法与零指代消解中相同。在识别主动词及其论元之后，即完成了对这个话语片断中存在的关系的判断，接下来主要是看这些关系涉及的是否为命名实体，这主要是看主动词的论元是否都为命名实体或者都包含命名实体的成分，如果是，则在关系图中把二者进行有向连接，箭头由施事论元指向受事论元，同时把该主动词作为此关系的描述标注于连线的上方。整篇文档中所有的话语片断分析完成之后进行合并去重，即生成整篇文档中所有实体间的有向关系网络。下面举例说明：对于一篇新闻文档，新闻内容如下：

> 题目：穆巴拉克称允许加沙居民进入埃及购买必需品。
>
> 内容：2008 年 1 月 23 日，上万巴勒斯坦民众通过被毁的边境墙涌入埃及境内。
>
> * 以色列称埃及应负责解决加沙地带边境民众骚乱
>
> * 巴勒斯坦民众涌入埃及抢购生活用品
>
> * 联合国安理会召开紧急会议讨论加沙局势
>
> 据法新社报道，埃及总统穆巴拉克今日称，他允许巴勒斯坦人离开加沙，前往埃及境内寻找生活必需品，前提是他们不得携带武器。
>
> 穆巴拉克对开罗媒体说："我告诉安全部队对前往我国境内的加沙居民予以放行，并允许他们返回加沙，只要他们不携带武器或其他非法物品。"

我们进行社会网络分析得到的关系图如图5-5所示。

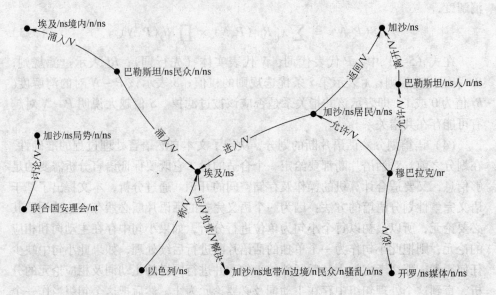

图5-5 对举例中新闻文档分析得到的社会网络关系图

5.4 社会网络分析方法

5.4.1 研究方向

从切入的角度不同,我们认为社会网络分析可以分为以下三个研究方向:可视化技术、链接挖掘和社会应用。以下分别就这三个研究方向进行介绍[66]。

1. 可视化技术

可视化技术研究各种信息的可视化问题,复杂网络的结构非常复杂,如果仅用数据表格或文字来表示网络,理解上非常困难,从而导致网络所包含的信息无从体现。将其直观地表现出来的最好方法是进行可视化,同时,这种可视化还可以帮助挖掘网络内部的有用信息。复杂网络可视化研究中受关注程度最多的一个问题是可视化算法,包括布点算法和可视化压缩算法,其中布点算法以 P. Eades 所提出的力导引算法最为重要,而可视化压缩算法则使得可视化技术用于复杂网络成为可能。

2. 链接挖掘

传统的数据挖掘处理的对象是单独的数据实例,而在社会中,人与人不是简单的独立点,他们之间必然存在着各种联系。一个社会网络由很多节点和连接这些节点的链接所组成。节点往往表示了个人或团体，而链接则表示了他们之间存在的各种关系。与传统的数据挖掘只关注数据实例不同，社会网络分析对链接同样关注。链接挖掘包括了很广泛的内容，基于链接的节点排序、基于链接的节点分类、节点聚类、链接预测、子图发现、图分类、图的产生式模型等。

3. 社会应用

从社会应用方面而言，社会网络能够帮助组织获取非结构化的默认知识（tacit knowledge），因而，挑战变成了如何从其他的一些内容中提取有意义的、能够重用的知识，比如博客、在线社区和维基。这些社会软件使得用户更容易获得功效，同时提供更多适合的东西给用户，进而节省了时间。就企业社会软件的功能性而言，用于企业的社会软件的良好运作必须遵循以下功能：

搜索：允许用户搜索其他用户或内容；

连接：分组相似的用户或内容在一起；

创作：包括博客和维基；

标签：允许用户标签内容；

扩展：用户推荐或基于用户特性的内容推荐；

信号：允许人们通过 RSS 订阅跟踪用户或内容。

5.4.2 社会网络分析具体研究方法

从 20 世纪 60 年代至今，基于对以往的人际方法研究弊端的思考，一些研究者借助于快速发展的计算机技术，采用社会网络分析法研究人际关系。从不同的学术背景出发，社会网络研究沿着两个不同特色的研究取向平行发展，目前这两种分析方法都得到了广泛的应用。

1. 整体网络分析方法

此方法关注的焦点是整体网络即一个社会体系中角色关系的综合结构或群体中不同角色的关系结构。该方向继承社会计量学的研究传统，代表人物是林顿·弗里曼。目前的研究集中于小群体内部关系研究，探讨网络结构随时间变迁和网络中成员的直接或间接的联系方式。主要概念有桥梁（bridges）、紧密性、结合体。

从数据收集上来看，整体网络分析方法主要使用提名选择法、参数选择法与循环选择法等各种选择方法，采用你最愿意让谁跟你一块过生日之类的或者最好朋友提名问题。从数据整理上来看，整体网络分析主要采用社会矩阵方法与社会图示法，社会矩阵是一个 $N \times N$ 的 （0，1） 矩阵。N 代表群体的人数，横行代表选择者，纵行代表被选择者，在选择者与被选择者交叉的地方标出选择结果，最后就可以得到该群体的整体网络矩阵。社群图示法则在一张图上标出所有的群体成员，然后使用箭头表示群体成员的相互选择情况，最为研究者所熟知的即为由同心圆组成的箭靶图。从数据分析上来看，主要采用矩阵解析、社群图分析方法以及使用有关指数，如声望指数、中心指数加以标示。具体而言，矩阵解析方法将 $N \times N$ 社群矩阵作为初级矩阵予以分析，平方之后的矩阵则代表群体成员之间的二级关系，立方之后则代表二级关系，以此类推。社群图分析方法，则较为广大社会心理学者熟悉，即通过解剖社群图的基本结构，掌握群体中的社会网络分布情况，区分网络中不同地位的角色，如明星，联络人，孤立者等。声望指数的计算则包括相对声望指数与内部声望指数两种，指的是行为主体在关系中被选择为客体的比重或者在整体网络中的绝对人数。中心指数则通过计算行为主体介入的关系占据网络中所有关系的比重来获得。从数据处理采用的软件来看，整体网络分析主要采用独特设计的社会网络分析软件与社会测量软件。

2. 自我中心网络分析

研究集中于个体间的自我中心网络，从个体的角度来界定社会网。该方法是沿着英国人类学家的传统发展的，它所关心的问题是个体行为如何受到其人际网络的影响。这个领域的著名代表性人物是马克·格拉诺维特、哈里森、怀特和林南等。核心概念则主要是网络的范围、密度、强弱联系等。

从数据收集与数据整理上来看，根据荷兰学者范德普尔的总结，自我中心网络分析主要有以下几种方法：互动方法、角色关系和情感方法以及社会交换法。情感方法要求被试者指出与其关系最为密切的人，如最好朋友提问法或者十项提名法。这种方法的缺点在于不同的人的评价标准可能不一致。社会交换法以社会交换理论作为基础，认为拥有报偿性互动资源的人在影响被试的态度和行为的时候相当重要。这种方法目前得到了普遍运用，并且被证明在不同文化背景之中也是适用的。它的优势在于考察的是现实存在的关系，并且由于报偿性互动是相当特殊的，因此保证了所有被试者按照同一标准来回答问题。从数据分析与使用的软件来看，自我中心网络分析主要是运用 SPSS、SAS 或者 Stata 等大型统计软件中的线性相关分析、协方差分析等模块来探索影响自我中心网络特征的因素。

以上简要的介绍了几种常见的研究人际关系的方法及其研究成果。几种方法各有优势与不足，互相之间呈现相互弥补的关系。因此，为了能够较准确、全面地把握人际关系的实际情况，也有不少研究者采用了综合手段。

5.5 社会网络分析在信息安全方面的应用

5.5.1 基于社会网络的人名检索结果重名消解

利用搜索引擎检索人物信息是互联网用户的主要活动之一。然而现实世界中，多个人物共享一个人名是很普遍的现象。这导致搜索引擎对某一特定人名的检索结果往往是共享这一人名的不同人物相关网页的混合。例如，百度检索"王刚"返回的前 10 个结果中就有"国家著名演员"、"中央政治局委员"、"西北工业大学副教授"、"山东黄金篮球队队员"、"建筑师"、"中国作家协会会员"等 6 位不同的人物。重名消解就是根据上下文或篇章信息来区分同一人名表示的不同人物的过程。

虽然现在有些系统能对检索结果进行聚类处理，例如 iBoogied、SnakeT、Vivisimo、Apex 搜索、Bbmao 等，但它们都把人名当成普通词汇进行处理，聚类结果的标签也是这个人名相关的一些词汇，没有对人名的重名结果进行区分。现在尚未完全公开的 Spoek 系统检索人名时能够找出重名的不同人物，但这个系统不是针对搜索引擎检索结果进行处理，而是通过不同途径抓取并索引了超过 1 亿人的相关资料，在检索时根据同名人物的个人信息来实现重名消解。同时，这个系统只能检索英文人名，不支持中文人名。

人名检索结果的重名消解，可以采用类似于自然语言处理中词义消歧的方法，利用人名的上下文信息来实现。常见的方法将人名检索结果对应的 Snippet 或者网页内容采用向量空间模型表示，或者抽取上下文中的关键性短语，然后采用计算向量相似度的方法来实现最终的检索结果聚类。更为深入的方法是在网页中抽取人物的相关信息，例如性别、民族、籍贯、出生年月、家庭关系、住址、职务等，然后在人物属性集上计算人物的相似度，从而实现人物同一性判别。

对于检索结果的重名消解，基于文本聚类的方法考虑了很多无用词汇，而且需要人工设定阈值或者类别数量；基于信息抽取的人物相关属性相似度的方法对于人物信息的抽取具有很大的依赖性，各种属性在抽取时的错误容易导致错误级联。针对这些问题，提出了基于社会网络的人名检索结果重名消解方法。主要依据是"物以类聚，人以群分"，即重名的不同人物所属的社会网络具有区分性。例如演艺圈的"王刚"和政界的"王刚"在社会网络上是明显不同的。本文利用检索结果背后潜在的社会网络关系来解决检索结果重名问题。与参考文献[5] 和 [6] 不同的是，本方法针对中文人名进行处理，并采用了不同的社会网络构建方法，而且结合谱分割和模块度的方法能自动确定最优的类别数量。

整个系统处理流程主要分为三步：

（1）社会关系获取。在检索结果中抽取全部人名来构建同一人名的初始社会网络，并对其中各个子图进行拓展，使得有所关联的离散的社会网络连接起来。

（2）社会网络聚类。在拓展后的社会网络图上采用图分割的算法来实现自顶向下的图聚类算法，结合模块度的评价指标自动得到局部社会圈子。

（3）社会网络映射。将形成的各个局部社会圈子映射回到最早检索人名的 Snippet 上，从而实现检索结果的重名消解。系统框架如图 5-6 所示。

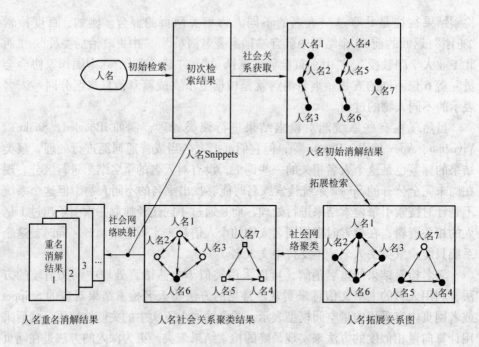

图 5-6　重名消解系统框架图

5.5.2　社团挖掘和话题监控的互动模型研究

社团的概念来源于社会网络。通常，社会网络被认为是一种典型的复杂网络，它由社会实体（比如人、机构等）和实体之间的关系组成。社团挖掘（Community Mining，CM）旨在发现社会网络中在某些方面具有相似特点（如有共同的兴趣、话题）的实体组成的相对独立和封闭的团体（即社团）。话题监控，又称话题识别与跟踪，目前的研究也只局限在文本内容变化的识别上，除了在网络新闻上小范围的应用外，还未在海量数据（如整个社会网络）中应用。

互联网是当代社会网络最有特色的载体，它大大加深了社团的复杂性、隐蔽性和动态性，对已有的社团挖掘技术提出了新的挑战；同时，话题的产生和散布有了更强大的载体，这对已有的话题监控技术也提出了新的挑战。目前社团挖掘和话题监控的研究基本是各自独立进行的。本节内容充分考虑了社团和话题两者之间的密切关系，比如具有类似模型、互为对方特征、互为对方因果，以及社团为话题传播的载体等，提出了新的社团挖掘和话题监控的互动模型，使这两种技术更适于在互联网环境下的应用[18]。

1. 研究现状和相关工作

社会网络和社团挖掘的研究一般都采用图作为它们的数学模型。社团是社会网络中满足一定条件（称为社团条件）的一部分，可以用社会网络的子图来表示社团。社团挖掘的任务就是发现社会网络大图中满足社团条件的子图。因此，社团挖掘问题可以归结为子图挖掘以及搜索问题。目前的社团挖掘算法可以归纳为三大类：

（1）基于链接分析的算法，以 HITS 算法为代表；

（2）基于图论的方法，以最大流算法为代表；

（3）基于聚类的方法，以 GN 算法为代表。

话题识别与跟踪同前使用最普遍的算法步骤大致如下：

以输入一个新闻报道序列 d_1，d_2，…为例，

（1）首先进行初始化，将第一个报道 d_1，归为话题 t_1；

（2）假设算法已经处理完前面 $i-1$ 个报道，并且已经发现了 k 个话题，记为 t_1，t_2，…，t_k，那么处理第 i 个报道 d_i 的方法如下：

1）计算报道 d_i 与每个话题的相似度，比如用 $\mathrm{sim}(d_i, t_j)$ 表示报道 d_i 与话题 t_j（$j=1$，2，…，$i-1$）的相似度。

2）将计算出来的相似度 $\mathrm{sim}(d_i, t_j)$ 分别与预先设定的两个阈值 TH_l 和 TH_h 做比较：

① 若 $\mathrm{sim}(d_i, t_j) < TH_l$，则报道 d_i 与话题 t_j 不相关；

② 若 $\mathrm{sim}(d_i, t_j) \geqslant TH_h$，则报道 d_i 与话题 t_j 相关，将 d_i 归为 t_j；

③ 若 $TH_l \leqslant \mathrm{sim}(d_i, t_j) < TH_h$，则报道 d_i 与话题 t_j 之间的关系不能确定。

（3）反复采用上面的方法，直到处理完所有报道。

目前的各种 TDT 算法大体是上述算法的变体，主要研究不同之处集中在话题的定义、向量空间模型以及数据类型等方面。另外，还有少数研究者引入支持向量机、最大熵、核回归等其他机器学习方法，但都没有取得显著的效果。

严格说来，目前还没有明确提出将两者结合起来的相关工作，不过出现了少量初浅的研究，简述如下：参考文献 [13] 的研究内容是，在不同时期采用相同的主题进行社团挖掘，然后对比挖掘结果，新结果中的新内容就视为那个时期的一个话题。参考文献 [14] 运用社群图和矩阵法对网络社会群体进行了分析，概括出 BBS 社团的基本特征，并对社团中成员地位的形成、意见领袖的特点和群体内部人际交往的特征进行了探讨。

2. 社团挖掘和话题监控结合的基本思想

不同于已有的研究，本文认为社团和话题之间具有密切的关系，比如：

（1）具有类似模型。一个社团是多个相似实体凝聚的结果，一个话题是多个相似议论（网络文档）汇集的中心思想，因此两者都与采用相似性比较、关联性推理和聚类算法的模型相关。

（2）互为对方特征。一方面，特定社团往往具有特定的、代表性的话题；另一方面，有了共同话题的社会人员会形成新的社团。一个社团可以被一组特定

话题完全定义，一个话题也可以被一组特定社团清楚刻画。

（3）互为对方因果。一方面，话题演变会导致社团的聚散和兴衰，往往是社团变化的原因，社团变化是话题演变的表象；另一方面，社团变化导致新话题的出现和旧话题的消亡，是话题演变的助推力。

（4）社团为话题的载体。话题的流通、传播是基于社团进行的，并具有一定的规律。比如往往先在某个社团内部传播，导致内部激荡，达到一定程度，扩展到邻近社团；然后进入新的循环，在该邻近社团内部内传播，再进入新的社团。

因此，社团挖掘和话题监控可以结合在一起研究，社团和话题可以相互定义。

社团是具有共同话题的社会实体组成的集合。即无论一些社会实体之间存在多么密切的外在联系，如果没有共同的话题，都认为没有组成社团。话题是在一个（或多个）社团中流行的内容，而不是流行在网页或新闻报道中的内容。即如果这些网页或报道没有形成社团，那么无论某个内容在它们之中如何流行，都认为没有形成话题。社团和话题都是动态的生命体，都有从诞生到发展到消亡的完整生命过程。因此，类似话题的发现和跟踪，社团挖掘中还包括社团跟踪的研究；其次，社团和话题的动态演变是相互影响、相互交织的。

从本质上讲，话题和社团都是聚类的结果，可以设计出发现它们的通用模型。此外，两者随时间变化的演变模型也非常相似，图5-7所示为以话题为例的示意图。

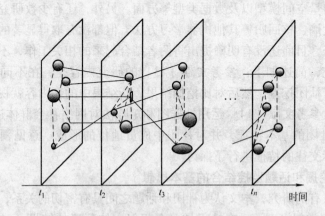

图 5-7　话题和社团的通用演变模型

如图 5-7 所示，在一个互联网社区中，每个时刻都存在许多话题（或社团），随着时间变化，话题（或社团）也可能变化。图中每个圆点表示一个话题（或社团），每条虚线表示横向关系，每条实线表示纵向关系。

3. 社团挖掘和话题监控的互动模型

最初，互联网上有许多个体，同时有许多言论；然后逐渐地个体之间有了关系，形成了社团，同时言论之间有了共同点，形成了话题。在该过程中，社团和话题是相互影响的，静态互动模型可以形式化地刻画在某个时刻发生的此过程。图 5-8 所示为这些概念和相互关系。

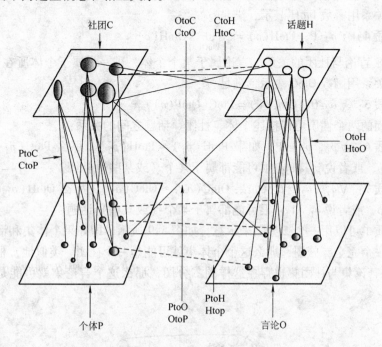

图 5-8　各概念和函数的示意图

下面是对其中记号的一些解释：

（1）个体在互联网上发帖产生言论，该过程用函数 PtoO（Person to Opinion）表示，满足：

性质 1：$\forall p_1$，p_2，如果 $p_1 \neq p_2$，那么 $\mathrm{PtoO}(p_1) \neq \mathrm{PtoO}(p_2)$。

（2）言论聚集产生话题，该过程用函数 cluso 表示，即 H = cluso（O）。每个言论都属于一个或多个话题，该映射关系用函数 OtoH（Opinion to Huati）表示。每个话题包含一个或多个言论，用函数 HtoO（Huati to Opinion）表示。满足：

性质 2：$|O| \gg |H|$。

（3）个体聚集产生社团，该过程用函数 clusp 表示，即 C = clusp（P）。每个个体都属于一个或多个社团，这个映射关系用函数 PtoC（Person to Community）表示。每个社团包含一个或多个言论，用函数 CtoP（Community to Person）表示。满足：

性质 3：$|P| \gg |C|$。

（4）每个社团都有感兴趣的话题，用函数 CtoH（Community to Huati）表示；反之，每个话题可能有多个社团感兴趣，用函数 HtoC（Huati to Community）表示。

另外存在一些间接关系：

（1）个体与话题的关系，个体先产生言论，然后这些言论属于某些话题。该映射关系用函数 PtoH 表示，满足：

性质 4：$\forall p \in P$，$PtoH(p) = \bigcup\limits_{o \in PtoO(p)} OtoH(o)$。

（2）言论与社团的关系，言论属于某个个体，进一步属于个体所在的社团。该映射关系用函数 OtoC 表示，满足：

性质 5：$\forall o \in O$，$OtoC(o) = PtoC(OtoP(o))$。

下面的两个性质可以描述个体、社团、话题之间的关系：

性质 6：$\forall p_1, p_2 \in P$，如果 $PtoH(p_1) \approx PtoH(p_2)$，那么 $PtoC(p_1) \cap PtoC(p_2) \neq \phi$，或者说 p_1 和 p_2 很可能都属于某个（或某些）社团。

性质 7：$\forall o_1, o_2 \in O$，如果 $OtoC(o_1) \approx OtoC(o_2)$，那么 $OtoH(o_1) \cap OtoH(o_2) \neq \phi$，或者说 o_1 和 o_2 很可能都属于某个（或某些）话题。

性质 1 可以用一个二分图来示意，如图 5-9 所示，即如果个体集和话题集之间接近一个完全二分图，那么这个个体集就可能是一个社团。类似地，根据性质 2，如果言论集与社团集也存在这样的二分图，那么这个言论集就可能是一个话题。

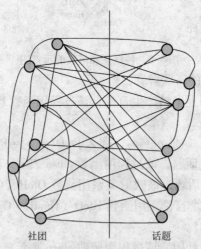

社团　　　　　　话题

图 5-9　社团挖掘和话题监控的二分图模型

如图 5-9 所示，社团成员为一个点集，话题成员为另一个点集，两个点集形成一个（近似）完全二分图。另外，社团成员之间具有相似性，可以利用这个特性挖掘社团和话题。

下面利用性质 1 来设计社团挖掘的算法，它等价于这样的数学问题：

问题 1：已知个体集 P 和函数 PtoO、OtoH，求解函数 PtoC。

相应算法如下所示：

算法 1：社团挖掘算法

> For $i = 1$ to $|P|$ ，遍历集合 P，$\forall p_i \in P$；
>
> 根据性质 4 计算 PtoH(p_i)，得到 p_i 的话题集 H_i；
>
> For $j = 1$ to $i - 1$。遍历已有的 H_j，每个与 H_i 比较；
>
> If H_j 与 H_i 近似 then
>
> PtoC(p_i) = PtoC$(p_i) \cup$ PtoC(p_j)
>
> End if
>
> End for
>
> If PtoC$(p_i) \neq \phi$ then
>
> 建立一个新社团 c，且 PtoC$(p_i) \neq \{c\}$
>
> End if
>
> End for

类似地，可以利用性质 7 来设计话题识别的算法，它等价于这样的数学问题：

问题 2：已知言论集 O 和函数 OtoP，PtoC，求解函数 OtoH。相应算法如下所示。

算法 2：话题识别算法

> For $i = 1$ to $|O|$ ，遍历集合 O，$\forall o_i \in O$；
>
> 根据性质 5 计算 OtoC(o_i)，得到 o_i 的社团集 C_i；
>
> For $j = 1$ to $i - 1$，遍历已有的 C_j，每个与 C_i 比较；
>
> If C_j 与 C_i 近似 then
>
> OtoH(o_i) = OtoH$(o_i) \cup$ OtoH(o_j)
>
> End if
>
> End for
>
> If OtoH$(o_i) \neq \phi$ then
>
> 建立一个新话题 h，且 OtoH$(o_i) \neq \{h\}$
>
> End if
>
> End for

在静态模型中增加时间维就可以得到社团演变和话题演变的动态互动模型，

即把上面讨论的各个概念，比如 P、O、C 和 H 都放入到一个时间空间来考虑，那么它们都是动态变化的。特别地，社团跟踪和话题跟踪的任务就是找出不同时刻的社团、话题之间的关系，模型如图 5-10 所示。

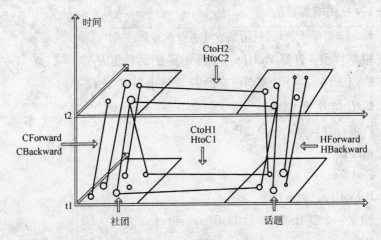

图 5-10　社团演变和话题演变动态互动模型图

社团挖掘和话题监控分别是 Web 信息挖掘和文本信息研究领域的研究热点，一直是各自独立研究的。目前的社团挖掘算法几乎完全基于图结构，没有考虑图中节点和边的语义；而话题监控则几乎完全从语义出发，没有考虑到发言者之间存在的拓扑结构。本节所提方法首次将两者结合起来研究，形式化地说明了社团，话题以及个体之间的关系，创建了社团挖掘和话题发现的静态互动模型，在此基础上设计了社团挖掘和话题识别算法；同时创建了社团演变和话题演变的动态互动模型，在此基础上设计了社团跟踪算法。互动模型的研究，使社团挖掘和话题监控技术能够共同挖掘以互联网为载体的复杂社会网络。

5.5.3　基于社会网络抽取的不同实体间关系倾向自动分析

如何借助某些资源自动分析实体间的关系倾向，分析两个实体间的关系定位是对立还是统一关系，各个实体对某个问题的意见是支持还是反对，对社会各方面都有比较大的意义。在商业领域中，通过对实体间关系倾向的分析，能够为企业进行市场分析提供更多有价值的信息；在管理领域，政府舆情分析系统能够帮助领导者更快地了解群众对各类政策措施的反馈意见；在决策方面，利用实体之间的关系倾向分析能够了解各个实体对某一事件所持的态度是否一致。另外在自然语言处理领域，通过对实体间关系倾向的分析也可以为文本过滤、自动文摘等研究工作提供新的思路和新的手段。

虽然社会网络抽取虽然已经得到一定的发展，但是还没有人对社会关系进行更深层次的分析。因而本文基于社会网络抽取，提出了实体间关系倾向分析，主要是来分析两个实体间的关系定位是对立还是统一关系，各个实体对某个问题的意见是支持还是反对，这类问题在社会安全领域一直是个热点问题。

近年来，有不少研究工作针对多媒体信息中的情感分析[67-75]，但是很少有工作是针对文本对象[68-70]。文本信息是一种使用最广泛的媒体介质，可以从很多信息源获得，例如书本、报纸、网页、E-mail 等。文本信息不仅使用广泛，而且饱含感情。通过自然语言处理的相关技术，可以获得文本中反应的情感。现在大多数研究主要集中在对整篇文本的情感倾向性进行分析[72-74]，在文章和词汇的情感倾向分析方面有了一定的研究基础，但是几乎没有人借助于词汇的情感倾向来分析实体间关系的倾向。因为这涉及如何获得实体之间关系的准确描述。因而本文尝试性提出了基于社会网络抽取的实体间关系倾向分析，目的是更深层次的挖掘文本内容，使得社会网络抽取更加具有现实意义。本文主要定义了三种关系倾向即"对立"、"统一"、"中立"。另外使用新闻语料作为研究对象，是因为新闻可以客观反映各种事实及事实关系，而且其语言比较规范，因而把新闻用作研究对象对研究结果统计更加容易且准确。新闻文档中对某个事件中实体之间的关系通常体现在联系动词上，而不是用描述性词语"好"，"不好"之类的词来主观地描述实体之间的意见，所以本文使用社会网络中联系实体关系的主动词作为分析依据，对新闻中实体的关系倾向进行分析。

方法框架为：首先利用命名实体识别，话语片断分割，主动词分析等手段获得一个社会网络，然后对网络中的关系描述进行基于词典的情感倾向分析，从而得到各个实体之间的关系是对立还是联合。

通过社会网络的构建，已经得到了一篇文档的关系图。它是由命名实体，关系指向，关系描述三部分组成的。下面，根据关系图中对实体间关系描述的情感分析来得到实体间的关系倾向分析。

首先对网络中的关系描述进行基于词典的倾向分析，这里使用知网 HowNet 的"情感分析用词语集"作为基准词典。如果关系动词在词典中能够找到，那么直接根据其情感分类进行判断，如果词典中不存在，那么需要根据知网提供的语义相似度和语义相关场等功能找到相似的词语，或者直接根据同义词词典，找到相似词语，然后再进行判断。此处使用同义词词典。最终无法在情感分析用词语集中找到的词，定其情感倾向为中性。

得到关系描述的情感倾向之后，需要最终确定实体之间的关系倾向。如果实体之间只有一个关系描述，那么这个关系描述的情感倾向就是实体对之间的关系倾向。如果实体之间存在多个实体描述，需要根据关系描述的主体方向来确定两个实体之间关系倾向。即，如果实体关系之间的描述大多数为对立则关系为对立，反之亦然。

对本书第 143 页中新闻文章进行分析，得到关系分类之后的结果如表 5-5、表 5-6 所示，其中表 5-6，"O"表示"对立"，"C"代表"统一"，"N"代表"中立"，"×"表示两个实体之间没有关系。

表 5-5　新闻中关系倾向统计列表（1）

Relationshiporientation（关系倾向）	Numberofrelationships（关系数量）
Consistent（同意）	4
Opposite（对立）	3
Neutral（中立）	4

表 5-6　新闻中关系倾向统计列表（2）

Relationshiporientation（关系倾向）	Entity（patient）命名实体						
	埃及	加沙	穆巴拉克	联合国安理会	以色列	巴勒斯坦	开罗
埃及	×	O	×	×	×	×	×
加沙	N	N	×	×	×	×	×
穆巴拉克	×	C	×	×	×	C	N
联合国安理会	×	C	×	×	×	×	×
以色列	O	×	×	×	×	×	×
巴勒斯坦	O，O	N	×	×	×	×	×
开罗	×	×	×	×	×	×	×

（注：Entity（agent）位于左侧第一列，跨埃及到开罗各行）

本例仅仅以单一文章为例对关系倾向进行分析，其实，借助于对相关主题的一组文档进行关系的抽取及分析，其结果必将更加准确。

5.5.4　基于核心词识别的中文新闻文档自动文摘方法

新闻事件相关文档摘要隶属于自动文摘的范畴，但是与普通意义的自动文摘又有所不同，普通的自动文摘处理的对象非常广泛，在本文中仅以新闻报道为处理对象，既借鉴了普通的文摘生成方法，同时也兼顾了新闻报道本身所具有的特点。

自动文摘按照是否采用了基于语义的分析手段主要可分为两类：基于统计的机械文摘和基于意义的理解文摘。基于统计的机械文摘，其核心思想是：根据特殊的统计特征，计算每个语言单元（通常是句子）的重要度，最后将最重要的句子抽取出来，形成文摘。而基于意义的理解文摘则是用句法和语义知识等自然语言处理和领域知识，对文章的内容在理解的基础上提取文摘。基于意义的理解文摘与基于统计的机械文摘相比，其明显区别在于对知识的利用，它不仅利用语言学知识获取文章的语言结构，而且利用相关领域知识进行判断和推理，生成的文摘质量较好。但由于基于意义的方法受限于具体的领域，即移植性较差，很难把适用于某个领域的理解文摘系统推广到另一领域。另外基于意义的方法还需要表达和组织各种领域和背景知识，这常常会导致巨大的工作量，迄今为止进展甚微。所以现在主流的方法仍然是通过抽取重要句子来形成文档自动文摘。虽然这种方法不是最好，但是现在无论是从效率还是速度来看，仍然比较有效。基于句子抽取的文摘方法需要处理以下 4 个问题：

第一个问题是如何对候选句（最初为文中所有句子）的重要性进行排序。现在最常见的方法是用向量空间的方法计算组成句子的词语的重要性，或者是通过机器学习的方法。本文中，针对候选句的排序，则采用关键命名实体结合实体间关系的方法进行。关键命名实体是指与文章主题最相关的命名实体。

第二个问题是如何对候选重要句进行去重。一般方法是把每个句子用向量空间模型表示，句子之间的相似度用两个特征矢量之间的夹角余弦表示。这样计算相似度会把修饰成分计算在内，使得判断结果不够准确。因而在本文中，我们把每个句子去掉修饰成分，得到其主干，主要是由主动词及逻辑论元组成的。这样计算相似性既简单又有效。

第三个问题是如何排序输出重要句子，形成比较好的文档。一般情况下，单文档的文摘句子可以直接根据句子在原文中的位置输出。但是，对于多文档来说，不可能从一个文档中找到所有的文摘句，所以不能简单地按照单文档文摘的方法进行输出。我们提出了以一种基于基准文档的排序方法。

第四个问题是如何对文摘质量进行评价。学术界对自动摘要提出了许多评价方法，概括起来，可以分为两大类方法：内部评价和外部评价方法。内部评价方法是就一个独立的摘要系统，以某些性能标准对其本身进行评价，即通过一系列的参数直接分析摘要质量的好坏。这可以借助于用户对摘要的连贯程度以及包含多少原文章关键信息的判断，也可以比较自动摘要与"标准"摘要的相似程度。外部评价方法通过分析自动摘要对其他任务的完成质量的影响来评价，即在一组系统中，在摘要系统和其他系统，如检索系统、问题回答系统等进行相互作用的情形下，通过考察摘要系统与外部环境之间的联系进行评价。因为对中文自动文摘评测方法研究并不多，所以没有像 ROUGE 那样的评测系统可以用。所以本文中采用内部方法对实验结果进行评测。内部评价的一个关键问题是标准文摘的制定，为了减少标准文摘的主观性和不确定性，我们采用了统计模型，通过多个专家分别生成文摘，而不是只用一个专家生成的文摘。本文主要通过对比机器摘要和专家所做的标准文摘来评价所提摘要方法的性能。这个标准文摘是将几个专家对一篇文章手工做出的摘要进行综合平均，将得到的结果视为标准摘要。综合平均是指将各专家做出的摘要进行比较，从完全性、重复性和信息量等多个角度综合考虑，从而形成一篇标准摘要，也叫目标摘要。

1. 方法主要框架

给定一个单文档，或者关于某个主题的一组相关文档。进行文摘的方法如图5-11 所示。

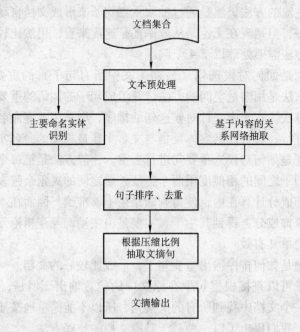

图 5-11　基于关键词抽取的中文新闻文档自动文摘方法实现流程

（1）系统首先对输入文本进行分词标注、指代消解等预处理；

（2）然后利用机器学习的方法得到文中所有的关键命名实体；

（3）进行话语片断划分；

（4）利用基于规则的方法分析文章内容，得到文档中命名实体之间的关系网络和核心词；

（5）根据句子特征，实体特征，FNE、关系网络、主动词等综合信息，对文中话语片断句子进行去重、排序；

（6）最后根据摘要的压缩比例对文档中片断进行抽取；

（7）根据一个参考文档形成文摘输出。

文本预处理的方法与前一部分相同。此处我们着重强调关键命名实体的识别以及文摘的构成。

2. 基于学习的关键命名实体识别

关键命名实体是一篇文章中与主题最相关的命名实体。关键命名实体概念对文档理解具有很重要的意义，特别是新闻文档。因为新闻文档的特点：它的五要素基本上都属于命名实体的范围。实际上，很多研究中已经提出了命名实体对文档文摘很重要[76-79]。

关键命名实体识别可以看做一个二分类问题。考虑一个实体，通过一系列的特征来判断是否为关键命名实体，标注结果只有两种："是"与"否"。此处我们输入文档可以是经过预处理的文档，标注，共指消解工作已经完成。

此处我们使用决策树 C4.5[80] 方法进行分类。学习阶段，每个实体看做是一个单独的学习实例。特征必须反映单个实体的特征。例如类型，频率等。表 5-7 列出了我们考虑的一些特征。

表5-7　关键命名实体识别特征定义

序号	特征名称	特征描述	特征取值
1	Entity_ Type	特别强调了 4 种实体类型：人名，组织名，地名，专有名词。实体类型是一个非常有用的特征。例如，人名和组织名更有可能成为关键命名实体	"person"，"organization"，"place"，"proper nouns"
2	In_ Title_ or_ Not	实体是否出现在题目中。这是判断实体是否为关键命名实体的一个重要依据，因为题目往往是对文章的一个最精确的摘要。题目里面提及的实体，一般来说是与主题最相关的	如果实体出现在题目中取值为"1"，否则为"-1"
3	Entity_ Frequency	这个特征记录一个命名实体出现在文档中的次数。一般来讲，越频繁出现的命名实体越重要	1，2，3…正整数
4	First_ Sentence_ Occurrence	这个特征是根据位置抽取重要句子方法的启示，他的值是命名实体出现段落第一句的次数	1，2，3…正整数
5	Total_ Entity_ Count	文档中命名实体的总数。这能体现一个命名实体在文档中的相对重要程度	1，2，3…正整数
6	First_ Word_ Occurrence	也是受位置的启发，记录命名实体出现在所有句子开头的数目	1，2，3…正整数

3. 句子抽取

句子抽取包括两方面内容，一是句子重要性排序，二是去除冗余句子。

（1）句子重要性排序。针对候选句的排序，主要通过打分法进行。具体规则如下：

1）包含关键命名实体的句子比较重要，句子重要性分值加 10，否则加 0。此处取 10 是进行加权之后的数值，以此来平衡根据关系网络的加分标准。

2）另外一个标准是根据实体间关系。首先通过内容分析得到文档中包含的实体间关系网络，方法如前文所述，然后根据网络中点的出度、入度的大小对各个实体进行加分，从而对句子进行排序。句子分值为句子中实体的出度、入度大小之和。

3）标题是作者给出的提示文章内容的短语，包含标题中有效词（非停用词）的句子极有可能是对文章主题的叙述或总结，每包含一个有效词，其重要性值加 1，否则加 0。

4）线索词类似于"综上所述"、"由此可知"的线索词或短语大多出现在介绍或总结主题的句子中，因此需要提高包含线索词的句子的重要性，含有线索词的句子分值加 5，否则加 0。

5）美国 P. E. Baxendale 的调查结果显示：段落的论题是段落首句的概率为85%，是段落末句的概率为 7%。因此，有必要提高处于特殊位置的句子的权值。段首句子重要性分值加 2，段尾句加 1，否则加 0。

（2）句子去重。对任意两个句子判重时，首先把每个句子去掉修饰成分，得到其主干，主要是由主动词及逻辑论元组成的。判别步骤如下：首先判断两个句子中的逻辑论元是否相同，如果二者的逻辑论元不完全相同，那么两个句子不为冗余句；如果所有逻辑论元都相同，则进一步根据主动词进行判断，如果主动词语义相同，则认为两个句子为冗余。此处对主动词的语义相似性判断根据同义词词典得到。

4. 输出摘要

输出文摘句，形成摘要包括两个方面的内容。第一是单文档摘要的输出，第二是多文档摘要的输出。

（1）单文档摘要形成：根据文摘句在原文中的位置顺序输出形成文摘文档。

（2）多文档摘要形成：首先把文摘句子集合与所有原文档进行比较，把包含文摘句子最多的文档作为基准文档。然后把文摘句集合与基准文档依次进行比较，对于基准文档中存在的句子，则按照它们在文中出现的顺序先后进行排序，对于没有在文中出现的句子，则查找基准文档中是否存在与之相似的句子，假如存在，则按照相似语句与其他语句之间的关系进行排序，对于在基准文档中找不到相似句子的句子，则按照重要程度，放在与其具有相同施事论元的句子附近。

5.6   本章小结

社会网络的研究具有潜在的理论和应用价值。它们是传播信息的一种媒介，如新闻、观点和谣言的传播等，控制谣言在社会网络中的传播是一个重要问题。社会网络对人们的正常生活有显著的影响：社会网络的建立多是基于共同的兴趣爱好、业务背景和信任关系，反之，社会网络连接的建立也可影响个人的兴趣和相互之间的信任。深入理解社会网络的底层拓扑有助于了解信息在网络中的传播和个人之间信任关系的建立、巩固或消除。社会网络的研究同样会对其他学科产生影响。对于社会学家和心理学家，在线社会网络为他们研究大尺度社会网提供了前所未有的机会，有助于他们在这些网络中寻找新形式的个人或集体行为。

　　现在，对社会网络的研究，除了结构特性，网络演化规律等方面的主题外，其构建以及表达形式才是真正能够影响我们对社会网络进行分析结果的因素。对于社会网络构建来说，共现信息已经不足以作为构建的依据，而更多的应该借助于自然语言理解的方法进行更深层次的文本挖掘，从而获取深层次的实体关系来构建社会网络，这样才能使社会网络蕴含更多的信息。对于社会网络的表达方式而言，简单的无向图和矩阵图能表达的信息过于单薄，如何把更多信息清晰、明了且形象地体现到社会网络中，是网络构建和表达中要解决的问题。本章中介绍了几种社会网络构建和分析的方法，其中提出了一种基于内容分析的社会网络构建方法，此方法不仅仅对人与人之间的关系进行抽取，而且对所有实体之间的关系进行抽取。基于有向图的表现形式使对整个社会网络的描述更加详细清晰，它不仅仅标注出实体之间是否有关系，而且标注出实体之间相互关系的指向与描述。这样就使得社会网络包含更多的信息，也能够在更多的领域进行应用。例如，本章中给出的实体间关系倾向分析以及网络新闻的自动文摘等方面的应用。

　　随着互联网技术，特别是 Web 2.0 的迅速普及，社会网络仍将不断发展并对我们的工作与生活产生越来越大的影响，而对于在线社会网络的科学研究的意义也将越来越重要。如何利用自然语言处理相关技术深层次挖掘网络新闻中的社会网络，并将其应用到信息检索、推荐等领域，将是社会网络分析的一个重要的研究方向。

参 考 文 献

[1] 周涛. Wiki 社群的社会网络分析 [D]. 上海：华东师范大学，2005.

[2] 吴齐殷，庄庭瑞. 超连结网络分析：一项分析网络社会结构的新方法 [J]. 资讯社会研究，2004 (6)：127–148.

[3] Wasserman S and Faust K. Social network analysis：Methods and applications [M]. New York：Cambridge University Press，1994.

[4] Harada M，Sato S，and Kazama K. Finding authoritative people from the web [C]. In Proceedings of the 4th ACM/IEEE–CS joint conference on Digital libraries. ACM New York，NY，USA，2004：306–313.

[5] Faloutsos C，McCurley KS，and Tomkins A. Fast discovery of connection subgraphs [C]. In

Proceedings of the tenth ACM SIGKDD international conference on Knowledge discovery and data mining. ACM New York, NY, USA, 2004: 118 – 127.

［6］Culotta A, Bekkerman R, and McCallum A. Extracting social networks and contact information from email and the web ［C］. In Proceedings of First Conference on Email and Anti – Spam, 2004.

［7］Bekkerman R and McCallum A. Disambiguating web appearances of people in a social network ［C］. In Proceedings of the 14th international conference on World Wide Web. ACM New York, NY, USA, 2005: 463 – 470.

［8］Kautz H, Selman B, and Shah M. The hidden web ［J］. AI magazine, 1997, 18 （2）: 27 – 36.

［9］Mika P. Flink: Semantic web technology for the extraction and analysis of social networks ［J］. Web Semantics: Science, Services and Agents on the World Wide Web, 2005, 3 （2 – 3）: 211 – 223.

［10］Matsuo Y, Mori J, Hamasaki M, et al. POLYPHONET: an advanced social network extraction system from the web ［J］. Web Semantics: Science, Services and Agents on the World Wide Web, 2007, 5 （4）: 262 – 278.

［11］Matsuo Y, Hamasaki M, Nakamura Y, et al. Spinning multiple social networks for semantic web ［C］. In Proceedings OF THE NATIONAL CONFERENCE ON ARTIFICIAL INTELLI-GENCE, London; AAAI Press. 2006 （21）: 1381 – 1387.

［12］Calishain T and Dornfest R. Google hacks: 100 industrial – strength tips and tools ［M］. O' Reilly & Associates, Inc. Sebastopol, CA, USA, 2003.

［13］郎君, 秦兵, 宋巍等. 基于社会网络的人名检索结果重名消解 ［J］. 计算机学报. 2009, 32 （7）: 1365 – 1374.

［14］Yang WJ, Dai RW, Cui X. A New Kind of Social Network and Its Application in Text Mining ［J］. Journal of Computational Information Systems. 2009, 5 （3）: 1089 – 1096.

［15］孙茂松, 黄昌宁, 高海燕等. 中文姓名的自动识别 ［J］, 中文信息学报. 1994, 9 （2）: 16 – 27.

［16］郑家恒, 李盒, 谭红叶. 基于语料库的中文姓名识别方法研究 ［J］, 中文信息学报, 2000, 14 （1）: 7 – 12.

［17］TAN Hong – ye, ZHENG Jia – heng, LIU Kai – ying. Research on Method of Automatic Recognition of Chinese Place Name Based on Transformation ［J］, 软件学报, 2001, 12 （11）: 16081613.

［18］张艳丽, 黄德根, 张丽静. 统计与规则相结合的中文机构名称识别明 ［C］, 全国第六届计算语言学联合学术会议, 北京: 清华大学出版社, 2001.

［19］Chen HH, Ding YW, Tsai SC, et al. Description of the NTU System Used for MET – 2 ［C］. In Proceedings of MUC – 7, 1998.

［20］Yu Shihong, Bai Shuanhu and Wu Paul. Description of the Kent Ridge Digital Labs Sys – tem Used for MUC – 7 ［C］. In Proceedings of MUC – 7, 1998

[21] Sun Jian, Gao Jianfeng, Zhang Lei, et al. Chinese Named Entity Identification Using Class – based Language Mode [C]. In Proceedings of the 19th International Conference on Computational Linguistics. Taipei, 2002: 1 – 7.

[22] Zhang Huaping, Liu Qun, Yu Hongkui, et al. Chinese named entity recognition using role model [J]. Computational Linguistics and Chinese Language Processing, 2003, 8 (2): 29 – 60.

[23] Wu Youzheng, Zhao Jun, Xu Bo, et al. Chinese Named Entity Recognition Model Based on Multiple Feature [C] s. In Proceedings of HLT/EMNLP, Vancouver, B. C., Canada, 2005: 427 – 434.

[24] Azzam Saliha, Kevin Humphreys, and Robert Gaizauskas. Using Coreference Chains for Text Summarization. In Proceeding of the ACL99 Workshop on Coreference and its Applications, Baltimore, 1999: 77 – 84.

[25] Cardie Claire and KIRI Wagstaff Noun phrase coreference as clustering [C]. In Proceeding of the 1999 Joint SIGDAT conference on Empirical Methods in NLP and Very Large Corpora (ACL99). University of Maryland, USA. 1999: 82 – 89.

[26] Joseph F. McCarthy and Wendy Lehnert, Using Decision Trees for Coreference Resolution [C]. In Proceedings of the Fourteenth International Joint Conference on Artificial Intelligence. 1995: 109 – 114.

[27] Soon, Wee Meng and Chung Yong. Corpus – based Learning for Noun Phrase Coreference Resolution [C]. In Proceeding of the 1999 Joint SIGDAT Conference on Empirical Methods in Natural Language Processing and Very Large Corpora (EMNLP/VLC – 99). College Park, Maryland, USA, 1998: 285 – 291.

[28] Azzam Saliha, Kevin Humphreys, and Robert Gaizauskas. Coreference resolution in a multilingual information extraction [C]. In Proceeding of the Workshop on Linguistic Coreference. Granada, Spain, 1998.

[29] Mitkov R. Anaphora resolution: the state of the art [C]. Working paper based on the COLING98/ACL98 tutorial on anaphora resolution. University of Wolverhampton, WolverHampton, 1999.

[30] 郭志立，人称代词指代主体的辨析及其在摘要提取中的应用 [C]. 1998 年中文信息处理国际会议论文集，北京：清华大学出版社. 1998: 310 – 315.

[31] 马彦华，王能忠，许敏. 汉语中人称代词指代问题研究 [C]. 1998 年中文信息处理国际会议论文集，北京：清华大学出版社，1998: 298 – 303

[32] 秦洪武. 第三人称代词在深层回指中的应用分析 [J]. 当代语言学，2001 (1): 55 – 65.

[33] 王厚峰，何婷婷. 汉语中人称代词的消解研究 [J]. 计算机学报，2001, 24 (2): 136 – 143.

[34] Kee van Deemer and Rodger Kibble, On Coreferring: Coreference in MUC and Related Annotation Schemes [J]. Computational Linguistics, 2000, 26 (4): 615 – 62

[35] Marilyn A. Walker. Evaluating Discourse Processing Algorithms [C]. In Proceeding of 27th Annual Meeting of Association of Computational Linguistics. Vancouver, 1989.

[36] Barbara J. Grosz, Aravind Joshiand Scott Weinstein. June. Centering: A Framework for Modeling the Local Coherence of Discourse [J]. Computational Linguistics, 1995, 21 (2): 203 – 225

[37] Kennedy, Christopher and Branimir Boguraev. Anaphora for everyone: pronominal anaphora resolution without a parser [C]. In Proceedingof the 16th International Conference on Computational Linguistics (COLING96), Copenhagen, Denmark. 1996.

[38] Lappin, Shalom and Herbert Leass. An algorithm for pronominal anaphora resolution [J]. Computational Linguistics, 1994. 20 (4): 535 – 561.

[39] Mitkov R. Robust Pronoun Resolution with limited knowledge [C]. In Proceeding of the 36th Annual Meeting of the Association for Computational Linguistics, Montreal, Canada, 1998 NJ, USA, 1998, (2): 869 – 875.

[40] Renata Vieira and Massimo Poesio. An Empirically – Based System for Processing Definite Descriptions [J]. Computational Linguistics, 2000, 26 (4): 525 – 57.

[41] Judita Preiss. Anaphora Resolution with Memory Based Learning [J]. In Proceeding of the 5th Annual CLUK Research Colloquium, 2002: 1 – 9.

[42] Sanda M. Harebagiu, Razvan C. Bunescu and Steven J. Maiorano. Text and Knowledge Mining for Coreference Resolution [C]. In Proceeding of NAACL2001, Carnegie Mellon University, USA, June, 2001: 1 – 8.

[43] Wee Meng Soon, Hwee Tou Ng, and Chung Yong Lim. A Machine Learning Approachto Coreference Resolution of Noun Phrases [J]. Computational Linguistics, 2001, 27 (4): 521 – 544.

[44] Vincent Ng and Claire Cardie. Improving Machine Learning Approaches to Coreference Resolution [C]. In Proceeding of the 40th Annual Meeting of the Association for Computational Linguistics (ACL), 2002: 104 – 111.

[45] Strube M, Rapp S, and Muller C. The Influence of Minimum Edit Distance on Ref – erence Resolution [C]. In Proceeding of EMNLP, 2002: 312 – 319.

[46] Yang X, Zhou G, Su J, et al. Tan. Improving noun phrase co – reference resolution bymatching strings [C], In Proceedings of 1st International Joint Conference of Natural Language Processing (IJCNLP04), Lecture Notes in Computer Science, Hainan, China, 2004: 22 – 31.

[47] R Florian, H Hassan, A Ittycheriah, H Jing, N Kambhatla, X Luo, N Nicolov, and S Roukos. A Statistical Model for Multilingual Entity Detection and Tracking [C]. In Proceeding of HLT/NAACL – 04, Boston Massachusetts, USA. 2004: 1 – 8.

[48] 王厚峰, 何婷婷. 汉语中人称代词消解研究 [J]. 计算机学报. 2001, 24 (2): 136 – 143.

[49] 王厚峰, 梅铮. 鲁棒性的汉语人称代词消解 [J]. 软件学报. 2005, 16 (5): 700 – 707.

[50] 王晓斌, 周长乐. 基于语篇表述理论的汉语人称代词的消解研究 [J]. 厦门大学学报

（自然科学版）. 2004，43（1）：31 – 35.

［51］曹军，周经野，肖赤心. 基于语义结构分析的汉语零代词消解［J］. 湘潭大学自然科学学报. 2001，23（4）：28 – 33.

［52］张威，周昌乐. 汉语语篇理解中的元指代消解初步［J］. 软件学报. 2002，13（4）：732 – 738.

［53］郎君，刘挺，秦兵. 基于决策树的中文名词短语指代消解［C］. 全国学生计算语言学研讨会（SWCL2004）论文集，2004：155 – 157.

［54］孔祥勇，张冬荣. 一种信息抽取系统中汉语同指消解算法［J］. 计算机工程. 2003，29（16）：76 – 78.

［55］Zhou Yaqian，Huang Changning，Gao Jianfeng，et al. Transformation Based Chinese Entity Detection and Tracking［C］. In Proceeding of Second International Joint Conference on Natural-Language Processing：Companion Volume，2005，232 – 237.

［56］侯敏，孙建军. 汉语中的零形代词及其在汉英机器翻译中的处理对策［J］. 中文信息学报. 2005（1）：14 – 20

［57］侯敏 孙建军，面向汉英机器翻译的句组研究［J］，机器翻译研究进展，北京：电子工业出版社. 2002：51 – 59.

［58］Charles N. Li and Sandra A. Thompson. Third person pronouns and zero – anaphora in Chinese discourse［J］. Syntax and Semantics，1979（12）：311 – 335.

［59］Li Wendan. Topic chains in Chinese discourse［J］. Discourse Processes. 2004，37（1）：25 – 45.

［60］Yeh Ching – Long and Chen Yi – Chun. Zero anaphora resolution in Chinese with shallow parsing［J］. Journal of Chinese Language and Computing，2004，17（1）：41 – 56.

［61］Susan Converse，"Pronominal Anaphora Resolution in Chinese［D］. Ph. D. thesis，Department of Computer and Information Science，University of Pennsylvania，2006.

［62］Zhao Shanheng and Hwee Tou Ng. Identification and Resolution of Chinese Zero Pronouns：A Machine Learning Approach［C］. InProceedings of the 2007 Joint Conference on Empirical Methods in Natural Language Processing and Computational Natural Language Learning，Prague，June 2007：541 – 550.

［63］Barbara J. Grosz，Aravind K. Joshi，and Scott Weinstein. Centering：A framework for modeling the local coherence of discourse［J］. Computational Linguistics，1995，21（2）：203 – 225.

［64］Jerry R. Hobbs. Resolving pronoun references［J］. Lingua. 1978，（44）：311 – 338.

［65］曹军，周经野，肖赤心，基于语义结构分析的汉语零形代词消解［J］，湘潭大学自然科学学报，2001，23（4）：28 – 33.

［66］吴蔚天. 汉语计算语义学［M］. 北京：电子工业出版社，1999.

［67］Wang N，Yuan C.，KF Wong，and W. Li. Anaphora resolution in Chinese financial news for information extraction［C］. In Proceedings of the 4th World Congress onIntelligent Control and Automation，2002：2422 – 2426.

［68］罗兆波. 面向社会网络分析的数据挖掘方法研究［D］. 杭州：浙江大学计算机科学与

技术学院，2010.

［69］杨茹．陶晓鹏．社团挖掘和话题监控的互动模型研究［J］．计算机应用．2009，29 （3）：908 - 911.

［70］Yoshitomi Y, Kim SI, Kawano T, et al. Erect of sensor fusion for recognition of emotional states usingvoice, face image and thermal image of face［C］. In Proceedings of 9th IEEE International Workshop on Robot and Human Interactive Communication 2000, 178 - 183.

［71］LC De Silva and P. C. Ng. Bimodal emotion recognition［C］. In Proceedings of Fourth IEEE International Conference on Automatic Face and Gesture Recognition, 2000, 332 - 335.

［72］Fukuda S and Kostov V. Extracting emotion from voice［C］. In Proceedings of IEEE International Conference on Systems, Man, and Cybernetics, 1999（4）：299 - 304.

［73］Yu F, Chang E, Xu YQ, et al. Shum. Emotion detection from speech to enrich multimedia content［J］. Lecture Notes in Computer Science, 2001, 550 - 557.

［74］Chuang ZJ and Wu CH. Multi - modal emotion recognition from speech and text［J］. International Journal of Computational Linguistics and ChineseLanguage Processing, 2004 9（2）：1 - 18.

［75］Alm CO, Roth D, and Sproat R. Emotions from text：Machine learning for text - based emotion prediction［C］. In Proceedings of HLT/EMNLP, 2005, 579 - 586.

［76］Wu CH, Chuang ZJ, and Lin YC. Emotion recognition from text using semantic labels and separable mixture models［J］. ACM Transactions on Asian Language Information Processing （TALIP）, 2006, 5（2）：165 - 183.

［77］Chuang ZJ and Wu CH. Emotion recognition from textual input using an emotional semantic network［C］. In Processings of Seventh International Conference on Spoken Language. Anchorage, AK, USA. 2002：2033 - 2036.

［78］Xu J, Cao Y, Li H, et al. Ranking definitions with supervised learning methods［］. In Special Interest Tracks and Posters of the 14th international conference on World Wide Web, Chiba, JapanACM New York, NY, USA, 2005：811 - 819.

［79］Dave K, Lawrence S, and Pennock DM. Mining the peanut gallery：Opinion extraction and semantic classification of product reviews［C］. In Proceedings of the 12th international conference on World Wide Web. ACM New York, NY, USA, 2003：519 - 528.

［80］Sheth A, Aleman - Meza B, Bertram C, et al. Semantic association identification and knowledge discovery for national security applications［J］. Journal of Database Management, 16 （1）：33 - 53, 2005.

［81］Aleman - Meza B, Halaschek C, Sheth A, et al. SWETO：Large - Scale Semantic Web Test - bed［C］. In 16th International Conference on Software Engineering and Knowledge Engineering （SEKE2004）：Workshop on Ontology in Action, 2004：21 - 24.

［82］Quinlan JR. C4. 5：programs for machine learning［M］. San Fransisco：Morgan Kaufmann, 1993.

第6章 网络新闻信息的评价

6.1 网络新闻价值评价的意义

运用互联网技术传播新闻信息，已成为世界各国媒体发展的一大趋势。网络媒体综合了其他媒体的重要优点，反应迅速，可以滚动播出，随时播报新闻，尤其适用于对重大事件的报道，重大新闻完全可以现场直播，充分显示了网络新闻的风采。清华大学教授李希光说："如果仅仅以访问量为准绳来制作新闻，将会产生错误的舆论导向。"网络新闻宣传内容的规范和控制是产生正确舆论导向的有效方式。目前虽然各级宣传部门和新闻机构都在探讨网络新闻宣传的理念和规范的管理模式，但是都未有成熟的模式。在这种模糊状态下，要想加强行业管理，确有一定难度。在尚未有有效办法对网络新闻庸俗化倾向加以控制的情况下，只有靠网络新闻从业人员的职业自律。本章试图从网络新闻内容的定量分析和控制方面进行探讨，建立网络新闻内容评价的指标体系，并与计算机技术结合起来，科学控制网络新闻内容，促使网络新闻传播的良性发展。本章的指标确立和定量分析属于探讨性质，仅供网络新闻工作者参考。

规范网络新闻宣传、建立科学的网络新闻评价的指标体系，运用定量研究方法，对有效引导舆论、加强网络新闻管理，具有重要的现实意义[1]。

（1）把握舆论导向。面对眼花缭乱的网络新闻，网络新闻编辑必须根据一定的价值标准进行采编，该重视什么、忽略什么、反对什么，这就是对网络新闻评价的"导向作用"。方向决定并引导着网络新闻宣传与管理目标和网络新闻传播的全过程，决定着网络新闻媒体的宣传水平和质量。所以，对网络新闻内容进行科学的督导和评价是衡量网络新闻传播工作成效的重要标志之一。

（2）提高传播效率。不良的网络新闻会严重影响网站的整体功能。如：引起搜索失败或者被放弃，使得阅读者转向其他网站，从而引起各种损失，可能导致采编人员的精神挫败，工作效率低下等。通过评价控制，可以降低不良新闻带来的风险，提高传播效率。

（3）树立媒体声誉。及时进行网络新闻内容的评价，不仅有利于提高网络媒体的可用性、适用性和网站的使用效率，还可以有效管理和维护网站上的新闻内容，使网络处于良好的运营状态。提高受众对网络媒体的使用效率和满意度，实现媒体的预期目标。

（4）产生有效激励。网络新闻内容评价主要是去除不良因素，以改进工作，但也包括对成绩和优秀表现的鉴别和肯定，也就是包括对网络采编工作者、管理者等的业绩和效率的鉴定与考核，并给以公正而客观的价值性预断。按照激励理论，对优秀者的肯定，可以带来心理上和精神上的满足感和成就感，调动他们更大的积极性和主动性，使他们始终保持充分的工作热情；而对后进者更是一种鞭策，以帮助他们增强信心和成功的欲望，从而促进其工作的进步。事实上，评价的激励作用，也就体现在它用督导评价的方式来调动各方面的积极因素，从而激励人们向正确的目标和方向前进。

6.2　网络新闻价值评价指标体系

6.2.1　网络新闻的评价依据和原则

网络新闻与传统新闻相比，尽管具有自己的特点，但它的根本属性依然没有改变。网络新闻的采写手段还需要靠新闻工作者运用专业技术手段来挖掘和整理。记者采写的新闻需要经过编辑的加工，最后再通过网络传播媒体来发布的途径没有改变；受众对网络新闻在道德上的要求没有改变；读者对网络新闻评价的标准没有改变。网络新闻的读者主要是青年人的特点，更决定了网络新闻要以正确的舆论引导人。网络新闻受众需要编辑们过滤信息、评价信息、沟通共鸣。这就要求网络新闻编辑对网络新闻的价值要素依据一定的标准和原则进行采编。

（1）网络新闻信息的把关性。新闻的舆论引导作用在网络时代正受到严峻的挑战。来自网络的信息鱼龙混杂、真假难辨，给阅读者带来选择上的困难，流言、谩骂、绯闻充斥网页，造成极大的舆论混乱，而最主要的还是来自西方的舆论挑战。在遇到重大问题时，受众往往习惯性地求助于媒体的判断。媒体对于时事快速准确的分析，对于解除受众疑惑、引导受众思想有着重要作用。真实性、客观性、全面性以及言论的平衡性、公正性应是网络新闻遵守的基本原则。因此要建立严谨的工作作风、健全审查机制、杜绝假新闻，更要强调媒体人员担起自己的社会和道德责任，要能够承担引导正确舆论的责任。

（2）网络新闻信息的查询性。从时间的延展性看，网络媒体拥有比其他媒体更大的时间包容性，网络强大的数据库使得网络从理论上得以实现全历史的记载。身为网络编辑，应本着对历史负责的态度，做好历史的记录人，从而满足今人查询与后人研究的需要。网络编辑要对受众关心的某个事件进行前因后果的详细记录存储，以便受众随时查询分析。

（3）网络新闻信息的有用性。面对浩瀚的网上信息，受众常常会感到无所适从。受众需要专业人士替他们进行"信息过滤"，从而将无用的信息拒之门外，将有用的信息转化为自己的知识。正是基于此，网络新闻编辑不应该仅仅充当信息的收集者，还应当承担"信息鉴别"的责任。"信息鉴别"意味着网络新闻编辑要对信息进行仔细地鉴别、精心地挑选，不仅仅只告知公众正在发生的事情，同时还必须保证信息的有效性及有用性。

（4）网络新闻信息的特色性。所谓特色，就是该媒体的技术、物质品质与感性条件相融合而形成的、区别于另一个媒体的一个整体的、独特的识别标志。传播业公认的一条准则是"内容为王"，即只有高质量的内容才能吸引受众的注意力。网络新闻信息的价值评价还必须考虑各个网络媒体的定位，打造特色新闻产品，包括内容与形式方面的，如从原创新闻、技术特点等方面的创新。

6.2.2　网络新闻的评价指标分析

根据以上网络新闻评价的原则和根据，给被评价的网络新闻下一个公正、科学的结论，确定它的把关性、有用性、吸引性、查询性，为传播提供可靠的依据，就必须建立科学、合理、有效的定量评价指标体系。这个指标体系要能够体现出评价网络新闻的新闻价值、定性的依据和定量的标准；又能在评价网络新闻时，按这个统一的客观标准，用综合评价数学模型进行各项权重分析，最后以积分的多少来评价出网络新闻的等级水平。

（1）网络新闻的主题。信息时代，有专人整理加工筛选过的信息更有价值。网络媒体作为反映舆论、引导舆论的社会舆论机构，在新闻价值观上，必须站在受众的立场，贴近受众，服务受众；在新闻报道主题倾向上，要考虑网络新闻的真实性、客观性、时效性、新颖性、题材重大性等等。这是网络新闻控制的基本指标。

（2）网络新闻的内容。受众喜欢网络新闻，一方面因为网络新闻能够做到多样化的表现形式，而更重要的方面是，受众上网阅读的主要目的依然是希望看到更好的新闻内容。网络传播在受众和广告商的制约下，迎合受众浅层次需求的新闻泛滥，"奇闻逸事"、"娱乐绯闻"充斥网络，造成网络新闻不可信的局面。从网络新闻的长远发展来看，随着受众素质的不断提高，网络媒体如果过度媚俗，必然会失去受众，陷入困境。所以，网络媒体必须在新闻内容上考虑网站自身定位和网站自身资源的充分利用与开发，丰富新闻内容的有效信息量，以原创新闻作为源头，将其延伸，并从中产生新的内容，增加新闻背景链接等等。这些都是新闻内容要考虑的重要因素。

（3）网络新闻信息来源。对于公信度比较差的网络媒体，最大的挑战是如何迅速建立起权威性与公信力。网络目前没有新闻采访权，信息多来自传统媒体，导致一些网络编辑只是简单复制、照搬照抄。作为网络编辑，必须了解网络新闻的特点，强化多信息的整合，树立全新的网络编辑思想。因此网络媒体从业人员应加强对网上信息的查证工作，对所有来稿的信息源都要清楚明白，加强对新闻稿件的筛选，严把新闻筛选关，争取多用原创和省市级来稿，少用其他网络媒体来稿，几乎不用网友自发来稿。

（4）网络新闻的文字文本水平。随着网络新闻媒体的逐渐独立与成熟，网络新闻在写作方式上也逐渐与传统媒体新闻划清界限，代之而起的是融视频、音频于一体的新的新闻表述方式。建立网络新闻价值评价指标，必须考虑一般的文字表达水平和超文本技术两个方面。目前，网络新闻媚俗化现象严重，控制网络新闻的质量必须重视新闻的文字语言表达，文字水平依然是衡量网络新闻质量的重要指标。作为文字文本水平的指标主要考虑文本的标题设置、结构方式、表达方式、语言水平几个方面。

（5）网络新闻的技术指标。网络新闻与传统媒体新闻相比，实现了"文字、图像、声音、动画"等多种手段组合的多媒体传播。通过多媒体和超链接，集文字、声音、图像、三维动画于一身，打破传统新闻写作的线形陈述。读者需要时，可以随时变换文字文本、声音文本、动画文本或者影视文本，真正实现新闻报道的有声有色、图文并茂、声情并茂，还可以与受众之间进行平等的双向传播、网上互动交流。但网上讨论中也存在着污言秽语，格调低下的现象，有的受众在一些严肃问题上信口开河，而网络媒体只以诸如文责自负、用语文明、文章观点并不代表本网站立场之类的空洞警示，任其传播。网络新闻的优势是技术带来的，其一些弊端也是技术带来的。因此，对网络新闻的管理，很重要的还是要通过技术上的控制来实现。网络新闻编辑受技术的影响最深，正是技术带给它多样的表现手段，但如果利用不当，将会影响新闻内容的顺畅表达。所以在技术指标方面主要考虑声音文本、动画文本、影视文本、文字图片、互动交流、搜索连接系统、管理改写删改功能等。

（6）网络新闻的传播效果。新闻学概念系统中的受众，所指代的是接受新闻信息、消费新闻信息的群体。有了受众的选择，才有了受众的接受，只有受众接受，才有新闻价值的实现。受众接受因而成为新闻价值实现的关键。所以网络评价指标权数分配新闻的传播效果如何，主要看受众的接受效果如何。从这点上看，评价网络新闻的价值要看其传播效果，主要从点击率、信息引用率、受众反响三个方面进行考察。

6.3 网络新闻评价技术

6.3.1 网络新闻流行度评价

对新闻而言，其流行度是网络上多个站点对其认可程度的综合。对新闻站点而言，其流行度是其上发布的新闻的流行度所反向产生的。新闻和站点之间的流行度存在着相互增强的关系，即在排名较高的站点上发布的新闻，其流行度高的可能性较大；而发布高度流行新闻比较多的站点，其流行度排名也应该较高。新闻的流行度可以反映在两方面[2]：

（1）新闻流行度越高，越多的站点会同时报导该新闻，反之亦然。

（2）如果新闻在新闻首页上占据的视觉区域越重要，则该站点对该新闻的推介程度越高，反之亦然。

基于以上的讨论，我们已经对新闻站点的发布模式有所了解。下面将先介绍在前人工作中使用较多的新闻站点和新闻关系的基本模型，以及在其基础上提出的改进模型。

如图 6-1 所示，在给定的时间窗 ω 内，新闻发布的过程可以用一个无向图 $G = (V, E)$ 来表示。其中顶点集 $V = S \cup N$，S 代表新闻站点的顶点，而 N 代表时间窗 ω 内的新闻。同样，边的集合 E 也可以分为两个无交连集 E1 和 E2。E1 是连接顶点集 S 和 N 的无向边的集合，它代表了新闻发布和推介的关系，其上的权重代表了新闻站点对新闻的推介程度。E2 是新闻顶点之间的无向边的集合，代表了相似新闻的聚类过程，其上的权重代表了新闻两两之间的相似度。S 中的顶点完全覆盖了 N 中的顶点，即 $n \in N$，$s \in S$，使得 $(s, n) \in E$。这样，通过这个模型，我们可以得到新闻和新闻站点的排序。

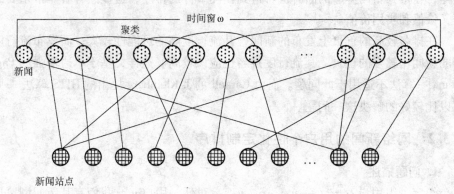

图 6-1　新闻站点与新闻排序模型

由于网络上新闻站点发布新闻的模式是实时的将所有的新闻发布在新闻首页上，同时相似新闻实际上是在报导同一新闻事件，所以可以对上述模型进行如下改进。

如图 6-2 所示，将新闻发布的节点替换成为新闻首页，这样更符和实际情况，而且对新闻首页的排序比单纯的新闻站点排序更加合理。例如，假设新浪的"世界新闻"首页可能是所有站点中排名最高的，但是雅虎的财经类新闻比新浪的排名更高。通过对新闻首页的排序，可以得到每一类别中最热门的网站，同时也可以用来指导网站建设，以提高排名较低的栏目首页。

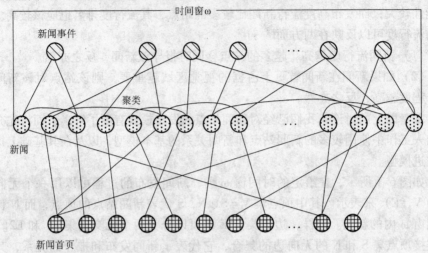

图 6-2　新闻首页，新闻与新闻事件的三层排序模型

同时，由于每一篇新闻都是在报导某一新闻事件，内容相近的新闻实际上是在报导相同的新闻事件。在排序模型中引入事件节点，虚线代表着报导的关系。这样，在得到新闻排序的同时也将得到新闻事件的排序，这显然有着非常重要的语义价值和实用价值。

在排名较高的首页上发布的新闻，其流行度高的可能性较大；而发布流行度高的新闻比较多的首页，其流行度排名也应该较高。这样，基于单边增强的 PageRank[3] 算法不适用于此问题。而由 Cornell 的 J. Kleinberg 提出的 HITS 算法[4] 则可以比较好的解决这一问题。

6.3.2　网络新闻的用户个性化定制排序

1. 问题描述

给定一组用户 $U = \{u_1, u_2, \cdots, u_p\}$，对任一用户 u_i，我们有其新闻浏览历史记录 $h_i = \{n_{i_1}, n_{i_2}, \cdots, n_{i_n}\}$。其中，$n_{i_k}$ 代表一篇新闻文档，拥有 3 个属性：

（1）用户阅读发生时间 t_{i_k}。即用户在 t_{i_k} 时间阅读了该新闻。

（2）内容描述 v_{i_k}。新闻内容的描述方式取决于所采用的语言模型，比较常用的方法是采用向量空间模型（Vector Space Model），将新闻内容用一个或多个向量表示。

（3）新闻所属类别。这是网络新闻的一个重要特点，即每一条新闻都有确定的类别，如政治，体育等。新闻的类别反映了人们在对新闻知识分类的固定模式。新闻类别是以树的形式分层嵌套的，例如体育下包含篮球，足球等，篮球下又有可能包括 NBA，国内篮球等。

每个周期 T（通常是 1 天）内，外部新闻源会产生一系列新的新闻文档 $N = \{n_1, n_2, \cdots, n_q\}$，个性化推介排序算法的任务就是由这些用户的历史浏览记录，为每个用户生成 N 的最优排序，以期符合用户的兴趣需求。实际上，这一排序问题也是一个过滤的过程，由于用户的总阅读量有限，排序较低的新闻相当于被过滤掉了。

2. 单用户的排序算法

所谓的单用户问题就是指只有当前用户的浏览记录可得的情况下，如何生成个性化推介排序。这里我们指出一个假设。

假设：用户的浏览历史，反映了用户的兴趣和兴趣的变迁。

基于这一假设，我们就可以设法从用户的浏览记录中对用户兴趣进行建模（User Profile Model），将新的新闻与此模型进行对比，以判断其符合用户兴趣的程度，进而根据这一相关度进行排序。这一类方法属于信息过滤下的自适应过滤领域（Adaptive Filtering），也叫基于内容的过滤（Content based Filtering）。

用户的兴趣一般分为长期兴趣和短期兴趣两种。所谓长期兴趣是指用户兴趣模型中比较稳定，变化较为缓慢的部分，比如某爱好运动用户对体育新闻的兴趣；短期兴趣是指会随着当前热点事件的产生而改变的兴趣，比如上述用户的兴趣会从世界杯转向亚运会。现有的一些用户兴趣模型大都考虑了从两个层次上对用户兴趣进行建模，当前的主流用户兴趣模型也基本都是层级型结构。然而，这些模型对用户的短期兴趣建模的精确程度并不高，因而在用户端起兴趣变化比较快的情况下，算法的准确度并不理想。

3. 多用户的排序算法

所谓的多用户问题就是除当前用户之外还有其他多个用户的浏览记录可得的情况下，如何生成个性化推介排序。这里我们指出另外一个假设。

假设：当前用户感兴趣的内容，可由与其相似的用户推断得出。

基于这一假设，我们如果能设法找到与当前用户相似的用户群体，就可以从整个群体的感兴趣内容中来推断当前用户的感兴趣内容。这一类方法属于信息过滤下的协同过滤（Collaborative Filtering）领域。

在此类方法中，很关键的一步就是确定与当前用户相似的用户群体。由于个性化新闻排序这一问题的特殊性，使得用户的浏览记录以及浏览过的新闻文档内容都可以被用来计算用户相似度。现有的主流协同过滤算法可以做到这一点。然而，我们还可以设法利用用户兴趣模型（User Profile Model）中蕴含的信息，进一步辅助用户相似度的计算。这也是作者在多用户排序问题下的创新点所在。

6.3.3 网络新闻影响力分析

1. 分析方法概述

作为一种信息传播的方式，新闻会对社会稳定产生很大的影响。新闻舆论监督的勃兴，肇始于美国大法官斯特瓦特创设的"第四权力理论"。所谓的"第四权力"就是指新闻舆论。事实上，它不是国家权力，但随着新闻媒体在社会政治、经济、文化生活中的作用日益增强，它发挥着越来越重要的作用。同时，随着网络媒体"议程设置"功能的减弱和"沉默的螺旋"作用的不断增强，网络新闻作为网络舆论和社会舆论形成的主要源泉，准确判断它的影响力从而准确即时地把握社会舆论的动向变得尤为重要，因而确定新闻影响力对社会安全及其他相关方面具有重要意义[5]。例如在一个社会舆论出现之后，社会安全调控部门可以根据相关新闻的某些指标来判断这个论断的影响范围，从而做出对可能的突发事件的预先反应。而这个过程中使用的新闻的相关指标就可以用来判断新闻的影响力，如果有了一定的新闻影响力的计算模型，这个判断的过程会大大简化。所以，本文中提及的新闻的影响力可以理解为新闻所影响的人群、地域等范围的大小、对社会产生作用力的大小等因素的综合。

另外，可以利用新闻影响力来帮助新闻搜索引擎对新闻进行排序。虽然最近几年在新闻检索和新闻信息处理方面都在进行不断的努力，但是真正涉及网络新闻影响力排序的学术研究仍然很少。参考文献［6］和［7］是仅有的关于新闻排序的文章。参考文献［6］主要利用了新闻的时效性和新闻转载信息来对新闻进行排序。参考文献［7］则是利用了网页的布局和新闻转载信息对网页进行排序，因为涉及了新闻链接在网站首页中的位置信息，所以这种方法对单个网站中新闻之间的排序更加有效。这两篇文章利用的信息是新闻排序的主要信息，但是新闻网页中可以用来进行新闻排序的信息还不止这些，例如新闻的回复率，这是新闻影响力的一个很好的体现，但在这两篇文章中都没有提到。因而本章我们提出了一种对新闻影响力进行定量分析的算法模型。通过分析新闻影响力有关的因素，借助于信息检索中的预处理等相关技术，有针对性地从新闻网页中提取相关的信息，利用相关的算法有效地综合这些信息得到新闻的影响力值。

通常情况下对信息影响力的评价需要考虑信源可靠性、传播源可靠性、发布时间、信息内容的性质（领域）等几个要素。新闻作为信息的一个重要特例，对其进行影响力排序也应该考虑类似的要素。另外由于新闻有其特有的写作方式，并考虑到网络传播方式的特殊性，以及人们对网络新闻产生的感想也会通过一定的方式明确的显现在网络上，所以为了建立网络新闻影响力的计算模型，本文根据网络新闻的特性，首先对网络新闻影响力的几个要素进行分析。

（1）新闻网页质量与新闻信源网站质量之间互相影响的关系。好的网站发出的新闻往往具有比较高的质量，而且好网站的浏览人次一般都会比较多，因而它对社会产生的影响就比一般网站大。同样，发布好的新闻网页会提升整个网站的影响力。

（2）新闻传播速度和传播规模。传播速度快，而且传播范围广的新闻一般是比较受关注的新闻，会对社会舆论形成有比较大的贡献，网络新闻的传播主要是通过浏览和转载来完成的，即浏览人数越多说明新闻越重要，转载新闻的网站越多说明新闻越重要。而且，如果转载这则新闻的网站是新闻网站中质量比较高的网站，那么这则新闻就显得更加重要。但是浏览人数是在服务器端存储的，所以我们无法取得。因而我们判断新闻传播状态的时候主要是利用了新闻转载次数以及转载网站的质量。

（3）新闻的回复次数。浏览者对新闻发出了回复，说明他对新闻产生了反应，回复人数越多，说明新闻对越多的人产生了影响，那么这则新闻的影响力就相应变大了。

（4）新闻的发布时间。由于新闻具有时效性，因而一般认为最新发布的新闻要比以前发布的新闻更加重要，而且，新闻的回复次数和转载次数也与新闻发布的时间有很大关系。一般情况下，新发布的新闻的回复次数和转载次数在新闻发布的初期会比它之前发布的新闻低一些。

（5）新闻链接在新闻网站中所处的位置。如果是对单个网站中的新闻进行重要性排序，这点是很好的依据。因为按照习惯，每个网站会把当时比较重要的新闻的链接放在网页最显眼的地方，而且会加一些图片和文字的摘要说明或者采用比较特殊的字体。不重要的新闻则只是将链接罗列在相关新闻列表中。而且这些布局信息也反映了网站编辑人员对新闻排序的看法，对新闻网页的排序也有重要的指导意义。本文涉及的算法主要是针对任意网站任意新闻网页，所以暂不考虑这个因素。

从以上分析可以看出，对新闻影响力进行计算需要考虑新闻信源网站及其质量、新闻转载网站及其质量、新闻回复人次、新闻发布时间等几大要素。融合这些要素，本文提出了新闻影响力的计算模型，框架如式（6-1）所示：

$$N_F = D(t_S, t) \times WS \times (a \times \text{Trans} + b \times \text{Rep}) \tag{6-1}$$

式中，N_F 为新闻影响力大小，$D(t_S, t)$ 新闻发布时间参数，WS 为新闻信源网站的影响力因子，Trans 为新闻转载率，Rep 为新闻回复率，a 和 b 为待定的系数因子，它们之间的关系为 $a + b = 1$ 且 $a > 0$，$b > 0$，它们的取值决定了转载率因素和回复率因素在决定新闻影响力大小时所起的作用。式（6-1）计算模型中各项影响因素的计算，在下文中将给出详细陈述。

2. 新闻影响力定量分析方法框架

依据式（6-1）的新闻影响力计算模型，本文的排序算法实现流程如图 6-3

所示。第一步，对新闻网页进行相似性判断，如果判断为转载或相似网页则提取网页转载或重复信息；第二步，用新闻转载网站之间的关系，利用 HITS 算法[4]对各转载网站进行了权威度计算，确定最终的信源网站和新闻转载率；第三步，对新闻网页进行信息提取，并利用提取的信息和上步中得到的重复信息进行回复率计算；第四步，利用中国互联网指数系统对新闻的信源网站的质量进行判定，并将其作为新闻影响力判断的一个整体的比例因子；第五步，考虑时间因素对新闻影响力的作用；第六步，根据以上步骤得到的信息进行综合计算得出新闻的影响力。

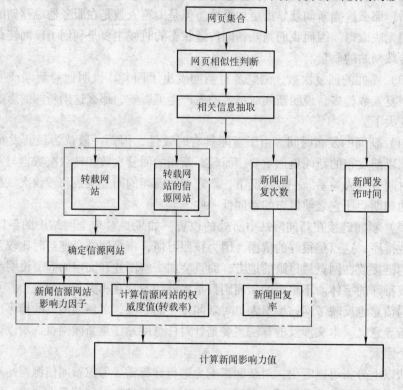

图 6-3　新闻影响力算法框架图

3. 新闻影响力定量分析算法实现

（1）新闻网页的判重及相关信息提取。新闻网页的重复，一般源于转载或对同一事件的不同报道，导致新闻文档的完全一致或者部分一致。因而，新闻网页的判重需要进行两种方式的判别[8]。

首先，对整篇文档进行 MD5 方法判重，如果文档完全一致，则直接确定网页之间的转载关系。如果文档并不完全一致，则进一步采用基于网页主体内容间的相似程度来判断它们是否为近似相同。

基于网页主体内容的判重，采用向量空间模型（VSM）表示网页主体内容，同时识别文章主体中的命名实体，因为命名实体最能体现新闻的特征，是新闻相似性判断的一个重要依据，此算法中需要识别的命名实体为人名、地名、机构名称和时间。当两个网页主体内容相似比例达到设定的阈值时，判别它们为近似相同，为重复网页。在计算过程中，网页 $Ui(i \in [1, n])$ 使用特征向量进行表示，其关键词权值 We 采用以 TF × IDF 方法来确定，如果判定词项为命名实体，权值适当加强。具体定义如下：

$$We = \begin{cases} idf_e * \alpha & e \text{ 为命名实体} \\ idf_e & e \text{ 为其他} \end{cases} \quad (6-2)$$

式中，α 为加权因子，本文实验中取值为 5。

最后选取 m 个权值较大的词项生成网页特征向量，以两个网页特征向量中共现词项数量为相似性判据，如果共现个数大于阈值，则两个网页为相似网页。

确定转载或近似关系之后，提取并记录相关的信息，需要记录的主要信息有：转载网站、转载网站的信源网站、转载网站中的回复次数以及新闻发布时间。此处的转载网站和信源网站只是对转载关系的一种记录，并非最后确定的真正的信源网站和转载网站。最后的信源网站在下一步中确定。

（2）新闻转载关系判断及新闻信源网站权威度计算。通常：

$$\text{新闻转载率（记为 Trans）} = \text{转载次数}/\text{源网站点击次数} \quad (6-3)$$

然而，由于网络新闻的转载关系存在直接转载和间接转载两种，使得源网站一开始不能确定，而且源网站的点击次数保存在服务器端，网页中一般不提供，所以很难得到。由于新闻网页与其源网站之间存在互相增强的反馈关系，应用 HITS 算法原理，本文把网站作为节点，网站拥有内容质量（权威）属性 Authority 和转载属性 Hub，应用迭代算法计算如下：

每个网站 pt 有内容质量属性值 $A_0(pt)$ 和转载属性值 $A_1(pt)$。首先在网络整体层次上将所有节点的这两个属性值初始化为 1，然后用 $pt \to qt$ 描述网站 pt 转载了网站 qt 的新闻，用下面的迭代公式计算内容质量属性值和转载属性值，每次迭代完成后将所有网页的属性值正则化为 1。

$$A_0(pt) = \sum_{qt \to pt} A_1(qt) \quad (6-4)$$

$$A_1(pt) = \sum_{pt \to qt} A_0(qt) \quad (6-5)$$

$$A_0(pt) = \frac{A_0(pt)}{\left[\sum_{\forall pt} (A_0(pt))^2 \right]^{\frac{1}{2}}} \quad (6-6)$$

$$A_1(pt) = \frac{A_1(pt)}{\left[\sum_{\forall pt} (A_1(pt))^2 \right]^{\frac{1}{2}}} \quad (6-7)$$

按以上公式迭代更新每个节点的属性 $A_0(pt)$，$A_1(pt)$。

利用上节中提取到的转载信息，首先提取新闻转载网站之间的关系，包括直接转载和间接转载关系，计算各个转载网站的权威度值，最终把被转载（类似于普通网页的入链）次数最多的那个网站作为源网站，把它的权威度值作为新闻的转载率值。

3. 新闻源网站影响力因子（Ws）确定

对新闻网站质量的评价来自人们对这个网站的关心程度，浏览这个网站的人数多了，自然可以认为这个网站的质量比较高，它提供的新闻就比较有价值。因而新闻源网站的质量好坏程度，也是对网络新闻影响力进行判断的一个重要依据。

中国互联网实验室与国家统计局联合发布了中国互联网指数系统[9]（China Internet Index System，CIIS）对网站进行评估。CIIS 利用 Alexa. com 作为第三方监测机构，依托各监测网站的人气指数，将提供中文服务的网站按照所处行业、地域、提供服务等进行划分，并由此进一步揭示出中国互联网行业的行业发展及区域发展特征。

中国互联网指数系统中的人气指数是以 Alexa. com 的数据为基础进行计算，选取各个行业排名靠前的网站为成分网站，对其访问量（IP 值）及人均页面访问数（PV）进行加权计算得出平均值，其他网站与此值相比，得到各自的人气指数值。本文利用的正是新闻源网站人气指数（CIIS 值），再把此指数归一化作为新闻信源网站的质量评估值，即新闻影响力因子 Ws，也就是新闻影响力评估的一个整体参数。

4. 新闻回复率计算

回复率（记为 Rep）直接体现了人们对网络新闻产生的反应。通常：

$$回复率 = 回复次数/点击次数 \tag{6-8}$$

通过观察发现，大部分新闻网页只是提供了回复人次，而没有提供点击/浏览人次，而且网页中点击/浏览次数是在网页服务器端存储的，通过简单的抓取和信息抽取很难得到。在大量观察的基础上，根据新闻回复次数的相对数量总结了一个回复率比值，把这个比值作为新闻的回复率。此处，回复次数是源网站回复次数和转载网站回复次数的总和。新闻回复次数分布如图 6-4 所示。

从上图我们可以得出：大多新闻的回复次数是在 1000 人次以内的。极少数是在 3000 人次以上。根据上图统计规律得出下面的相对回复率比值。举例说明：其中回复次数（0～200）表示对本条新闻发出回复的人数范围，相对回复率比值表示在发出回复人数为（0～200）之间时，我们可以认为对本条新闻发出回复的人数占浏览人数的 20%。如果回复人数超过了 5000，表示浏览过本条新闻的人基本上都发出了回复，所以相对回复率为 100%（见表 6-1）。

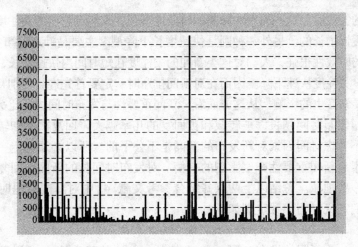

图 6-4　回复人次统计

表 6-1　相对回复率列表

回复次数（人次）	相对回复率比值（%）
5000 +	100
3000 ~ 5000	90
2500 ~ 3000	80
2000 ~ 2500	70
1500 ~ 2000	60
1000 ~ 1500	50
500 ~ 1000	40
200 ~ 500	30
0 ~ 200	20

5. 时间要素对新闻排序的影响

　　人们对新闻的关注程度变化趋势一般为两种，如图 6-5 所示。此处关注程度用单位时间内浏览新闻的人次来衡量。第一种是缓慢增长型，例如对国家政策类新闻

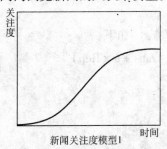

新闻关注度模型1

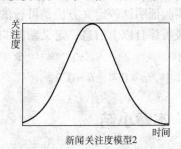

新闻关注度模型2

图 6-5　新闻关注度

等知识类的关注度。这些类别的新闻的时效性不强，人们对它们的关注度是随着时间的推移缓慢增长的。另外一种则是快速增长下降型。主要是针对时事类的新闻，这类新闻的时效性很强，人们对这类新闻的关注度在短时间内快速增长，经过一段时间之后，关注度快速下降。因而在对新闻排序时一定要首先进行类别判断，然后考虑时间要素产生的影响。从这方面看，新闻重要性与发布时间成反比关系。

另外，发布时间越长，被转载和被回复的几率越大，回复次数和转载次数越多。如果不考虑时间因素对新发布的新闻是不公平的。所以必须选定一个参数作为时间因素对新闻重要性产生影响的平衡。对发布时间长的新闻在回复次数和转载次数做一些削减。总结以上两点并结合参考文献[4]中对新闻衰退时间参数的定义，我们定义时间参数定义如下：

$$D\ (t_S,\ t)\ = e^{-\alpha(t-t_S)} \tag{6-9}$$

其中，t_S 为新闻的发布时间，并且有 $t \geqslant t_S$。α 的确定取决于新闻它所属于新闻类别的衰退时间，衰退时间指新闻从发布到无人关注中间经历的时间，此处定义 α 与新闻衰退时间之间的关系为

$$\alpha = \begin{cases} e - \beta\alpha = 0.5 & \text{时事类新闻} \\ e - \gamma\alpha = 0.5 & \text{非时事类新闻} \end{cases} \tag{6-10}$$

式中，β 为时事类新闻衰退时间，γ 为非时事类新闻衰退时间。

6. 新闻影响力判断

通过以上步骤，我们可以得到如下的数据：新闻转载率（Trans），新闻回复率（Rep），新闻信源网站的影响力因子（Ws）以及新闻发布时间参数 $D\ (t_S,\ t)$。

我们认为对新闻进行转载和回复即为人对新闻的认可，所以把网络新闻认可率（记为 Rec）定义为

$$\text{新闻认可率} = a \times \text{转载率} + b \times \text{回复率} \tag{6-11}$$

为了保证认可率为小于1的数值，其中的 a 和 b 的关系我们定义为 $a + b = 1$；因为没有合适的语料库，无法通过训练方法得到 a 和 b 的值，所以它们的确定借助于 80/20 法则而得到。此处理解为浏览新闻的人也许很多，但是做出回复的人是极少的，而做出转载行为更加少。所以我们认为转载率更能体现新闻的影响力。实验证明这种定义方法是可行的。

最后综合以上信息，定义新闻的影响力（N_F）如下：

$$N_F = e^{-\alpha(t-t_S)} \times W_S \times\ (a \times \text{Trans} + b \times \text{Rep}) \tag{6-12}$$

其中，$a = 0.8$，$b = 0.2$。

6.4 本章小结

网络作为各类信息、资讯、思想、理念和时尚的集纳地，已经以新兴的

"第四媒体"身份深入人们的生活，网络新闻作为网络舆论和社会舆论形成的主要源泉，准确判断它的影响力从而准确即时地把握社会舆论的动向变得尤为重要。这使得网络新闻的价值取向直接影响着新闻的采编、策划和制作，而受众对新闻的价值评价也直接作用于网络媒体对新闻价值的侧重与取舍，讨论网络这一新兴媒介对新闻价值及其实现的影响，是为了通过互联网更大程度地实现新闻本身的价值，平衡网络媒体经济利益和社会效益，掌握舆论导向功能。本章以网络新闻的价值评价要素作为切入点，在网络新闻的价值体系构成的基础上分析了网络新闻价值取向的特征和形成原因，确定了网络新闻价值评价的指标体系，论述了网络新闻评价的技术，并提出了一种定量计算新闻影响力的模型，力求客观地衡量新闻的影响力大小，给网络新闻评价提供了一种更加可靠、有力的依据。但是现在新闻评价技术大多只是利用了新闻网站或网页中比较浅显的信息，而如何加入对新闻内容的分析提高网络新闻评价的准确性，以及如何把它应用到实际的网络管理中都是以后努力的方向。

参 考 文 献

[1] 于建华. 网络新闻价值评价指标体系的建立研究［J］. 华北水利水电学院学报. 2005，21（3）：60 – 63.

[2] 王珏. 大规模通用网页检索与网络新闻检索的智能排序算法研究［D］. 北京：清华大学，2006.

[3] Gianna M. Del Corso, Antonio Gulli, Francesco Romani. Ranking a stream of News［C］, Proceedings of the 14th international conference on World Wide Web（WWW 2005）. Chiba, Japan. 2005：97 – 106.

[4] Kleinberg JM. Authoritative sources in a hyperlinked environment［J］. Journal of the ACM. 1999，46（5）：604 – 632.

[5] 黄鹂. 论网络媒体传播功能的特点［J］. 华中理工大学学报（社会科学版），2000，14（2）：115 – 117.

[6] Del Corso GM, Gullí A, Romani F. Ranking a stream of news［C］. In Proceeding of the WWW05, New York：ACM, 2005：97 – 106.

[7] Yao JY, Wang J, Li ZW, Li MJ, Ma WY. Ranking web news via homepage visual layout and cross – site voting［C］. In Proceeding of ECIR06, Heidelberg：Springer – Verlag, 2006：131 – 142.

[8] 王建勇，谢正茂，雷鸣，等. 近似镜像网页检测算法的研究与评价［J］，电子学报，2000，28（11A）：130 – 132.

第 7 章 网络舆情分析

7.1 舆情分析的必要性和作用

　　舆情指在一定的社会空间内，围绕中介性社会事项的发生、发展和变化，作为主体的民众对作为客体的国家管理者产生和持有的社会政治态度。舆情机制是隐含了民众的"三位一体"的主体地位的决策机制；建立有效的社会问题预警机制，首先要能够收集分析反映社会生活的舆情信息。基本要求是要做到"快、准、深、精、新、全"。其中网络舆情信息是非常重要的一块。网络彻底打破了地域的界限，模糊身份的特征，使得广大弱势群体能够充分揭露出社会底层的深刻现状；而且网络还具有实时性强、交互性好的特点，因此，对网络舆情的分析和整理对于构建有效的社会问题预警机制具有很大的作用。

　　随着网络的普及，网络舆情以"舆论多元"为最大特点，网络舆情的信息丰度呈现"爆炸"的态势，一是网络舆情信息的数量极为庞大，二是其类别繁多，三是背景信息复杂，尤其是突发事件和社会流行，常常会立即引发各种社会集团、政治势力的共同关注。在这种情况下，要人工去甄别每个意见的具体情况并加以分类统计是不现实的。只有采用计算机技术自动地对网络舆情语料进行分析整理，才能够建立起全面、有效、快速的社会问题预警机制。

7.2 网络舆情的概念与传播

7.2.1 网络舆情的含义与特点

　　社会科学方面，我国学者对"舆情"这一概念目前还没有统一的认识，王来华对舆情的定义是[1]："舆情是指在一定的社会空间内，围绕中介性社会事项的发生、发展和变化，作为主体的民众对作为客体的国家管理者产生和持有的社会政治态度。如果把中间的一些定语省略掉，舆情就是民众的社会政治态度。"

　　网络舆情是社会不同领域在网络上的不同表现，有政治舆情、法制舆情、道德舆情、消费舆情等。在当今社会条件下，处于深刻历史变革中的中国，开放空前扩大，现代传媒迅速发展，人们的交往日益密切，观念和价值冲突加剧，社会突发事件时有发生，加上自由、自主增大，社会每时每刻都在自觉不自觉地传播、制造舆情流量，并使之不断扩充，人人都生活在舆情的氛围中。网络舆情不仅形成迅速，而且对社会、对社会生活的各个方面产生了极大影响。

网络舆情通过多种媒介传播：新闻评论、博客留言和论坛等。网络舆情具有"滚雪球"效应，它靠一批热心网友的"上帖"、"跟帖"、"转帖"来造就。周如俊[2]等人认为网络舆情的形成有三个方面的诱因：第一，社会矛盾。由社会矛盾产生各种社会问题诱发意见，意见在网络上的普遍化可视为网络舆情的形成。这种社会矛盾必须符合以下要求：

（1）社会矛盾的解决受阻，陷入非常状态；

（2）这种受阻最终表现为矛盾纠葛，呈现出"有形的难题"；

（3）这种"社会难题"引起网民的关切和议论；

（4）社会矛盾获得解决，先使人民受益，网民发出赞扬声，也会形成舆情。

第二，个人意见的扩展。社会问题引起不同个体的反应程度和方向不同，但个体可以选择网络论坛或聊天室来发表见解，扩大见解，引起他人的注意。在不断有其他网民的跟帖、讨论、响应下，个人的意见就会扩展成意见的"聚议量"。第三，偶发事件的激发。事件是舆情形成的激发点，直接引起议论向舆论的转变。任何一个具体事件的发生都表现为历史进程的必然性，而每个事件在什么时候发生，谁在事件中扮演什么角色又具有偶然性。作为事件旁观者的大多数网民，通过网络或其他渠道了解，引起广泛议论。特别是一些重大的社会事件，涉及许多人的切身利益，直接关系到国家、民族、社会的命运，引起人们的思虑，激起网民的众说纷纭，便会形成对事件的冲击波。

7.2.2　网络舆情信息的主要表现形态

舆情经常发生在民意表达最为集中、舆情传播最为畅通的"场所"。从目前来看，网络舆情的存在空间主要有以下几处：电子公告板（BBS）、即时通信（IM）、电子邮件（E–mail）及新闻组（News group）、博客（Blog）、维基（Wiki）、掘客。

由于网络媒体不同于传统的其他媒体，网络舆情信息表现为文本、图像、视频和音频等多种形式。舆情监测者可以从网络舆情信息的这些形态来搜索收集信息。

1. 文本类

网络技术的发达促进了网络交流，同时，网络交流的增加也促进了信息的交流。文本类舆情借助网络往往在短时间内就为公众所知并采取措施应对。

2. 图片和视频类

相比文字，图片和视频更能将现场情景形象地再现在人们的眼前，更具有说服力和视觉冲击感。不可忽视的是，数字化图片处理技术的发展使得网民轻易可以将各种不同的图片嫁接在一起，达到以假乱真的地步，使人真假莫辨。

3. 网络行为：黑客和网络暴力

黑客（hacker），源于英语动词 hack，意为"劈，砍"。在早期麻省理工学院的校园俚语中，"黑客"则有"恶作剧"之意，尤指手法巧妙、技术高明的恶作剧。网络的虚拟性和匿名性使网民并无经济学意义上的成本约束，再加上网络伦理的缺乏约束，"网络暴民"和"匿名专制"产生也顺理成章。根据传播学的"沉默的螺旋"理论，当人们看到自己赞同的观点时会积极参与，而发现某一观点无人问津，即使赞同也会保持沉默，这样就会使一方观点越来越鼓噪而另一方却越来越沉默，从而导致"假真理"和"假民意"盛行，正是这一点让我们必须对那些"恶搞式回帖"保持足够警惕。

7.3　网络舆情的搜集

网络舆情语料采集主要有以下两种途径：

1. 基于网页抓取的采集

基于网页抓取的采集是舆情语料采集的主要手段，采集的对象包括各种网络媒体的网页，如门户网站、论坛、博客等。内容采集又可分为基于文本的采集和基于多媒体信息的采集。基于文本的采集过程包括网络抓取，HTML 内容解析、提取；多媒体的信息采集通常采用的方法为关联规则法和特征提取法。

在采集之后采用数据抽取和转换的方法将非结构化的多媒体信息转化或映射为结构化的数据结构，然后再进行下一步的分析工作。这种方法的优点是采集的舆情语料比较全面，能够从整体上反映一个时期网民的舆情情况；缺点是采集周期比较漫长，网页过滤、内容抽取工作比较复杂。

2. 搜索引擎方法

通过对指定话题（关键词）进行自动化的搜索，根据搜索获得的结果（URL 信息、内容信息）进行下一步的网页抓取或者语料整理分析。这种方法的优点是能够快速有效的获取指定话题的舆情语料，过滤、提取方法简便；缺点是难以进行话题发现，需要用户指定一组关键词，才能进行反复的自动搜索和抓取。

7.4　网络舆情的分析

7.4.1　网络舆情分析关键点建模与发现

1. 热点话题发现[3]

热点话题指过去某一段时间内，被网民多次反复提及和讨论的话题。参与讨论的人越多，说明该话题的热度越大。热点排行时根据主题文章聚类的结果，可以很容易的得到每个簇的参与讨论的人次数，因此得到热点模型：

$$热度 = \sum_{1}^{k} p_i , \quad (i = 1, 2, \cdots k) \tag{7-1}$$

式中，p_i 是当前主题簇中主题的参与讨论的人次数目，k 为簇中主题的个数。

2. 极性话题发现

评论的情感强度反应了网民对参与话题的情感强度，对于那些包含强烈感情评论的话题，舆情监控系统需要给予更多的关注。一般称这些强烈感情评论占有较大比例的话题为极性话题，相应地称正面的强烈感情评论占有较大比例的话题为正极性话题，负面的强烈感情评论占有较大比例的话题为负极性话题，并建立相应的发现模型。

按照评论的情感因素把评论分为弱极性和强极性两种，用强极性评论在所有评论中占有的比例作为整个话题的极性，即

$$极性 = \frac{强极性评论数}{总评论数} 100\% \tag{7-2}$$

相应地建立正负极性话题的发现模型：

$$正极性 = \frac{正面强极性评论数}{总评论数} 100\% \tag{7-3}$$

$$负极性 = \frac{负面强极性评论数}{总评论数} 100\% \tag{7-4}$$

在系统设定一个规模阈值 H，就可以发现热点话题中的极性话题。

3. 焦点话题发现

热点话题之间并不是完全类似的，在有的话题中评论者之间的关系是融洽的，他们发表的评论大多具有一致的倾向性，他们仅仅对于该主题比较感兴趣而参与讨论；而在另一些话题中，评论者之间往往体现出尖锐的对立性，双方各执一词，争论不休，一方对当前话题的内容表现出支持的态度，另一方对当前的话题内容表现出反对的态度。于是在评论中体现出了很强的对立性。为了表示这种对立性，引入了观点对立度的概念。

定义：参与评论的网民之间评论倾向性的离散程度或者说两种极性观点对立的程度称为观点对立度。

观点对立度具有以下几个特点：

（1）与极性评论比例成正比，极性评论越多，对立度越高；

（2）与中性（无关）评论比例成反比，中性（无关）评论越少，对立度越高；

（3）与评论倾向程度相关，倾向性越明显，对立度越高。

与对立评论双方数量规模相关，双方规模越接近，对立度越高；规模越悬

殊，对立度越低。

根据上述特点，建立如下数学模型：

引入表示：

（1）倾向性权重值（$-W_k$，…，$-W_2$，$-W_1$，0，W_1，W_2，…，W_k），k 为模型中倾向性程度级别数目。W_k 是第 k 级倾向性权重值。

（2）各级别评论数目（N_k，…，N_2，N_1，0，P_1，P_2，…，P_k）其中 N_k 表示负极性为第 k 级的评论的数目；P_k 表示正极性为第 k 级的评论的数目。

$$观点对立度 = \frac{\sum_{i=1}^{k} W_i \times N_i + \sum_{i=1}^{k} W_i \times P_i}{\sum_{i=1}^{k} N_i + O + \sum_{i=1}^{k} P_i} \times \frac{\min(\sum_{i=1}^{k} W_i \times N_i, \sum_{i=1}^{k} W_i \times P_i)}{\max(\sum_{i=1}^{k} W_i \times N_i, \sum_{i=1}^{k} W_i \times P_i)}$$

$$(7\text{-}5)$$

其中，第一个除式的分子是加权倾向性和，分母是总的评论数目。第二个除式相当于一个修正因子，只有当正负极性加权值相等时，才达到最大值 1，否则如果只有一方的评论数目大，另一方很小，则最后的观点对立度数值就会比较小。

为了反映话题对立性的影响范围，在观点对立度的基础上给出话题焦度的定义如下。

定义：话题的评论双方观点对立性的影响程度称为焦度。计算公式：

$$焦度 = 观点对立度 \times \frac{评论规模}{基准量\ \lambda} \tag{7-6}$$

其中基准量 λ 为了使焦度计算结果更规范一些，避免出现很大的数值。代入观点对立度计算公式，消去评论规模得到新的焦度计算公式：

$$焦度 = \frac{\sum_{i=1}^{k} W_i \times N_i + \sum_{i=1}^{k} W_i \times P_i}{基准量\ \lambda} \times \frac{\min(\sum_{i=1}^{k} W_i \times N_i, \sum_{i=1}^{k} W_i \times P_i)}{\max(\sum_{i=1}^{k} W_i \times N_i, \sum_{i=1}^{k} W_i \times P_i)} \tag{7-7}$$

基准量 λ 可以根据应用的规模进行设定，例如 1000 或者 10000。计算各话题的焦度，即可以得到话题的焦度排行，发现其中的焦点话题。

4. 敏感话题发现

网络中的话题随着时间的推进，以及某些相关事件的发生，往往呈现出一定的波动和变化，某些话题的观点对立度可能随着时间的推进持续升高，而有些话题的观点对立度可能会持续下降，有些话题可能维持一种相对稳定的状态。用户往往关注在过去某个时间段之内观点对立度上升较快的话题，我们称这样的话题为敏感话题。网络舆情监控系统的一个重要功能是发现其中的敏感话题，并根据敏感话题设定的阈值决定是否发出预警。下面给出敏感度数学模型：

$$敏感度 = \frac{D_j - D_i}{T_j - T_i} \qquad (7-8)$$

其中 D_j 和 D_i 分别是 j 时刻和 i 时刻话题的观点对立度，除式分母是时间差。

研究发现，对于较小规模的话题，即使其观点对立度在一段时间内上升较快，但是由于参与的规模不大，不能代表较多的网民的观点，因此在进行敏感话题发现时需要考虑其规模因素，只有达到了一定的规模，才触发预警。

5. 话题走势分析

通过绘制话题的热度随时间变化的曲线图，我们可以定位舆情事件的发生时刻，图 7-1 所示为某话题随时间变化的曲线图，可以看出话题在 $t_1 \sim t_2$ 和 $t_3 \sim t_4$ 两个时间段发生明显的上升，由此可以推测在这两个时间段内发生了对舆情有重大影响的事件。

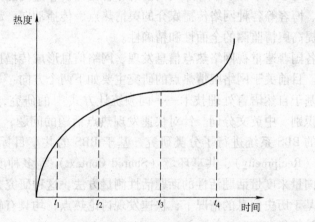

图 7-1　某话题热度变化图

通过绘制话题的观点对立度随时间的变化图，就可以对话题走势进行分析。

例如图 7-2 所示为某话题的观点对立度随时间变化的曲线图，可以看出，在 $t_1 \sim t_2$ 之间，该话题的观点对立度上升较快，应当是那个时间段的敏感话题。在 t_3 时刻，该话题的观点对立度开始转为下降，此时刻称为该话题的拐点。如果话题拐点已经出现，说明该话题的舆论压力已经缓解，此时舆情已经得到有效的引导与排解，人们的观点正在趋于平缓。

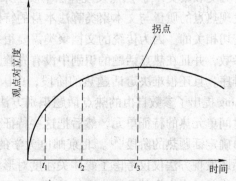

图 7-2　某话题观点对立度变化图

7.4.2 舆情分析相关技术

网络舆情智能分析研究的主要目标是在主题发现和追踪技术的基础上，通过自动发现和深入分析的方式综合展现当前的舆情热点，其主要研究内容包括：舆情热点的自动发现、关键词和摘要提取、文本倾向性分析、传播分析、趋势分析和关联分析等。

1. 舆情热点的自动发现

舆情热点自动发现是基于主题检测技术帮助人们应对信息过载问题的研究，以新闻、论坛、博客等媒体网页作为处理对象，自动发现新出现的舆情热点，并将涉及某个热点的报道组织起来以某种方式呈现给用户。其目标是要实现按热点查找、组织和利用来自多种信息源的多语言信息。本技术可以提高舆情监测的综合性，实现对多种来源、多种形式舆情的综合性分析和监测能力，为全面掌握新闻、论坛、博客等各种网络传播媒介的舆情热点、传播动向、趋势分析等提供基础，从而提高舆情监测的全面性和精确性。

世界各国普遍重视网络热点信息发现、网络信息形成传播机制等方面研究的关键技术。目前关于网络舆情热点的研究主要如下两个方向：

一是基于自然语言处理技术——词频统计方式[4]的研究，涉及的技术有未登录词的识别、中英文分词。针对快速发现热点话题的问题，参考文献［5］对日本最大的 BBS 系统进行了分类研究，基于 BBS 的共享目标（Shared Goals）、信息互惠（Reciprocity）、共享环境（Shared Context）等多种度量指标，提出了使用多维向量来度量话题活性的话题活性测量方法。这种研究方法无法对大量的话题在不基于历史信息的情况下，快速发现讨论热点，均具有较长的时间滞后性或较高的计算复杂度。

二是从数据挖掘的角度考虑热点信息的发现，利用复杂网络的特性对信息进行分类和聚类[6]。热点发现算法本质上来说是属于数据挖掘中的文本聚类算法，发现热点的质量与文本聚类算法本身的特性以及算法应用中的各种阈值的设置是密切相关的。因为传统的文档聚类需要很多的参数，而没有有效的方法调整这些参数，并且在热点话题的识别中没有先验知识来构造一个好的排序函数来对话题排序，且还很难决定话题热的阶段，中国香港中文大学的 Gabriel Pui 和 Cheong Fung 提出了参数自由的热点话题识别方法。这种方法通过特征分布确定某一个时间单元热的特征单元，然后把这些特征分组成热的话题，并根据特征的时间窗口确定话题热的阶段[7]。北京邮电大学的罗亚平、王枞等认为传统的网络热点话题发现方法仅仅考虑了媒体关注度对形成热点话题的影响，忽视了热点话题的产生与社会大众的关注有密切关系，进而提出基于话题关注度和用户浏览行为的热点话题发现模型[8]，但这种模型中的相关参数很难获取。

　　另外，识别出热点话题后，如何对它们进行描述也是热点话题发现的一个研究重点。在话题的显示方面，国内外没有相关的研究，但是可以改进 TDT 和信息提取中的相关研究方法。

2. 舆情热点的关键词和摘要提取

　　舆情热点的关键词和摘要提取就是自动对舆情热点的文档集合摘取精要或要点，其目的是通过对原文本进行压缩、提炼，为用户提供简明扼要的内容描述。而关键词和摘要都是描述一篇文章或一个文章集主要内容的重要部分，不同之处在于摘要中提供的是语义连贯的句子，而关键词抽取的是彼此独立的词汇。本技术可以为文档或文档集生成高质量的关键词或摘要，方便用户浏览检索结果或文档集合，了解文档或文档集内容。人们希望从海量文本中快速准确地获得自己感兴趣的内容，这是信息检索领域目前迫切需要解决的问题。然而现在的信息检索系统只能提供给用户检索到的文档全文，因此，人们提出了通过关键词和摘要为用户提供简明扼要的内容描述。关键词是简要描述一篇文档内容的重要元数据，用户可以通过关键词迅速了解文档的内容，从而判断文档是否是自己感兴趣的话题。自动关键词技术不但可以满足应用需求，而且是其他方向研究的基础，为改进其他工作的质量起到了很大的作用。例如关键词提取是文本信息检索技术的基础，文本信息检索技术利用每篇文档中的关键词形成对文档的索引，然后根据这些索引检索出满足条件的文档。因此，形成一个有效、正确描述文档的索引是文本信息检索的关键，而这些索引的来源正是从文档中提取出来的关键词。

　　同关键词一样，摘要也是描述一篇文档主要内容的重要部分，不同的是摘要中提供的是语义连贯的句子，而不是彼此独立的词汇。根据处理的文档的维度（Dimension），摘要可以分为单文档摘要和多文档摘要：单文档摘要只对单篇文档生成摘要，而多文档摘要则对一个文档集生成摘要。根据摘要所采用的方法，一般情况下，自动摘要技术大致可分为基于统计的摘录式摘要和基于意义的理解式摘要两类方法。其中这两类方法的处理对象都可以是单文档或是多文档，实现技术也可以是有指导的或是无指导的。基于统计的摘录式摘要，也称机械摘要，最终摘要的内容完全是原文档内容的部分拷贝。基于统计的机械文摘是将文本看作句子的线性序列而将句子视为词的线性序列，通过利用一些统计学方法和语言学特征进行文摘的生成，主要是根据线索词词典、词频、词和句子的启发函数进行模式匹配提取摘要。目前，摘录式摘要基本上是以句子为提取单元的，因为基于句子的提取方法尽管可能会使句间存在不连贯，但句子本身是保持一致性和连贯性的；基于段落的提取会造成提取出的摘要冗余度较大，并且摘要的长度难以控制。基于意义的理解式摘要，主要是利用自然语言处理技术对文档进行浅层或深层的理解，用句法和语义知识、一阶谓词逻辑等理论对文章的内容在理解的基础上，对其中的词项、句子进行重组或替代来形成摘要。基于意义的理解文摘在处理过程中模仿了人工摘要的过程，应用了词、句、段及篇章的知识，因而使生成的文摘具有一定的连贯性和语句完整性，可读性高。但它需要较成熟的人工智能技术和大型的专家知识库，对文章进行深层的句法和语义分析，因而只能应用到某些特定题材的、文体和内容具有相当可预见性的文章中，文摘质量并不十分令人满意。

3. 舆情热点的倾向性分析

由于网络的虚拟性和匿名性，使得网络文本内容在大多数情况下真实地表达出了民众的态度和情绪，通过倾向性分析可以明确网络传播者的意图和倾向。通俗地说，文本舆情描述的是文本所传递的情感。对文本舆情进行分析，实际上就是试图根据文本的内容提炼出作者的情感方向。舆情热点的倾向性分析是指对热点内的文档或回复信息进行倾向性分析，通过分析文本内的褒义词和贬义词并结合上下文进行语境分析，或者通过基于机器学习的倾向性分析算法，从而计算出文档或回复的倾向性因素。在得到倾向性因素的同时，可以加权给出每篇文档的倾向性因素度量值，再按时间统计出该热点的倾向性指标的总体变化以及某一段时间范围内的倾向性指标增量。当倾向性指标超出某一安全范围时可以给出提示信息，用于舆情信息的提前预警。

近几年，对于文本倾向性分析的研究逐渐成为国内外研究者的一个热点。文本倾向性分析指通过计算机技术自动分析文本信息所包含的情感因素，倾向性分析是一门交叉学科，涉及自然语言处理、机器学习、文本挖掘、人工智能、语言学等诸多领域。与以前传统的人工处理方式相比，通过计算机自动提取大众对某一问题的看法或舆论倾向是一个新的实时收集和分析信息的方法。它的优势如下：可以高效的处理信息，从而能够应对互联网上日益泛滥的海量数据；可以处理非结构化的文本数据，拓展了数据挖掘的处理对象。正是由于情感自动分析的这些优势，它有着众多的潜在应用领域。

至今为止，国内外所从事的网络文本倾向性分析研究工作可归纳为以下几个方面[9]：

（1）客观性分类：从 Web 上获取的评论文档按照类型和风格的不同区分为主观和客观两类，这类工作以 Finn 等人为代表，其结论是基于词性标注的特征选择方法比词袋方法效果好。Wiebe 等人对人工标注的语料从短语、句子和篇章层次进行研究，发现对于不同的标注者，其主观性的判别有较大差异。

（2）词的极性判别：即通过分析带有语气渊的特征来判断词的极性。Hatzivassiloglou 和 McKeown 使用关联词（如公平并合法，简单却受欢迎）来区分含义相近或相反的词。Turney 和 Littman 提出了一种方法，他们使用 AltaVista 中的 NEAR 运算从 Web 上搜索得到两个词同时出现的次数，以此来决定两个词的相似程度，一个新词归属于正面语气还是负面语气，取决于它和手工选择的正面

（或负面）种子词集合中所有词的关系，这类工作和常规的词聚类问题有一定的关联。Lin 和 Pereira 等人使用语言学同位关系把用法和意义相似的词进行了归类。

（3）语气分类：

1）基于语气标注的方法：加拿大渥太华大学的 Kennedy、加拿大国家研究委员会的 Turney 等提出语气词标注方法，对常用词汇进行语气标注，如（"好"标为正面，"坏"标为负面）。分类时直接统计一篇评论中的正面与负面语气词的个数，正面语气词多则判为正面，负面语气词多则判为负面，相等则判为客观。

2）基于语义模式分析的方法：Tetsuya Nasukawa 和 Jeonghee Yi 等通过识别特定主题词和语气表达式之间的语义关系进行倾向性分析。Jeonghee Yi 等人采用自然语言处理技术分析特定主题和语气词之间的语义关联。

3）基于机器学习的方法：其思想是直接利用传统的机器学习方法来训练语气分类器。康奈尔大学的 Lillian Lee 和 Pang Bo 等人以 Usenet 上的电影评论作为语料进行了研究，采用了不同的特征选择方法和机器学习方法。其实验结果显示，基于 presence—based frequency 模型选择 UniGrams 的方法，并采用 Support Vector Machine（SVM）进行分类，能取得最好的分类结果，其准确率为82.9%。

倾向性分析面临的主要问题是目前的大部分方法和技术都和领域或话题相关，局限在某个特定领域或者关联于某个话题下进行倾向性的分析，缺乏一般性的通用技术。基于语气词标注的方法严重依赖于标注专家且不利用训练样本，其分类精度往往不如基于机器学习的方法。而基于机器学习的倾向性分析方法又取决于训练集的大小与质量，同时具有很强的领域或主题依赖性，由于已有的标注语料库的规模都很小，因而这类有监督的语气分析方法的效果仍然难以保证。基于语义模式分析的方法则受限于自然语言处理技术的不够成熟而很难实用。中文倾向性分析方面的情况则更加突出，一些基本问题尚未得到圆满的解决：

（1）各种有监督的机器学习方法在中文数据集上的语气分类效果孰优孰劣；

（2）文本特征表示方法和特征选择机制等因素对中文语气分类的性能将产生什么影响；

（3）文档集的哪些语气特征对语气分类的精度具有决定性影响等。

因此，为解决上述问题，应着重研究倾向性主客观过滤技术和观点极性、强度、情感分析判别技术：研究网络环境下倾向性特征词的特点和类型，并进行语气极性判别和标注，从而构建一个面向互联网的倾向性语气词典，建没一定规模的标准数据集，为中文倾向性分析的深入研究和公开评测提供支持。

4. 舆情热点传播动态分析

舆情热点传播动态分析的目标是利用新闻、论坛、博客等关联分析技术，实现对某个热点的传播趋势进行分析,用动态传播图的形式展现舆情传播的线索。舆情传播动态模块对同一热点的论坛帖文、博客文章、网站新闻进行基于时间的罚分策略计算关联程度分析,以传播网的形式给出同一主题在不同媒介之间的传播关系,结合关注程度分析得出热点的转移趋势,并以平面图、传播动画示意图展现给用户。

5. 舆情热点的趋势分析和关联分析

舆情热点的趋势分析和关联分析是通过三维图形下的信息挖掘模型,以波谱图的方式展现一定时间周期内的舆情变化以及舆情重点和相关关系等信息。该模块通过粗细、亮暗、分叉的方式来表达同一时期的报道信息数量、关注度、趋势等,为舆情变化判断提供一定的参考。

7.5 网络舆情的引导

舆情的形成和发展,具有较强的社会影响力,如不能正确地引导舆情向舆论的转换,掩盖了信息传播的真实情况。就有可能形成"舆情危机",造成社会的不稳定。为此,应从以下4个方面入手。正确引导网络舆情,促进我国的社会主义和谐社会建设[10]。

1. 加强网络文明建设

所谓网络文明就是人们在网络的使用过程中所体现出来的一种积极健康的生活方式、高尚的思想品德修养、崇尚伦理和法制的理性精神,及网络空间建立的正确的价值观体系,健全的社会性规范、准则等。网络文明与现实社会中的文明存在着必然的联系,网络文明建设是和谐社会建设的一个重要组成部分。网络既可以传播真实的、客观的、健康有益的信息,使公众对社会生活中的热点及焦点问题的真实观点表达出来,促进社会发展;也可以传播虚假的、反动的、消极的内容,使非理性的言论甚至是别有用心的破坏性、攻击性言论通过网络宣泄,以危害社会。在建设和谐社会的今天,要严厉打击淫秽色情网站、取缔暴力游戏、对网络出版物进行严格审查,在运用技术防范和法律约束等外在他律的手段的基础上,通过现有的伦理规范提升网络行为主体的自律意识。由于"网络虚拟社区"的存在。对网络文明的建设产生了不可忽视的影响。必须重视"网络虚拟社区"的文明建设,对各种现象去伪存真,使主流媒体发挥强大的新闻舆论导向功能,增强公民明辨是非、真假和善恶的能力。进而树立正确的道德观念,规范行为模式。提高综合素质,自觉履行公民的责任和义务,建立和谐的人际关系,维护正常的社会秩序,营造和谐的网络文化氛围。

2. 加强普法教育及网络管理

信息社会的运作越来越依赖于计算机、网络,无论哪个领域的网络遭到破坏，都将给国家和人民造成重大损失。我国网络社会的管理与网络在现实社会中的发展相比较显得有些滞后，立法与道德约束力量薄弱，对于敌对势力、恐怖组织利用网络散布政治谣言，进行政治煽动，还不能完全做到及时、有效的处理；对于网络色情、低俗、格调不高的视频及网站不能做到及时关闭；对于网民如何合理地利用网络资源，未能做到正确的引导与监督。在网络空间中，如果缺乏有效的控制和规范，就很容易使社会处于无序状态；引发社会矛盾，影响国家的稳定。加强网络法制教育、伦理教育，完善相关的互联网管理条例，打击利用互联网违法犯罪的活动，提高执行法律和政策的能力，提高网络行为主体的自律意识，非常迫切，已经成为建设和谐社会的基础。

3. 建立网上舆情监控系统及预警机制

掌握网络传播的信息监控权，加强技术管理措施，对网络舆情进行调控。建立舆情预警机制和监督机制，有利于调节社会舆论内容。控制其舆论导向，抵制网络社会中破坏信息的侵袭，实现政府与公众之间的良性沟通。网络作为传递信息的工具，网络舆情监控系统就是雷达，是社会的守望者，使那些利用网络对我国社会进行政治、思想、文化渗透的别有用心者无所遁形，推动社会顺畅运行。目前建立网络舆情预警机制是进行网络舆情控制的必要手段之一。所谓网络舆情预警就是在计算机系统软件支持下，采用预测和仿真技术，对各种社会警源的变量进行监测、度量和评估，以及某事件的发生、发展、变化的规律和特点进行分析研究，并对网络及公共事务领域运行态势进行有效监控、做出前瞻性判断和预警，并就某一问题向决策者提供决策建议和参考依据的一整套人机智能化的现代管理系统。在系统使用过程中，常用的技术手段有通过防火墙技术等安全措施防止网络病毒和不良网络信息的传播，对网上反动、色情等方面的信息加以隔离；网络各服务器具有对访问者的地址、访问时间和操作行为记录的功能，并对行为者进行身份查询；对国家安全信息实施软件加密技术；使用密钥验证、身份标识、数字签名等安全技术提高电子商务的信用等级等。在网络舆情预警系统中采用上述措施有利于保证网络信息的健康和文明，有助于及时发现问题、解决问题。合理的使用网络舆情预警系统，对其进一步更新、完善。将有利于加强网络舆情的正确引导。

4. 政府信息公开

树立良好形象。政府是社会公民权利的代表，代表人民管理社会公共事务，随着政府向服务型政府、法制型政府、阳光型政府的转变进程的加快，政府对网络信息管理将面临新的机遇与挑战。互联网技术不断成熟，网络在公众与政府之间构筑了一个畅通的信息交流平台，反映了公众思想动态、心理情绪、愿望心声以及带倾向性的社会动态。对于重大公共事件，政府组织的权威信息传播得越早、越多、越准确，越容易与公众沟通，谣言和流言就难以形成。在信息渠道通畅的前提下，保障公民的知情权，形成思想上的共识，这对于稳定秩序、化解矛盾、安定民心、树立政府威信，发挥着积极作用。如果政府信息发布不够公开、透明，甚至故意回避，不能及时将权威性的、明确的信息向公众汇报，公众难免通过互联网获得多种信息，包括小道消息、谣言，甚至是夹杂着不良价值观的国外报道。此种情况处理不当，可能会错误地引导公众。形成不利于政府、社会的舆论，产生负面影响，破坏政府在公众心目中的形象。网络作为政府和公众的代言人，既可以起到澄清事实、沟通信息、疏导情绪，消除恐慌的作用，同时又可能混淆黑白、恶意煽动、宣传错误言论，制造社会混乱。因此政府进行信息公开，通过整合网络舆情中有价值的信息，开展电子治理，简化政府行政和公共事务处理程序，使政府决策更具有公共性，增强其在公众心目中的权威性、认同感、凝聚力，使政府获得更多的理解与支持，对于维护社会稳定及推进社会主义和谐社会的构建非常必要。

7.6　网络舆情监控系统的实现

7.6.1　网络舆情监控系统概述

由于网上的信息量十分巨大，仅依靠人工的方法难以应对网上海量信息的收集和处理，需要加强相关信息技术的研究，形成一套自动化的网络舆情监控系统，及时应对网络舆情，由被动防堵，化为主动梳理、引导。这样的系统应该具备以下功能[3]：

首先是舆情分析引擎。这是舆情监控系统的核心功能，包括：

（1）热点话题、敏感话题的识别，可以根据新闻出处权威度、评论数量、发言时间密集程度等参数，识别出给定时间段内的热门话题。利用关键字布控和语义分析，识别敏感话题。

（2）倾向性分析，对于每个话题，对每个发信人发表的文章的观点、倾向性进行分析与统计。

（3）主题跟踪，分析新发表文章、帖子的话题是否与已有主题相同。

（4）自动摘要，对各类主题，各类倾向能够形成自动摘要。

（5）趋势分析，分析某个主题在不同的时间段内，人们所关注的程度。

（6）突发事件分析，对突发事件进行跨时间、跨空间综合分析，获知事件发生的全貌并预测事件发展的趋势。

（7）报警系统，对突发事件、涉及内容安全的敏感话题及时发现并报警。

（8）统计报告，根据舆情分析引擎处理后的结果库生成报告，用户可通过浏览器浏览，提供信息检索功能，根据指定条件对热点话题、倾向性进行查询，并浏览信息的具体内容，提供决策支持。

其次是自动信息采集功能。现有的信息采集技术主要是通过网络页面之间的链接关系，从网上自动获取页面信息，并且随着链接不断向整个网络扩展。目前，一些搜索引擎使用这项技术对全球范围内的网页进行检索。舆情监控系统应能根据用户信息需求，设定主题目标，使用人工参预和自动信息采集结合的方法完成信息收集任务。

第三是数据清理功能。对收集到的信息进行预处理，如格式转换、数据清理，数据统计。对于新闻评论，需要滤除无关信息，保存新闻的标题、出处、发布时间、内容、点击次数、评论人、评论内容、评论数量等，最后形成格式化信息。条件允许时，可直接针对服务器的数据库进行操作。

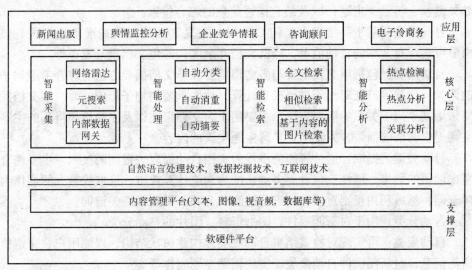

图 7-3　舆情监控分析系统结构图

7.6.2　网络舆情监控系统的体系结构

舆情监控分析系统以中文信息处理技术与数据挖掘技术为核心技术，以智能检索、智能分析和智能处理为核心功能。

智能检索指基于数据对象的多种属性的综合特征来进行基于内容的相似检索，包括文档相似搜索、基于内容的图片检索、基于内容的视频检索等功能。

智能处理指对数据进行自动处理，代替或辅助人完成有关工作任务，可以节省人力物力，提高效率，例如：文档自动消重、自动摘要、关键词抽取、自动聚类、自动分类等功能。

智能分析则是对数据进行分析挖掘，找到数据中隐含的模式或数据之间潜在的关系，产生新的知识，例如，热点检测和分析、关联分析、趋势分析等。

下面介绍这些模块具体功能如下：

全文检索：基于中文分词的多种索引单位，采用多信息域多数据类型的索引方式和词频相关的排序方式；支持多种检索运算；高扩展，高开放；支持海量索引，索引、检索速度快，低膨胀率，系统资源占用小；支持多平台、多语种。

文档相似搜索：基于倒排索引快速检索到初始的文档集合，然后利用基于文档结构的相似搜索模型对初始结果进行重排，提高检索性能。

图片检索：提供以图片内容（如颜色、纹理、布局）为基础，结合描述信息的综合检索。实际应用系统可采用这一引擎实现基于内容的海量图片快速检索。

视频检索：以颜色为特征，利用图论匹配理论提供对视频内容的检索（例如关键帧、场景、主题）以及结合描述信息的综合检索。

自动消重：基于高维索引结构 CSS 树对重复文档进行快速准确地定位。该引擎可实现对文本的自动消重，降低文档冗余度，避免文档重复发布等。

自动摘要：包括单文档摘要与多文档摘要。单文档摘要方法为综合考虑句子的词频、位置等特征对句子进行权重计算，抽取重要的句子形成摘要。多文档摘要采用基于句子关系的摘要方法，主要用于为文档聚类以及主题检测得到的主题类簇提供简洁的摘要，方便用户了解主题类簇的内容。

自动关键词提取：通过智能的手段为文档自动提取关键词的技术。主要综合考虑词语的频率、词性、位置等多种特征为词语计算权重，选取权重大的词作为候选词，然后利用规则对候选词进行过滤和合并，得到最终关键词。

自动分类：用于对新闻稿件、图书资料、图片的自动分类。

自动聚类：可实现对检索结果自动聚类并构建树状结构，以便用户快速定位所需信息；对新闻稿件自动聚类，实现辅助专题制作等。

热点检测和分析：采用舆情热点动态检测算法，能够在线检测新热点并提供诸多舆情热点的分析功能。

关联分析与趋势分析：基于数据挖掘技术，关联分析引擎可从海量数据中挖掘信息之间的关联关系，趋势分析则实现与时间相关的分析。

7.7 本章小结

鉴于当前的互联网环境日益复杂多变，网民人数逐年增多，人们的生活越来越多地受到网络的影响，因此建立有效的网络舆情监控系统应对网络突发事件具有重要的现实意义。本章主要介绍了网络舆情的概念与传播特点、网络舆情信息的搜集，并着重介绍了网络舆情分析的关键点和相关技术，以及网络舆情监控系统的体系结构。虽然现在对舆情监控分析系统已经成功应用到多个项目之中，体现出了重大的实用价值，但是由于舆情分析涉及的最主要的技术包括文本分类、聚类、观点倾向性识别、主题检测与跟踪、自动摘要等计算机文本信息内容识别技术，这些技术本身也是现在相关领域的前沿问题，仍然具有很大的发展空间，所以舆情分析最终取得的成果仍然不能达到要求，仍然需要进一步的改进。

参 考 文 献

［1］王来华．舆情研究概论［M］．天津：天津社会科学院出版社，2003.

［2］周如俊，王天琪．网络舆情：现代思想政治教育的新领域［J］．思想理论教育，2005
（6）：12－15.

［3］张超．文本倾向性分析在舆情监控系统中的应用研究［D］．北京：北京邮电大学．2008.

［4］Pena－Shaff JB and Nicholls C. Analyzing student interactions and meaning construction in com-
puter bulletin board discussions．［J］Computers & Education. 2004，42（3）：243－265.

［5］Matsumura，N, et al. The Dynamism of 2channel［J］．Journal of AI &Society. Springer Ver-
lag. 2005，19（1）：84－92.

［6］Qin Sen, Dai Guan－Zhong, Li Yan－Ling. Design and implementation of web hot－topic talk
mining based on scale－free network［C］．Proceeding in International Conference on Machine
Learning and Cybernetics, 2006（2）：1184－1189.

［7］Gabriel Pui, Cheong Fung, Lu Hongjun, et al. Parameter Free Bursty Events Detection in Text
Streams. In 31st conference in the series of the Very Large Data Bases conferences. Norway．
2005：181－192.

［8］罗亚平，王枞，周延泉．基于关注度的热点话题发现模型［C］. In Proceedings of ICCC
workshop. 2007：402－408.

［9］戴媛，程学旗．面向网络舆情分析的实用关键技术概述［J］．信息网络安全．2008（6）：
62－65.

［10］李菲．和谐社会构建与网络舆情引导［J］．政治与社会．2009（7）：52－54.

第 8 章 用综合集成法解决网络新闻分析系统的相关问题

8.1 引言

1990 年，我国钱学森院士等学者，从系统科学的观点出发，分析自然界和人类社会中的一些极其复杂的事物，总结和提炼出用开放的复杂巨系统来进行描述；并且指出，在目前处理这种复杂系统的方法论只能是从定性到定量的综合集成法[1]。这套理论框架的提出，开辟了开放的复杂巨系统这个新的科学领域。近几年，被称为"大规模"系统[2]的研究在国际上受到越来越多的重视。因特网正被作为大规模系统的典型实例加以研究。从系统科学的角度，可以认为因特网是一个典型的、具体的、开放的复杂巨系统实例；分析清楚这个系统，对于人们更具体地分析、研究与因特网有关的问题，研究和处理开放的复杂巨系统问题，提供了可供借鉴的途径[3]。因特网系统基本上可以看作是人类在研究和改造自然的过程中为服务于人类而创造出来的具有网络智能的、全球最大的人工机器系统与特殊复杂的社会系统的结合物，这个系统汇聚着自然界和社会的过去、现在和未来，关系到人们的日常工作与生活，国家的战略与安全；又由于这个系统具有很强的技术性和工程性，比如容易为人们所认识和理解。因此，弄清楚这个系统的本质，对于丰富开放的复杂巨系统理论体系与因特网的发展与利用都具有极其重要的意义；而且只有从系统学的角度，才能认清和把握它的本质和规律，即因特网系统是一个开放的复杂巨系统。这个系统本质认识的确立对于更加生动、具体地理解、研究和应用开放的复杂巨系统理论，具有示范和解析作用。因此，本文利用开放的复杂巨系统的理论解释因特网的内涵，采用系统论的观点，应用从定性到定量的综合集成法从整体上分析和处理因特网以及相关的系统问题。并针对其中的新闻信息处理系统相关技术，提出了几项综合集成思想下的改进的解决方案。这些对解决目前因特网存在的一系列问题具有较强的指导作用，其研究成果对一般开放复杂巨系统理论的建立和其他复杂系统的研究具有较高的参考价值。

8.2　因特网的系统学特性

钱学森院士提出了开放的复杂巨系统的概念：如果子系统很多并有层次结构，它们之间关联关系又很复杂，这就是复杂巨系统，如果这个系统又是开放的，就称为开放的复杂巨系统[1]。开放的复杂巨系统存在五点特征：开放性、巨量性、复杂性、层次性、涌现性。

由于因特网是由遍布全球的、相互作用的上亿台计算机和网络组成的具有一定功能的整体，它是一个系统。这个系统的环境是以人为中心的社会系统，系统的发展、演变，综合了全球人类的智慧，在与人的结合过程中充分展示了它的开放性。这些电脑彼此之间交互访问，形成错综复杂的连接关系。可以看到，这个系统具备了开放的复杂巨系统的以下一些特征[4]：

8.2.1　开放性

从因特网的构成来看，基于统一网络通信协议标准的互联网结构，正是其开放性的体现。各种不同类型的巨、大、中、小、微型机及其他网络设备，只要所装网络软件遵循 TCP/IP 协议栈的标准，都可联入因特网中协同工作。早期那种各大公司专用网络体系结构"群雄竞争"的局面正逐步被 TCP/IP"一统天下"的形势取代，这是由因特网的开放性所决定的。

因特网是对外开放的。社会经济系统、社会政治系统和社会意识系统通过计算机用户与因特网进行信息交换，既有信息输入，也有信息输出。计算机用户依据社会系统的刺激对构成因特网的单个计算机或组成因特网的子系统进行修改，包括计算机的软硬件、通信网、数据、信息等。修改以后的网络所反映的内容更能反映人们需求的变化，这是社会系统对因特网作用的结果。同时，由于每个用户都可以联接、使用乃至控制散布在世界上各个角落的上网计算机，在这个崭新的世界里，人与计算机的关系发生了质的变化。人、网、环境相结合，又形成了一个复杂的巨系统。在这个复杂巨系统中，"人"以资源使用者的身份出现，是系统的主体，处于主导地位，而系统的资源（包括硬软件、通信网、数据、信息内容等）则是客体，它是为主体即"人"服务的。通过网上的协同和交流，人的智能和计算机快速运行的能力汇集并融合起来，创造了新的社会生产力，丰富着大量应用（电子商务、网上购物等）和满足着人们的各种社会需要（交流、学习、医疗、消费、娱乐、安全感、安全环境等）。因特网还可以使人们通过网络收集信息，做出决策，对人的意识、认识产生作用，通过人的行为来改变环境。这些都是网络的开放性所致，是因特网对社会系统的反馈作用。

8.2.2 巨量性

目前用海量来形容网络给大家带来的信息量，毫不夸张。当前因特网已经建立上亿个网站，万维网上每天新增的网页超过 100 万个，几乎每天都有几亿人在网上获取信息、进行交易、建立组织、实施管理，网络已经成为社会生活的神经系统。

8.2.3 复杂性

今天的因特网分布全球化、规模庞大、结构复杂。因特网是分布于全世界的数亿个网络互联而成，这些网络或大或小，大到一些全球性的网络，国家级的网络，小到宿舍内部几台电脑连接起来组成的局域网。各个层次的网络、主机之间通过超级链接彼此互访，如此一来，构成因特网的主机之间、网络之间进行信息、数据、服务之间的交互、转移，形成蛛网式的结构，关系错综复杂。组成这些网络的计算机存在数据异质、网络异构等问题。各网络运行的操作系统可能是 Unix，Linux 或者 Windows 系列操作系统。构建网络的拓扑结构则可能是星型、总线型、环型等。接入因特网的协议可能是 TCP/IP，ATM 或 DTM 等。其他如网络接入方式、各网络服务的内容、运行负荷和速率等都有可能不同。各种不同操作系统，不同网络结构、不同协议的计算机接入到因特网，进行交互访问，大大增加了因特网的复杂性。另外，因特网运行的环境是以人为主导的社会系统，也是一个开放的复杂巨系统。这个系统在与因特网的交互作用中，更增加了因特网的复杂性。由于因特网是全球性的网络，它必然要与全球的社会系统发生物质、能量和信息的交换，必然受到来自世界各国经济的、政治的、文化生活的影响。由于各地文化差异，对因特网的组建和管理方式也肯定存在较大的差异。即使是同一个国家、同一个地区的人的意识、行为等也是相差甚远。同时，由于个人或组织所处的环境不同，人的知识、意识、行为等相差甚远，所以不同的人对因特网的不同的交互作用，使得计算机上的信息、内容、形式等都不停地变化，难以准确把握。更有甚者，利用网络传播计算机病毒、盗窃数据、发表反动言论、宣传色情内容，进行各种违法犯罪活动等，更增加了网络的复杂性，对整个社会产生及其不良的影响。

8.2.4 层次性

随着信息网络的发展，因特网已经深入到社会系统的每个角落。大的网络有教育系统的内部网、银行系统内部网、国家各部门的内部网等等，每个系统的内部网又有许多层次，直到微观的基层组织，如机关、营业厅、办事处等。小的网络如宿舍内部几台电脑连接起来组成的局域网。他们都通过服务器与因特网主干网相连，共同组成整个因特网的巨大网络。各个小的网络自成系统，包括许多更小的网络或者是单个的计算机，同时多个小的网络又联合起来组成较大的系统。对于因特网这样一个全球网络来讲，其中包含的层次恐怕是难以计算的。

8.2.5　涌现性

面对现代科技的发展，单台的计算机越来越显得力不从心，许多工作难以完成。而在因特网上，不仅可以收集到更多的信息，访问他人的网站，你还可以就某个问题与网络上的专家讨论问题，可以在相隔千里的情况下召开公司视频会议或联合不同国家的专家对疑难杂症进行诊断等。另外，网络文化的形成也可以看作是因特网整体涌现性的表现，是因特网与环境、对象与对象之间交互作用的结果。这些不是单个的计算机或小型的网络就可以办得到的，必须有因特网的支持，也就是说因特网具有单个计算机或子网络所不具备的功能。此外，因特网内局部的一个微小扰动，例如有人释放一个计算机病毒，要是没有相应的预防机制，就会出现大面积的病毒感染现象，甚至人在网上的一次误操作往往都会突现为雪崩式的灾难。近年来发生的几次大的电网事故就是例证，这也正是因特网"涌现性"的表现。

8.3　用系统学理论解决因特网相关问题

前文根据开放的复杂巨系统理论，探讨了因特网的本质，指出因特网是一个开放的复杂巨系统，应该采用处理开放的复杂巨系统的方法论和方法来指导关于因特网整体发展的研究工作。

综合集成方法采取了从上而下和由下而上的研究路线，从整体到部分再由部分到整体，把宏观和微观研究统一起来，最终从整体上研究和解决问题。采取人－机结合，人－网结合，实现技术、信息、知识和智慧的综合集成。应该说，综合集成方法对研究复杂系统是切实有效的。但是，复杂系统的不可确定性、随机性、非定量等特征，必然导致分析上的具体困难。如何更有效地研究，必须按照定性—定量—定性的旋进式思想，另外还需要开发新的方法。在定性描述中，注意宏观微观相结合，按照整体—局部—整体的旋进环，突出"人"的行为因素。在定量分析中，不断开发新的方法，建立新的模型，有效利用定性分析的结果得到定量的结论。

从目前情况来看，因特网是由技术推动和发起的，但它与社会系统紧密结合，互为环境，加上自身的开放性、复杂性等特性，处理和解决因特网的相关问题，需要用到来自自然科学、社会科学、工程技术三个领域的知识，仅靠一个领域的科学知识，难以科学地处理和解决因特网中的问题。而且在方式上也不是依靠有关领域的专家座谈会和咨询一下就能胜任的。这里需要把来自三个领域的科学技术知识甚至有用的经验知识有机地结合起来，进行系统的综合研究，同时要按照一定的科学方法和科学方式进行研究，才有可能得到科学的认识和结论。综合集成研讨厅体系正是解决这类问题的方法。综合集成研讨厅体系可以看作由三个部分组成：以计算机为核心的现代高新技术的集成与融合所构成的机器体系，多学科的专家体系、知识体系，其中专家体系和机器体系是知识体系的载体。这三个体系构成高度智能化的人机结合体系，由问题驱动，参与者经过判断、思考、认知和推理，彼此交流，产生针对问题的交互相应。这样组成的体系不仅具有知识与信息采集、存储、传递、调用、分析和综合的功能，更重要的是具有产生新知识和智慧的功能。综合集成研讨厅体系具有的这些特点，可以很好地解决研究因特网相关问题所需要的多学科的知识体系问题，在这些专家个体间的互动中，可以从思维角度理解群体智慧，从系统角度理解提取研讨厅体系中的群体智慧，再加上系统工程的理论和方法，一定能得到科学的认识和结论。

文章剩余部分首先对网络新闻信息处理系统的特征进行了分析，证明了网络新闻信息处理系统为一个复杂系统。然后介绍了网络信息挖掘的工作本质就是一个定性与定量相结合的过程，在这个过程中，人的因素是不可替代及忽略的。采用综合集成方法的思想，展开对其相关问题的研究，对解决目前网络新闻信息处理系统存在的一系列问题必将具有较强的指导作用。

8.4 新闻信息分析系统的主要问题及研究方法

8.4.1 新闻信息分析系统是一个开放的复杂性巨系统

所谓新闻分析，是在依据事件对语言文本信息流进行分析和组织，利用信息检索、信息过滤、信息抽取和数据挖掘等不同领域的技术，试图发展一系列能够满足用户以上信息需求的核心技术的过程[5]。这个过程的实现必须依赖于不同技术的融合，以及人类经验的参与。新闻信息分析系统满足开发复杂巨系统的条件：

（1）系统需要不断地从整个因特网网络中提取信息，同时也不断地从用户端输出信息，它是一个动态开放系统。

（2）这个系统由信息检索，信息过滤，信息挖掘等许多子系统组成，对于构成系统的每一个子系统，又由不同要素构成，具有复杂的结构。

（3）新闻分析系统大致分为两个层次，即低层处理和高层分析。每个层次都由多个子系统构成。各层之间并不是完全割裂的，作为一个复杂系统，层次之间相互交叉、相互协同，从低层向高层演化，形成一个完整的系统整体。

从这些特点可以看出，新闻分析系统是开放的复杂巨系统。新闻分析系统的层次结构图和新闻分析系统技术框架可参见图 2-1 和图 2-2。

8.4.2　利用综合集成法指导新闻信息处理

新闻信息分析是系统工程领域中一个新的研究方向，已经成为一门专门的边缘性交叉学科，涉及语言学、数学和计算机学，横跨文科、理科和工科三大知识领域。它是信息检索和信息过滤等技术发展的共同产物，但同时又具有自身的特点而和这些技术存在一定的区别，它们有着共同的目标，就是按照用户模板提供给用户最有价值的信息，并帮助用户节省时间。和新闻分析技术密切相关的几项研究是信息检索、信息抽取、信息过滤和自然语言处理相关问题，它们之间既相互关联，又存在着一定的差异。下文以信息检索和自然语言处理两部分为例，来说明综合集成方法对新闻信息处理的指导作用。

1. 利用综合集成法对信息检索相关技术进行改进

信息检索是网络应用及研究的一个重要方面。而且搜索引擎本身就是人机结合以人为主的体现。一般是通过人输入的关键词为基准进行检索。这个过程是由人的智慧参与的。首先由人通过自身需求总结得到一个关键词，然后输入搜索引擎从而得到他需要的相关答案。如果他对答案不满意，则会继续修改关键词，直到得到必要的答案为止。人在这个过程中起到了最关键的作用。下面做进一步的说明。

目前信息检索技术主要分三类，全文检索技术，分类查询技术，以及最近刚刚提出的概念检索技术。

全文检索技术是通过在全文中检索关键字串来查询信息的。这种关键字的机械式的匹配，其固有的缺点是参与匹配的只有字的外在表现形式，而非它们所表达的概念语义，因此常出现答非所问、检索不全的结果。查询结果完全依赖于用户给出的关键字，系统和用户之间并无进一步的交互，也是造成检索效果比较差的原因之一。

主题分类查询实现查询的关键是对网页进行分类。对网页分类的方法主要有两种：一种是自动分类，另一种是手工分类，二者各有利弊。自动分类的优点是处理数据的速度快，可迅速对大量网页进行分类，缺点是需要事先有一个有标记的训练集才能训练出自动分类器，而这个训练集需要有大量的人力才能建立；手工分类的优点是分类的准确率高，缺点是需要大量的人力才能建立和维护一个大型的分类查询系统。

信息检索实质上是语义检索，而传统的信息检索模型都是基于词索引。事实是，独立的字、词集合不能完全、准确地反映文档和查询语义。因此，改善传统信息检索系统性能的一个途径就是让用户根据文本的概念主题或者说语义来进行信息检索。概念检索的主要内容包括两个方面，即同义词扩展检索和相关概念联想检索。前者能够提高检索的查准率，而后者能够加强系统与人的交互，使其具有一定程度的智能。概念检索的实现方法多种多样，可采用人工智能中的专家系统的构造技术，通过创建专家知识库实现特定领域的概念检索。知识库本身实际上是形成了一个概念空间语义网络。然而因为人的知识、特别是常识性知识数量上的浩瀚无际，在质量上又有高度的不确定性和模糊性，要建立一个知识网络是极端困难的。但是我们可以通过求解目标的方法，针对具体的搜索引擎需求，建立相应的知识库（或称概念库），这里的知识库是对因特网的一种近似，一种局部实现。针对某一领域、甚至某一站点所有网页所反映的知识来构造一个局部的小知识库是相对容易实现的。它的知识在数量和质量上虽然不能与理想的因特网相比，对具体搜索任务却是实用的，知识库里的知识还可以使用中不断改进，数量上不断增加，质量上不断提高。这就使基于知识库或概念库的检索方法具有了可行性和可研究性，知识库的建立可以通过人来完成，也可以使用机器学习等手段来实现。但其中都需要人的参与，而且人起到决定性的作用。

从信息检索相关技术方面。信息检索核心技术包括文本预处理、索引、排序、自动文摘、个性化等。这些技术都是在无形之中应用到了系统学的方法。例如排序基于动力学特点，通过挖掘链接中隐藏的信息，将其看作一个民主投票的过程，根据网页被链接次数进行加权计分，从而进行网页排序，著名的 HITS 和 PAGERANK 都是基于这种方法。而现在的排序多借助于自然语言理解来处理检索结果的内容，从而得到排序结果。自然语言处理多为基于规则的方法，即定性分析。并结合一些定量分析，例如借助于 $TF \times IDF$ 方法进行排序优化，而且用户点击也可使得网页排名靠前，在搜索引擎中，当用户给出查询并得到一个返回结果列表之后，绝大多数的情况下他们都是扫描一下前面几个条目的摘要，感觉有他需要的内容，则点击对应的链接，去阅读网页全文。对来自于不同用户的同一个查询词来说，若某个链接虽然在返回结果表上出现的位置不太靠前，但被选取点击的次数比较多，于是系统应该感到该链接是比较受欢迎的，其位置应该往前调。这些都是人机结合产生的定性与定量结合的结果，比原始的仅仅借助定量计算产生的结果更加符合人的要求。因而人与网络的交互是影响信息检索性能的一个重要因素。

信息检索结果处理方面，现在的查询结果完全依赖于用户给出的关键字，系统和用户之间并无进一步的交互，这是造成检索效果比较差的原因之一。这也是信息检索的一个难题——个性化问题。即在综合集成思想下，实现检索系统与用户之间的交互，从而提高检索性能。现在运用人机交互的方式比较繁琐，大多是在人提出问题之后，计算机根据已存储的信息对用户返回一系列的问题，例如：用户查询词为"苹果"，检索系统返回查询相关问题"电脑？"、"水果？"，然后用户根据自己需求回答这些问题，从而帮助检索系统检索他们需要的答案。这些繁琐的工作，浪费了大量的人力和时间。而如果采用基于智能 Agent 的综合集成思想[6]，这个问题就很容易可以得到解决。智能 Agent 是一类在特定环境下能感知环境，并能灵活自主的运行以实现一系列设计目标的，自主的计算实体或程序。智能 Agent 作为自主的个体在一定的目标驱动下并具有某种对其自身行为和内部状态的自我控制能力，能够不受人或者其他智能 Agent 的直接干预，并尽可能准确的理解用户的真实意图，包括帮助用户方便准确的描述和表达任务意图，采取各种由目标驱动的，积极主动的行为如社交、学习、推理、合作等，感知、适应并运行于复杂和不断变化的动态环境，有效地利用环境中各种可能利用数据、知识、信息和计算资源，为用户提供迅捷、准确和满意的帮助。智能 Agent 具有自主性、社会性、反应性、主动性等特性，这使它表现出类似人的特征，而这为计算机科学与人工智能所面临的复杂问题的求解提供了新的途径。因而我们可以利用智能 Agent 的相关属性，设计开发适合用于信息检索性能改进的智能 Agent 系统，利用其来模拟人的工作，既节省了人力又提高了系统性能。基于智能 Agent 的检索系统，可以根据已经记录的用户的相关信息，比如研究领域，兴趣爱好，用户日志等信息，自动与检索系统进行交互，并从检索结果中选择比较符合要求的结果项返回给用户。这样不仅提高了检索结果的相关度，而且为用户节省了更多的时间。基于关键词的信息检索示意图如图 8-1 所示，基于智能 Agent 的搜索引擎的流程图如图 8-2 所示。

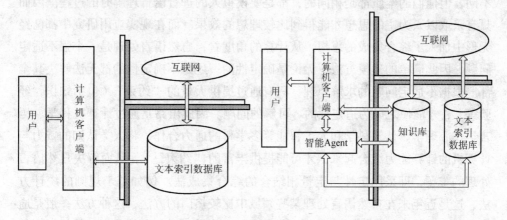

图 8-1　基于关键词的信息检索示意图　　图 8-2　基于智能 Agent 的搜索引擎的流程图

　　个性化是信息检索技术中最能体现以人为中心这个思想的一项技术，但是这项技术却至今没有取得很好的进步。原因之一是大多数的方法没有真正的做到以人为中心。现在的个性化技术主要是由搜索引擎根据用户搜索的历史记录，来返回更适合这个用户的搜索结果。这些搜索历史记录包括用户所搜索的关键词，在搜索结果中的点击情况，在各个网站的访问情况，书签情况等。但是个性化搜索存在一个很大的疑虑就是隐私权问题，要想返回有针对性的结果，搜索引擎就必然要记录更多用户信息。一旦搜索记录泄漏便会造成隐私权危险。而基于智能 Agent 的搜索系统会很好的解决这点。用户有用的信息是存储于智能 Agent 客户端的，每次检索时，由智能 Agent 跟搜索引擎进行交互，并由智能 Agent 根据存在于其上的用户的信息调整检索词，在保证用户信息安全的同时达到满足用户检索需求的目的。

2. 利用综合集成法对自然语言处理相关问题进行研究

新闻信息分析实质上是语义分析，其主要技术的研究越来越多的借助于基于自然语言处理的内容分析。例如信息抽取，社会网络抽取，自动文摘，分类、聚类，信息内容安全研究等。自然语言处理，顾名思义就是让计算机模拟人的语言交际过程，使计算机能理解和运用人类社会的自然语言如汉语、英语等，实现人机之间的自然语言通信，以代替人的部分脑力劳动，包括查询资料、解答问题、摘录文献、汇编资料以及一切有关自然语言信息的加工处理。这在当前新技术革命的浪潮中占有十分重要的地位。自然语言理解是一门新兴的边缘学科，内容涉及语言学、心理学、逻辑学、声学、数学和计算机科学，而以语言学为基础。目前已经存在有各种类型的语言计算模型，如分析模型、概率统计模型、混合模型等，这些模型各具特色，并存在其自身的局限性。不管这些模型表现形式是如何不同，但他们的本质都是相同的，都是要模拟人的进行语言理解时的过程。因而只有采取以人为主的思想才能得到比较理想的效果。而在现实应用研究中都已经无形中加入了综合集成的思想。从计算的角度看，自然语言处理是一个强不适定问题，因此简单的建模方法，无论是确定性的，还是不确定性的都无法解决其全部。根据不适定问题的求解原理，只有通过提供大量的“约束”（包括知识，经验等），才能使之成为适定性的、可解的问题。因此出路是通过计算机科学、语言学、心理学、认知科学和人工智能等多学科的通力合作，将人类认知的威力与计算机的计算能力结合起来，才可能提供丰富的“约束”[7]，从而解决自然语言处理的难题，即采用定性与定量相结合的综合集成法。例如基于规则的统计方法，这是近年来在自然语言处理某些领域中比较热门的方法，这种方法一般是通过用户指定特征或者规则，利用机器学习的方法进行对问题的分析。特征规则的制订过程通常是一个人工的过程，由人根据经验或者需要制订。之后的机器学习则主要是利用计算机进行定量的计算，根据某些值对问题进行分析。自然语言处理的其他方法也是如此。而且这些工作都是为了服务于人的，在以后的工作中，应该一直采纳综合集成的思想，贯彻以人为中心的原则，才会取得更大的进步。

8.5　本章小结

因特网是人类在研究和改造自然的过程中，为服务于人类而制造出来的一个复杂巨型系统，如何分析与把握它的系统本质并进行综合研究与利用具有重大的社会与战略意义。本章以系统学的观点结合因特网的相关研究成果从整体上探讨与分析了因特网系统的动力学特性，并揭示了应用从定性到定量的综合集成法从整体上分析和处理因特网以及相关的系统问题，对解决目前因特网存在的一系列问题具有较强的指导作用。新闻信息处理及相关技术作为因特网应用的一个重要方面，如果能充分利用因特网作为复杂巨系统的特性，有针对性的改进自身的性能，必将打破现在的瓶颈时期，取得巨大的进步。同时因特网系统对于理解与发展复杂性科学，发展开放的复杂巨系统理论等都是不可多得的现实模型与平台。其研究成果对一般开放复杂巨系统理论的建立和其他复杂系统的研究也具有较高的参考价值。

参 考 文 献

[1] 钱学森，于景元，戴汝为. 一个科学的新领域——开放的复杂巨系统及其方法论 [J].
自然杂志，1990，13（1）：3–10.

[2] Barabasi A L，Albert R. Emergence of scaling in random networks [J]. Science，1999（286）：
509–512.

[3] 戴汝为，操龙兵. Internet——一个开放的复杂巨系统 [J]. 中国科学，2003，23（4）：
289–296.

[4] 孙东川，魏永斌. 因特网系统特性浅析 [J]. 系统辩证学学报，2005，13（2）：50–52.

[5] 雷震. 基于事件的新闻报道分析技术研究 [D]. 长沙：国防科技大学，2006.

[6] 操龙兵. 面向智能 Agent 的开放巨型智能系统设计中的若干问题 [D]. 北京：中国科学
院自动化研究所，2003.

[7] 张钹. 自然语言处理的计算模型 [J]. 中文信息学报，2007，21（3）：3–7.